CRISTINA MELO

ANTES QUE ESQUEÇA

1ª Edição

2023

Direção Editorial: Anastacia Cabo
Preparação de Texto: Patrícia Oliveira
Revisão Final: Equipe The Gift Box
Arte de capa: One Minute Design
Diagramação: Carol Dias

Copyright © Cristina Melo, 2023
Copyright © The Gift Box, 2023

Todos os direitos reservados.
Nenhuma parte do conteúdo desse livro poderá ser reproduzida em qualquer meio ou forma – impresso, digital, áudio ou visual – sem a expressa autorização da editora sob penas criminais e ações civis.
Esta é uma obra de ficção. Nomes, personagens, lugares e acontecimentos descritos são produtos da imaginação da autora. Qualquer semelhança com nomes, datas ou acontecimentos reais é mera coincidência.

Este livro segue as regras da Nova Ortografia da Língua Portuguesa.

CIP-BRASIL. CATALOGAÇÃO NA PUBLICAÇÃO
SINDICATO NACIONAL DOS EDITORES DE LIVROS, RJ
Gabriela Faray Ferreira Lopes - Bibliotecária - CRB-7/6643

M485a

Melo, Cristina
    Antes que esqueça / Cristina Melo. - 1. ed. - Rio de Janeiro : The Gift Box, 2022.
    224 p.

    ISBN 978-65-5636-200-7.

    1. Romance brasileiro. I. Título.

22-79871   CDD: 869.3
                CDU: 82-93(81)

NOTA DA AUTORA

"Nosso Natal Azul", um dos temas do livro, foi inspirado no "Natal Azul", um projeto lindo, idealizado e concluído com sucesso todos os anos desde 2016 pela jornalista Roberta Trindade.

Estive presente em um desses eventos, em 2018, e foi emocionante assistir a tamanho carinho, empenho, comprometimento e amor.

Escrever a série Missão Bope, para mim, foi muito além de escrever romances. "A Missão Agora é Amar", assim como todos os quatro livros da série, partiu da minha indignação e comoção com inúmeras fatalidades ligadas aos profissionais da Polícia Militar do Rio de Janeiro. Foram tais revolta e profunda emoção que me fizeram iniciar o primeiro livro da série há seis anos e o que me fez prosseguir foi o apoio de cada um de vocês, meus leitores, que se emocionaram com a leitura e me motivaram a continuar contando histórias.

A Série Missão Bope, ainda que seja de livros de romance, tem o intuito não só de homenagear e dar voz a esses profissionais e heróis anônimos, como de fazer refletir sobre quão difícil é para as suas famílias conviverem com a incerteza diária e quão devastador é quando seus heróis lhes são arrancados sem prévio aviso.

Encerrei a série em 2019, mas a história da Amanda precisava ser contada. Não pude deixar de atender ao pedido da Roberta Teixeira, uma das pessoas que me estendeu a mão nesta árdua caminhada. Assim como não poderia deixar de externar minha profunda admiração pela garra, coragem, disciplina e amor com que essas mulheres vestem suas fardas. Vocês têm toda a minha gratidão, em especial a tenente-coronel Claudia Moraes que, além de ser uma exímia policial, é um ser humano sem igual.

Também não pude ignorar os pedidos frequentes das minhas queridas leitoras para que "Mudança de Planos" não fosse o último livro da série. Então, com tudo isso, nós estamos aqui de novo mudando nossos planos.

Em cada livro da série procurei abordar um tema diferente e espero ter conseguido representar de alguma forma esses guerreiros. Neste livro, o tema foi bem complexo, o que me fez chorar diversas vezes durante a escrita.

Não escolhi escrever sobre personagens do Bope. Eles me escolheram. Não escolho meus enredos. Eles me escolhem. Não escrevo por dinheiro, números ou status. Escrevo por amor e, quando não for assim, não terá mais sentido.

Bom, torço para que vocês também se emocionem com esta linda história.

Gratidão por seguirem comigo até aqui.

AGRADECIMENTOS

Primeiro e sempre, agradeço a Deus pela soberania em minha vida, por ser minha voz de inspiração todos os dias e por me presentear com seus dons e talentos.

Ao meu marido e à minha filha, pelo amor e eterna paciência em ceder seus tempos para que eu possa seguir fazendo o que amo.

Às minhas leitoras, que confiam no meu trabalho, incentivam e estão comigo a cada trabalho desde início. Sem vocês nada seria possível.

À Adriana Melo, que está aqui para me estender a mão sempre que digo que não é mais possível.

A estas pessoas incríveis que os livros me deram: Paty Oliveira, Cristiane Fernandes, Tainá Antunes, Flávia Santos, Gisele Souza, Sarah Souza, Anne Caroline, Patty Lage, Jacqueline Torres, Tati Espricigo, Sury Fernandes, Lilian Amaral, Cris Fonseca, Flávia Lemos, Karla Evelyn, Paula Coelho, Sandra Pasqual, Márcia Torres, Cristiane Souza, Ana Luiza, Danuza França, Thárcyla Pradines, Sheila Pauer, Fabiana Regina, Renata Santos, Ariele Pontes, Rosiane Conrrado, Erica Macedo, Winnie Wong, Rozana Ormonde, Desa (doidinha por livros), Suellen Cristina, Bel Soares, Keiliane Krofke, Tatiane Chacon, Rosemary Castro, Josi Campano, Simone Félix, Aline Oliveira, Silvia Rivabene, Maria Rosa e Julia Queiroga. Obrigada pelo carinho diário e por suas palavras de incentivo nos momentos que mais preciso. Amo cada uma de vocês.

À Roberta Teixeira e à The Gift box, por tamanho cuidado e empenho com meu trabalho.

A todos os blogs parceiros e literários, por incentivarem e apoiarem a literatura nacional todos os dias. Sem vocês, que são muito especiais, seria muito mais difícil. Ao meu grupo Romances Cristina Melo, por estar comigo diariamente, pelo carinho e por fazer a diferença. Amo cada uma de vocês, obrigada por tudo.

A você, leitor, que irá iniciar a leitura, sinta-se abraçado. Obrigada por acreditar no meu trabalho mais uma vez. Espero que a leitura te conquiste e até a próxima.

Em meio ao cenário de violência instaurado atualmente no Rio de Janeiro, dedico esta obra e a série Missão Bope aos heróis anônimos que, vocacionados pela sua coragem, saem de casa todos os dias arriscando a integridade física e, por muitas vezes, a própria vida, pelo ideal de garantir os direitos coletivos e individuais de uma sociedade que — em grande maioria — não os reconhece. A vocês, o meu respeitoso muito obrigada! E aos familiares dos bravos guerreiros que enfrentaram a morte, mas foram tombados por essa violência que assola não somente o Estado do Rio de Janeiro, como todo o país. Às famílias dilaceradas, que convivem diariamente com essa dor imensurável, as minhas mais sinceras condolências e que Deus possa confortar e fortalecer seus corações.

PARTE 1

EU SEMPRE LEMBRAREI

"Faça o que fizer, não se autocongratule demais nem seja severo demais com você. As duas escolhas têm sempre metade das chances de dar certo. É assim para todo mundo."
Pedro Bial

1

OBJETIVO

"Sem sonhos, a vida não tem brilho. Sem metas, os sonhos não têm alicerces. Sem prioridades, os sonhos não se tornam reais. Sonhe, trace metas, estabeleça prioridades e corra riscos para executar seus sonhos. Melhor é errar por tentar do que errar por se omitir!"
Augusto Cury

AMANDA

Encaro a imagem no espelho, enquanto busco a perfeição do coque em meus longos cabelos castanhos. Todas as manhãs, quando estou preparando-me para cumprir minha função, faço-me a mesma pergunta: eu realmente estou fazendo o que amo? A resposta continua igual: sim.

É difícil desconstruir a postura de princesa quando a maioria espera isso de você, mas, desde os oito anos, eu soube exatamente o que queria ser; nenhum padrão estipulado pelo patriarcado social em que uma mulher é exposta desde que nasce conseguiu convencer-me de que eu não poderia ser o que quisesse.

Há dois anos, exerço a profissão que tanto sonhei, mas não foi fácil chegar até aqui. Sou soldado da Polícia Militar do Rio de Janeiro e, além de capturar bandidos, também preciso enclausurar o machismo da sociedade todos os dias.

"Mulher não nasceu para ser policial!"
"Isso é coisa de homem!"
"Você consegue dar conta de um suspeito sozinha?"
"Sua arma é de verdade como as dos caras?"
"Tão bonita assim, está na profissão errada!"

Essas frases são constantes. É inacreditável! Somos chamadas até hoje de "FEMs", uma vez que antes, em alguns exames como o psicotécnico, mulheres e homens eram separados como "FEM" e "MAS". Contudo, não vemos ninguém chamando um policial masculino de "MAS". Ao contrário do que possa parecer, ainda que permanecendo o apelido, não nos sentimos ofendidas. De certa forma, tornou-se uma forma de carinho.

Nós, policiais femininas, precisamos primeiramente saber lidar com esse tipo de questionamento e imposição, antes mesmo de provar nossa eficiência e capacidade.

Recebemos o mesmo treinamento, somos aprovadas da mesma forma e, ainda assim, continuamos superando obstáculos diários. Não diria que ser mulher, dentro da polícia, é mais difícil porque não nos colocamos como sexo frágil, e sim em igualdade. Mas, se você vai a uma operação com um homem, mesmo ele tendo o mesmo treinamento, talvez possa escutar coisas do tipo:

"Eu vou na frente."
"Cuidado onde pisa."
"Não se esqueça de abrigar."
"Conferiu a munição?"

Embora isso, na visão deles, seja uma forma de cavalheirismo e cuidado, na minha, é uma forma de dizer que você não sabe exatamente o que está fazendo.

Apesar de tudo, meu pior problema não é aqui dentro da polícia. O preconceito vem de fora, de uma sociedade em sua maioria que venera a cultura machista. Na nossa visão, homens e mulheres vestem a mesma camisa e levantam a mesma bandeira. Nossa rotina é bem diferente do que muitos pensam. A maioria de nós se respeita e sabe o valor de um sonho e de um objetivo.

Mesmo com todos os percalços, tenho muito orgulho de vestir minha farda todos os dias e sigo acreditando que isso faz muita diferença na nossa sociedade como um todo.

— O ônibus já chegou — a soldado Oliveira alerta ao entrar no alojamento.

— Já terminei. — Coloco minha arma no coldre da perna e a sigo. — O curso tinha mesmo que ser lá? — desabafo o que vem incomodando-me. Eu amo cursos de especialização e sei que esse de tiro vai agregar muito, mas ir ao batalhão do Bope não é algo que me agrada muito no momento.

— Talvez você dê sorte e ele não esteja de serviço hoje. — Ela bate seu ombro no meu.

— O quê? Quem? — Faço-me de desentendida.

— Sabe muito bem que estou falando do cabo Rodrigues. — Forço um sorriso.

— Acha mesmo que aquele idiota convencido me incomoda?

— E não?

— Sei lidar com ele, não estou nem aí se vai estar ou não no batalhão. Na verdade, é até melhor que esteja — minto.

— Se você está dizendo. Só não vá atirar nele, tá?

— Atirar em quem, soldado? — Dimas pergunta ao parar ao meu lado e reviro os olhos.

— Na sua bunda, se não parar de se intrometer na conversa dos outros.

— Vai precisar melhorar sua mira primeiro — brinca e entra no ônibus, passando a nossa frente.

— Nossa, como ele é cavalheiro! — digo e finjo desapontamento, enquanto o oficial está distraído e não percebe nossa brincadeira.

— Direitos iguais — diz, quando nos sentamos à sua frente.

— Ele hoje está tão engraçadinho, vou dar uma ligada para a Karina — ameaço.

— Sou capaz de apostar que a TPM de vocês ainda vai destruir o mundo.

— Nossa, mas ele é tão espirituoso! — Finjo estar chateada. Ele e Oliveira são meus melhores amigos.

— Quando quiser, estaremos aí. — Pisca para mim.

— Não sei mesmo como sua mulher atura você, coitada.

— Se quiser os detalhes...

— Poupe-nos, Dimas! — Oliveira diz antes de mim e puxa-me para frente enquanto ele gargalha.

Os minutos seguintes são feitos em silêncio, ao menos por mim. É impossível seguir qualquer viagem em total silêncio acompanhada de mais vinte policiais. As conversas paralelas, piadas e risadas estão em cada pequena parte do ônibus e, na maioria das vezes que isso acontece, também me divirto muito.

A polícia é minha segunda família. Não somos mal-humorados e ranzinzas como a maioria da população descreve; apenas precisamos manter-nos atentos, pois qualquer distração, quando estamos em nosso posto de trabalho, pode ser fatal. Não temos o mesmo direito de errar como muitas outras profissões permitem. Na polícia, se você falha, pode significar a vida do parceiro, a de uma pessoa inocente ou até mesmo a sua.

Quando o veículo estaciona e a equipe começa a descer, estou irritada, tensa e com a expectativa acima do esperado para uma situação assim, sendo a última também responsável pelos dois sentimentos anteriores.

Tantos homens no planeta e eu tinha que me sentir emocionalmente instável logo com ele, o cara que se acha gostoso demais até mesmo para existir?

— Respira! — Oliveira alerta quando descemos.

— Você não está levando mesmo essa teoria louca que formou em sua cabeça a sério, não é? — rebato.

— A teoria está estampada no seu rosto — revida.

— Ele não vale nada.

— Como sabe?

— Sério? Você também estava lá, naquela festa ridícula na casa dele.

— Ele é solteiro e não fez nada muito diferente dos nossos amigos que a senhora admira.

— Eu... — Somos interrompidas a tempo com a voz de comando alertando a formação.

— Bom dia, senhores! — cumprimenta o oficial.

— Bom dia, senhor! — respondemos em coro, em posição de sentido.

— Descansar! Para quem não me conhece, sou o capitão Estevão, oficial responsável pelo curso que será conduzido pelo nosso instrutor, tenente Arantes, e que será assistido pelo tenente Novaes e pelo cabo Rodrigues.

Engulo em seco e tento controlar meus batimentos assim que meus olhos reconhecem-no.

— Espero que os senhores aproveitem ao máximo, o curso tem muito a lhes oferecer. O tenente Arantes é, sem sombra de dúvidas, um dos melhores atiradores do Brasil...

O capitão Estevão continua as orientações e é a primeira vez que o ambiente, que sempre idealizei e busquei, incomoda-me.

Mesmo já acostumada à predominância masculina, não consigo esquivar-me da imponência dos seus olhos, mas não estou falando do oficial em comando, e sim do maldito cabo ao seu lado.

ANTES QUE ESQUEÇA

Ser policial militar testa em primeiro lugar a sua capacidade emocional para lidar com situações adversas e conflitantes, e orgulho-me de dizer que meu autocontrole nunca me decepcionou. Então por que estou tão abalada apenas com um par de olhos negros?

Eu deveria ter ouvido minha intuição, mas negligenciei-a no pior momento. Se naquela noite não tivesse aceitado o convite da Fernanda, não estaria tão encrencada como estou agora.

Lido com homens o tempo todo, desde a infância estou rodeada por eles, sou a irmã mais nova de três caras, então deveria conhecer muito bem suas supremacias dominantes. Quer dizer, é claro que conheço: homem não gosta de ser rejeitado. Isso meio que está em seu DNA; se você o rejeita, na maioria das vezes, ele não saberá lidar bem com isso. Ainda que disfarce, esse fato vai atingi-lo em cheio.

E é exatamente por esse detalhe que o cabo metido a conquistador não para de me olhar.

Esperar minha vez para o treino é extremamente desconfortável. Depois de alguns minutos de teoria que, por sinal, não absorvi nada, chegou a hora da prática e apenas desejo que as horas passem logo. Tenho ciência da oportunidade que estou perdendo — eu que nunca fui de desperdiçar uma chance —, mas só desejo sair logo daqui.

Assim que chega minha vez, posiciono-me na última placa. Pelo menos ele havia sumido da minha visão periférica e, assim, quem sabe, eu possa concentrar-me.

Não duvido de estar parecendo uma fatídica adolescente, mas, aos vinte três anos, posso dizer claramente que não vivi muito essa fase, talvez por conta da escolha que fiz. Precisei abrir mão de certas coisas. Enquanto minhas amigas estavam se divertindo, eu estudava para conquistar meu objetivo. Talvez tenha sido pela ridícula vigilância exacerbada dos babacas dos meus irmãos que ameaçavam qualquer futuro pretendente.

— Ombros alinhados. — Meu corpo inteiro paralisa com o toque. — Flexione um pouco os joelhos para facilitar a empunhadura...

— Se o senhor encostar em mim de novo, minha empunhadura achará o alvo rapidamente — sussurro com o tom autoritário e, no mesmo instante, arrependo-me, ciente de que ele é meu superior e isso certamente me causará grandes problemas.

— Nervosinha, eu gosto assim — diz em um tom quase inaudível, e estremeço mais, se é que é possível. — Isso é uma promessa, soldado? — continua discretamente, no meu ouvido, enquanto suas mãos posicionam melhor a pistola que está comigo. Nesse instante, sei que nota como minhas mãos estão trêmulas.

— Não tenha dúvidas, senhor — rebato, com um resquício de coragem.

— Vamos ter que melhorar sua pontaria primeiro — retruca sedutoramente e afasta-se, devolvendo-me o ar e o vazio. Como pode apenas uma pessoa preencher completamente um espaço tão grande como esse?

Ele não se aproximou mais e uma parte de mim estava plenamente grata por isso; já a outra, desejava ensandecida qualquer atenção, mas não aconteceu, nem mesmo o vi mais, ainda que meus olhos teimosos o tivessem buscado por todo o lugar até o ônibus afastar-se uns bons metros do batalhão.

— Você precisa sair com ele urgente.

— Como é que é? — rebato minha amiga enxerida.

— Se ele estiver em todo curso que fizermos, você será uma péssima policial.

— Ele quem?

— Meta-se na sua vida, Dimas!

— Uau! Quem é o cara, Oliveira? — pergunta e ignora meu pedido.

— O cabo Rodrigues — ela responde a ele.

— Ih, sai fora, ele é "moleque piranha". Não é o cara certo para os seus planos de casamento e família feliz — aconselha, e ainda estou um tanto chocada com a proporção que tudo isso tomou.

— Eu nem me lembro de ter pedido a opinião de vocês, muito menos de ter alimentado essa loucura na cabeça da Oliveira — confronto, irritada.

ANTES QUE ESQUEÇA

— Coloca logo este tesão para fora, mas vai com a cabeça de que ele não é o cara para casar, só sexo — Oliveira diz, e meneio a cabeça em negativa.
— Eu juro que vou pedir transferência, não dá. — Eles gargalham e, alguns minutos depois, o foco está na vida amorosa agitada de Fernanda.

Dias depois, a rotina, enfim, voltou e as piadinhas cessaram. Faltam dois meses para o Natal e tudo gira em torno das escalas de final de ano, se passaremos ou não a festividade em casa. Este, sim, posso dizer que é um dos pontos negativos em ser policial: não existem feriados programados como a maioria das pessoas. Abrimos mão de estar com nossas famílias para cuidar das dos outros e esses, muitas vezes, nem reconhecem. Para que sua casa, rua e vizinhança estejam seguras, algum policial precisa estar longe da sua própria família.

— Esta blusa para o Tiago?
— Ele vai gostar — respondo a minha mãe. Temos pouquíssimo tempo para ficarmos juntas, por isso resolvemos adiantar as compras de Natal.
— Vou levar esta — diz ao vendedor. — E para o Felipe, Amanda, levo a branca?
— Eles não são gêmeos, mãe! — alerto, sorrindo.
— Mas eles adoram esta marca, é a que usam.
— Então leva. — No fim, minha mãe vai fazer o que ela quiser.
— Pronto, embala as duas para presente — responde ao vendedor. — Para o seu pai e para o Mateus, veremos em outra loja — diz, decidida, e segue o vendedor, enquanto a observo, sorrindo.
— Soldado. — O ar escapa dos meus pulmões enquanto o sorriso deixa meu rosto. — Parece que o destino quer mesmo nos aproximar. — Viro-me irritada com as sensações que ele provoca em mim.
— O que está fazendo aqui? — exijo e ele sorri.
— É uma loja masculina. — Pisca.
— Faça boas compras. Com licença, cabo.
— Ei! Qual o problema? Eu te fiz alguma coisa?
— Nada, só não estou com tempo.

— Podemos combinar outra hora?
— Estou tentando ser educada.
— Seria mais se aceitasse meu convite.
— Eu não...
— Pronto, filha, tudo certo! — minha mãe me interrompe. — Ah, seu amigo? — pergunta, empolgada. Minha mãe é... como posso dizer? Animada demais.
— Nã...
— Sim, André, é um prazer, enfim, conhecer a senhora.
Encaro-o, embasbacada com sua cara de pau.
— Ah, meu filho, o prazer é todo meu. Não conheço muito os amigos da Amanda. Nós estamos indo almoçar. Almoça com a gente?
— Ele tem que trabalhar, mãe! — respondo antes dele e o encaro.
— Infelizmente terá que ficar para próxima, mas agradeço o convite e garanto que não faltará oportunidade. — Dessa vez, ele me encara decidido e eu apenas reviro os olhos.
— Vocês trabalham demais — minha mãe comenta, contrariada. Ela nunca aceitou minha decisão de ser policial.
— Preciso concordar com a senhora. Mas amamos nosso trabalho e, quando se faz o que se ama, nunca se trabalha. — Pisca para minha mãe e ela está sorrindo de volta. Sério isso? Cadê o discurso chato, de duas horas, de como é ser policial no Rio de Janeiro? — Infelizmente, terei que deixar vocês, mas este encontro foi o ponto alto do meu dia. — Estende a mão para minha mãe. — Senhora?
— Lúcia — ela responde.
— Foi um prazer. — Cumprimenta-a com um aperto de mão e se curva em minha direção. Sem que eu me dê conta, seus lábios tocam meu rosto; um gesto normal de amigos, se ele fosse isso. — Mais tarde nos vemos — sussurra em meu lóbulo, vira-se e sai naturalmente, deixando uma Amanda com cara de boba sem conseguir reagir. Que merda de policial sou eu?
— Que gato!
— Mãe!
— O quê? Não sou cega, está muito aprovado.
— Não tem nada para aprovar, mãe, é só um conhecido.
— Não minta para mim, Amanda. Você saiu da minha barriga, não esqueça isso.

ANTES QUE ESQUEÇA 17

— Ele... a gente... não tem nada a ver, mãe, não vai rolar — respondo decidida, e ela apenas assente com um sorriso de quem não acreditou. Odeio esse sorriso, porque ele sempre tem razão.

Foram inevitáveis os olhares avaliativos de minha mãe enquanto andávamos até o restaurante que frequentávamos. As compras de Natal certamente não estariam mais em pauta. Conhecendo a dona Lúcia, eu tinha certeza de que sua cabeça fervilhava com perguntas, mas estranhamente nenhuma delas foi verbalizada ainda.

— Bom, vou ao banheiro e já volto. Faça o pedido de sempre — concordo e ela sai.

Logo finalizo o pedido e o garçom se retira. Neste momento, um toque desconhecido sai da minha bolsa e...

— De quem é este telefone? — pergunto para mim mesma ao pegar o aparelho desconhecido que não para de tocar. — Alô?

— Estava torcendo para você ser curiosa. — Engulo em seco quando reconheço a voz do outro lado.

— Que maluquice é essa?

— Você me daria seu telefone se eu pedisse?

— É claro que não! — rebato, no automático.

— Exatamente por isso tive que deixar o meu.

— Você é maluco?

— Bom, eu sou um caveira, então pode-se dizer que maluquice é um pré-requisito. Não desisto fácil do que quero e eu quero você.

— Problema seu! — revido, irritada, e ouço o sorriso do outro lado.

— Qual é, eu sei que também está interessada — diz, convencido, e é a minha vez de sorrir, mesmo que seja de nervoso por ele estar certo.

— Eu não sei o que anda usando, mas gostaria de avisar que está vencido.

— Diga que não está interessada?

— Não estou interessada, não vai rolar.

— Tudo bem! Pode não parecer, mas eu sei perder. Tive que tentar minha última jogada.

— Nossa, um exímio jogador! Suas estratégias são invejáveis — zombo.

— Beleza, perdi essa. Mas preciso do meu celular de volta.

— Esse não é o seu celular de verdade, sabemos disso.

— Bom, até eu colocá-lo na sua bolsa, ele era de verdade, sim.

— Vai ser difícil me enrolar, cabo. Trabalho em um batalhão com dezenas de "espertinhos", com "buchinhas".

Ele gargalha do outro lado. Sorrio por vários segundos.

— Eu nem sei sobre o que está falando. — Cínico! — Garanto que não uso esse tipo de artifício.

— Claro que não — retruco, com sarcasmo

— É sério! Gastei uma pequena fortuna nesse aparelho, tem apenas um mês, então, por favor, preciso dele de volta.

— Você não deixaria seu telefone real comigo. — Olho o aparelho e é mesmo um recém-lançamento que custa pelo menos três meses do meu salário. Ele é louco?

— Você é uma policial, então ele está bem guardado. Um drink? Prometo que, se não der em nada, não te perturbo mais. — Vejo minha mãe aproximando-se...

— Ligue-me em três horas. — Desligo o celular e o jogo de volta à minha bolsa, ciente de que havia cometido meu primeiro erro.

ANTES QUE ESQUEÇA

2

DESTINO

"Não são poucas as vezes que esbarramos em nosso destino pelos caminhos que escolhemos para fugir dele."
Jean de La Fontaine

AMANDA

Três horas, quatro minutos e quarenta e cinco segundos depois, ele ainda não ligou. Atendi pelo menos dez ligações em seu celular, inclusive uma de sua mãe, e isso me deu a certeza de que este telefone é mesmo o seu oficial e que ele é, indiscutivelmente, surtado.

Ando de um lado para o outro em meu quarto tentando controlar a ansiedade e fixando em minha mente um dos principais motivos para este envolvimento não dar certo. Preciso ter uma convicção que me prove que minha recusa tem fundamento...

— *Aonde você vai?* — *pergunto a Fernanda quando ela se levanta da mesa.*
— *Dar uma circulada, falar com nossos amigos.*
— *Seus amigos. Eu só conheço você.*
— *Uma festa serve para isto: conhecer pessoas, fazer amigos.*
— *Eu não devia ter vindo...*
— *Ah, devia, sim* — *o tom enxerido profere perto de mim, e viro-me apenas para me arrepender, pois de pé, atrás de mim, está um dos homens mais lindos que já vi. Ele*

é moreno, tem cabelo raspado, olhos negros e um sorriso de lado que deixaria qualquer mulher apaixonada instantaneamente, e estou me incluindo nessa.

Estou sentada, mas, ainda assim, tenho certeza de que mede mais de um e oitenta, estatura que alinha perfeitamente cada músculo do seu corpo. Tudo está em total harmonia.

— Desculpe, eu te conheço?

— André, sou o anfitrião. — Fecho os olhos por um segundo. É claro que tinha que ser ele. — Mais um drink?

— Estou satisfeita, obrigada. Bela festa. — Tento ser educada.

— Certamente ficou assim depois da sua chegada. — Reviro os olhos e forço um sorriso. Odeio homens previsíveis. — Observei que não andou por aí, não quer conhecer a casa?

— Está me vigiando?

Ele gargalha, e tinha que ser o som mais incrível que já ouvi?

— Se eu estivesse, você nem desconfiaria. — Pisca, convencido.

— Não me diga. — Bebo o resto de caipirinha no meu copo.

— É só que fica meio difícil não notar sua presença.

— Na boa, não estou a fim. — Sou mais áspera do que gostaria. Talvez o fato de estar realmente a fim, muito a fim esteja deixando-me deste jeito. Ao mesmo tempo em que ele é gato pra cacete, também está escrito em sua cara que não vale nada.

— Não está a fim de quê? — Finge complacência.

— De conversa.

— Também não é minha preferência. — Encaro-o, indignada. Estou acostumada a cantadas idiotas e homens sem-noção, mas ele passou dos limites.

— Você é desse jeito mesmo ou bebeu além da conta?

— Não entendi?

— Não se dê o trabalho. — Levanto e forço-me a andar enquanto meus olhos buscam Fernanda, que me convidou com a desculpa de companhia e me largou para os abutres.

— Espere! — Ele segura meu pulso, fazendo-me estancar em meu lugar. Minha pele imediatamente retesa e formiga com o seu toque, e odeio a sensação que me causa.

— Se você não tirar a mão de mim agora, vai se arrepender de ter nascido.

Ele solta na hora e sua expressão se transforma: o ar de conquistador barato muda para preocupado.

— Eu te ofendi de alguma forma?

— Não é porque está oferecendo uma festa que tudo que está nela te pertence.

— Não disse que você me pertencia. Ninguém é de ninguém, a menos que se queira isso, mas eu gostaria muito de ser seu, pelo menos esta noite. — Encaro-o, perplexa.

ANTES QUE ESQUEÇA

— *Você não disse isso!*
— *Qual o problema em se dizer o que está pensando?*
— *Você é péssimo nisso.*
— *Desculpa, não quis ofender. Eu só...*
— *Perdeu seu tempo, não estou interessada, muito menos quero ser sua dona, com licença.* — Ele se aproxima e bloqueia meu caminho, e eu recuo até ser impedida novamente por uma parede. Meu coração perde algumas batidas e estou estapeando-me mentalmente por não conseguir reagir como deveria.
— *É uma pena, porque eu me permitiria perder, por você* — sussurra, próximo ao meu lóbulo, arrepiando cada pedacinho do meu corpo. — *Fica à vontade.* — Afasta-se e ainda estou tentando me lembrar de como se faz para respirar...

O toque do celular, que aprendi a reconhecer, tira-me de minhas lembranças e alerta-me da convicção de recusa que eu buscava.
— Alô!
— Oi, sou eu, sinto muito, eu tive um imprevisto e não consegui ligar antes.
— Imagino. — Meu sarcasmo é, absolutamente, um mecanismo de defesa.
— O que vamos fazer?
— O quê? Não vou fazer nada com você.
— Estou falando do meu telefone, mas, se quiser fazer algo comigo, estou à disposição. — Sorri e me sinto possessa com esses conflitos desconfortáveis. É profundamente irritante desejá-lo tanto e até estar ansiosa como... não sei como exatamente. Só senti algo parecido antes de entrar na corporação e o idiota simplesmente... Não quero me lembrar daquele traste. — Posso buscar agora?
— Aqui? — pergunto, assustada.
— Ou onde achar melhor, é só me informar o endereço.
— Moro com meus pais...
— Por mim, tudo bem.
— Ainda mora no mesmo lugar?
— Sim.
— Eu levo aí, mas, da próxima vez, juro que vai ficar sem seu telefone.

— Não terá próxima vez. — Uma pontada de desgosto atinge direto meu peito. Que porcaria é essa? Por que me importo?

— Ótimo! — retruco, mas sei que falho ao tentar demover a mágoa do meu tom.

Desligo o celular sem esperar uma resposta. Talvez esteja dando a seriedade que isso não merece. Entregarei seu maldito telefone e, depois disso, vida que segue.

A sua casa fica a poucos minutos da minha, mais perto do que deveria. Uma distância razoável seria mais segura, pois preciso de todos os artifícios para me manter longe dele. Eu poderia apenas viver o momento como uma pessoa normal? Claro que sim, mas meu sexto sentido, que nunca me enganou, diz que o cabo Rodrigues poderia me marcar para sempre. Meu querer e minha razão travam um grande conflito, mas eu sairia perdendo independentemente do vencedor.

Minha mão mal toca a campainha e o portão se abre.

— Ah, oi, eu... — Fico sem fala diante da senhora à minha frente.

— Sra. Amanda?

— Isso... quer dizer... só Amanda.

— Pode entrar, o Andrezinho a espera.

— Não, eu só vim entregar o celular. — Busco o aparelho em minha bolsa.

— A senhora pode entregar? Desculpa o abuso, é que, se eu perder o ônibus, terei que esperar mais uma hora e esse tempo é a metade do percurso que levo para chegar a casa.

— Eu... posso...

— Obrigada, é só bater o portão, a porta está encostada. — A moça se vira apressada, sem ao menos esperar minha resposta. Depois de alguns segundos, paralisada, entro e ignoro os sinais do meu corpo que avisa, enquanto caminho, o erro colossal que eu estou cometendo.

— Oi? André? — chamo um pouco antes de empurrar a porta de carvalho, mas obtenho apenas o silêncio em resposta. No momento em que ergo os olhos, a paralisia me encontra novamente, pois ele está parado na minha frente, com o olhar firme e resoluto. Apenas uma toalha branca pende em seus quadris, o que justifica o fato de não estar completamente nu. Engulo em seco, sem conseguir desviar os olhos. Minha boca estremece enquanto observo as gotas de água sobre seu peitoral, elas me parecem apetitosas e necessárias. Tento a todo custo me recompor e esconder a atração latente, mas fica evidente, até para mim, a minha falha.

ANTES QUE ESQUEÇA

— Uma senhora me disse para entrar e... — Enfim consigo desviar os olhos, então os fixo na minha bolsa.

— Eu sei. — Sinto sua aproximação lenta; caminha como um leão em minha direção, enquanto o oxigênio se recusa a adentrar meus pulmões.

— Aqui. — Estendo o aparelho antes que ele complete seu caminho.

— Obrigado pela gentileza, Amanda. — O som de meu nome em seu timbre é incrível.

— Só não faça de novo, senão ficará sem. — Tento manter o controle em meu tom.

— Às vezes, precisamos ser loucos para alcançar um objetivo. — Volta a se aproximar e eu recuo.

— Não me diga — zombo.

— Bebe alguma coisa antes de jantarmos?

— Não vou jantar com você!

— Vai sentir vergonha do seu comportamento quando formos contar aos nossos netos como foi nosso primeiro encontro. — Pisca.

— Uau! Como ele é engraçadinho!

— No momento, não posso confirmar nem negar essa informação. Sei que também está sentindo esta conexão louca entre a gente. — Apenas nego com a cabeça, enquanto ele retira alguns fios de cabelo do meu rosto, e minha pele imediatamente reage ao toque, como da outra vez. Cheguei confiante de que manteria a compostura, mas a perplexidade da minha evidente derrota me massacra. — Estou louco por você, soldado. — Seus lábios roçam os meus e neste segundo me desfaço da minha armadura.

— Isso não pode acontecer... — sussurro.

— Já está acontecendo. — Sua boca encontra a minha em um argumento manipulador e persuasivo e eu não tenho alternativa a não ser me entregar.

O beijo é avassalador e a química, indiscutível; é como se tivéssemos sido feitos um para o outro. O desejo me possui de uma forma que jamais achei possível. A determinação de seus lábios e de seu toque me faz desejá-los para sempre, mas neste instante a racionalidade me alcança...

— O quê? — pergunta, com a respiração ofegante, assim que o empurro.

— Não podemos fazer isso! — alerto e me afasto o máximo que consigo.

— Diga qual é o problema? Você tem compromisso com alguém? Nego com um gesto de cabeça.

— Eu não sou assim, André, desculpa.

— Assim como, Amanda? Não estou entendendo. — Caminha em minha direção.

— Eu não — rodo o indicador no ar, sem conseguir coordenar meus gestos — saio ficando por aí.

— Eu vou tocar você — avisa, e suas mãos tocam minha cintura. — Você não está por aí, está comigo. — Seus lábios roçam meu pescoço e por um momento preciso lembrar a mim mesma sobre coação, mas será que é isso mesmo o que ocorre aqui?

— Não vai dar certo... — sussurro, sem conseguir mover-me, e torço, com a pouca sanidade que me resta, para que ele enxergue o mesmo.

— Já deu!

Sua boca encontra a minha e o beijo desta vez é muito melhor. Meus braços pendem para baixo, deixando minha bolsa cair, então me entrego. Minhas mãos se posicionam em seus ombros e logo meus dedos tateiam sua nuca. Ele me suspende com apenas um movimento, caminha comigo, posiciona-me sentada sobre a mesa e afasta-se um pouco. Era a pausa de que precisava para respirar e daria certo, mas só se eu ainda me lembrasse de como se faz. Seus olhos encaram os meus como se quisesse sugar meu sangue e usurpar minha alma.

— Quer que eu pare?

Ele é louco? Como assim parar?

— Não...

— Hum! — Mordisca meu maxilar.

— Não quero que diga aos nossos netos que não respeitei sua vontade. — Sorrio, enquanto ergue minha blusa.

— Você é bem maluco, não é?

— Sou. — Remove-a com completa agilidade. — Linda! — Sua boca desce por meu pescoço e, embora não pareça, tenho ciência de que estou completamente ferrada.

— Eu... — Um medo conspiratório se apossa de mim enquanto desce as alças do meu sutiã. — André? — sussurro seu nome, e ele trava.

— Oi? — Seus olhos se voltam para os meus e a segurança que esperava sentir, neste momento, não só está aqui como é muito mais forte do que imaginava.

— Não para! — imploro, entorpecida pelo desejo e confiante da minha decisão.

— Não vou. — Seus lábios se colam aos meus, esfomeados.

ANTES QUE ESQUEÇA

Com um misto de paixão e luxúria, em um movimento muito bem calculado, ele me remove da mesa e caminha até o sofá. Não sei em que momento minha calça foi retirada, mas a percepção me alcança quando sinto seu membro pressionar o ponto certo.

— Linda! — Posiciona-se melhor sobre mim e estou completamente rendida. — Você é perfeita, Amanda. — Seus olhos estão conectados aos meus e, neste instante, não consigo manter a decisão somente comigo.

— Eu nunca fiz isso — solto.

— O quê? — pergunta, confuso, e eu apenas meneio a cabeça.

Então a compreensão surge em seus olhos, deixando-o emudecido por alguns segundos. É nítida a perplexidade em sua expressão. Estava acostumada a ver isso no rosto de alguns amigos quando eu revelava ainda ser virgem e que esperava pelo cara certo, mas nele está muito mais evidente. A surpresa e a palidez em seu rosto são notórias.

— E você acha que chegou o seu momento? — A pergunta meio que tropeça de sua boca e, pela primeira vez, ele se mostra apreensivo.

A resposta nunca esteve tão clara em meu sistema. Na verdade, já estava antes mesmo de sair de casa. Eu mais do que ninguém sabia que a entrega do celular era apenas um enorme pretexto, porém escolhi vir aqui mesmo não tendo tido coragem de admitir a mim mesma até este momento.

— Absoluta — digo com a firmeza que busco desde que saí de casa.

— Eu... não sei o que te dizer... é...

— Nesse caso, acho melhor apenas fazer.

— Desculpa, eu não imaginei que... Não podemos fazer isso assim... Nós... — Quase sorrio com a forma que as palavras tropeçam de sua boca. — Precisa ter certeza, não posso pensar que estou...

— Já disse que tenho certeza, Cabo. — Apoio uma das mãos em seu rosto.

— Tem certeza mesmo? Não quero... — Seus olhos piscam sem parar e é possível constatar a gota de suor escorrer por sua fronte. Está visivelmente nervoso.

— Fugindo da missão, cabo? Posso ir embora.

— Não! — Um de seus braços envolve minha cintura em um abraço e sua testa se cola a minha. — Só estou tentando entender o que eu fiz de tão bom nessa vida para ter tanta sorte.

— Não valorize tanto assim, é só uma primeira vez e...

— Não diga besteira, muito menos complete o restante. — Suspende-me de volta. — Nunca fui o primeiro de alguém — diz, enquanto caminha

26 CRISTINA MELO

comigo. — Mas, já que tenho essa sorte, prometo que será a melhor primeira vez do mundo e garanto que lembrará mesmo se um dia estiver com lapsos de memória. Esta noite você não vai esquecer.

Não respondo, porque, neste instante, apenas estou torcendo para que esteja certo. Mesmo sabendo que nosso envolvimento será instantâneo, ele está correto a respeito da nossa conexão. Jamais senti isso por ninguém, então pensei ser utopia, mas, se ela existe, não posso trair meu corpo e seus instintos, ainda que o lado racional exija que eu faça exatamente isso para evitar sofrimentos. Irei permitir-me, apenas por hoje, pois não consegui parar de pensar nele durante esses dias e isso deve ter um motivo.

Ele me coloca sobre a cama e meu coração apenas martela em meu peito.

— Última chance! Tem mesmo certeza?

— E você, tem? — volto a pergunta para ele.

— O que acha? — Ergo-me sobre os cotovelos e contemplo toda a imponência de sua nudez.

— Ah, meu Deus! Você... — Fecho os olhos e ele gargalha.

— É melhor se acostumar, pois essa cena vai se repetir muitas vezes. — Deita-se sobre mim, cauteloso, como se pudesse quebrar-me a qualquer momento.

— Vai, é?

— Ah, vai. — Beija-me e o desejo volta ao seu posto, interrompendo as indagações e medos.

— Esse seu complexo de Deus diz muito sobre você.

— É? Não tenho um complexo, apenas sei reconhecer quando estou encurralado e sem opções.

— Sempre temos opções e você, mais do que ninguém, deveria pregar isso. — Seus olhos intensos se mantêm presos aos meus e uma de suas mãos remove carinhosamente uma mecha do meu cabelo que escondia um pouco meu rosto.

— Não tenho motivos para escolher outra opção quando esta, na minha cama e abaixo de mim, parece perfeita. — Mordisca a maçã do meu rosto e uma de suas mãos desce pela lateral do meu corpo. — Você é incrivelmente linda, Amanda, e isso é motivo suficiente para deixar qualquer cara louco e achando-se o mais sortudo desse mundo, então eu teria que ser muito burro para não reconhecer ou sequer pensar em uma opção que não essa. — Beija-me de forma lenta, dominante e completamente apaixonante.

Eu lhe entrego cada parte de mim. Não sei se um dia sentirei essa conexão de novo e isso me preocupa por um segundo, mas as sensações logo apagam as indagações que querem chegar.

— O que estou dizendo agora? — pergunta, em um sussurro, antes de sua língua acariciar um dos meus seios de uma forma deliciosa.

— Que parece muito bom em usar a língua — rebato, sem o constrangimento inicial.

— Então preciso dar a certeza a você.

Nos minutos seguintes, ele deu atenção mais que devida a cada um dos meus seios. Gemidos enchiam o quarto e, por um segundo de clareza, perguntei-me se era eu a responsável por eles, mas, assim que sua língua encontrou a parte mais íntima do meu corpo, tive certeza de que era eu e, por isso, não precisou de muito mais tempo para alcançar a libertação que almejava. O orgasmo arrebatador dominou cada pequena parte de mim e foi impossível não questionar:

— Por que não fiz isso antes?

— Foi bom assim? — profere, o tom rouco e convencido próximo ao meu lóbulo, e eu nem sei como ele chegou aqui tão rápido. Ah, merda! Eu disse isso alto.

— Não tenho como responder a essa pergunta, pois me faltam parâmetros de comparação.

O sorriso safado é a reação oposta do que esperava à minha provocação.

— Este é o grande ponto: estamos apenas começando e minha maior missão aqui é que você jamais precisará se comparar. Serei suficiente e, quando não for, você vai me dizer.

— André...

— Quer que eu pare?

— Não.

— Então? — Sinto a tensão em seu rosto. Não achei que ele encararia as coisas dessa forma. Caramba! Eu sou a romântica da situação e, ainda assim, sei que tudo isso é apenas um momento.

— Não quero comparar nada, estou brincando. — Ergo um pouco a cabeça e mordisco seu pescoço. É visível como seu corpo relaxa.

— Não vai precisar...

Enfia os dedos sob o emaranhado que está meu cabelo e puxa minha boca para a sua. Beija-me sedento e a cada beijo é como se nos viciássemos mais.

Sua outra mão escorrega por meu quadril e logo seus dedos mergulham em minha visível umidade.

— Você está pronta, muito pronta — sussurra.

— Sim — afirmo, ainda sabendo que não me fez uma pergunta. Ele se ajeita melhor entre minhas pernas.

— Tem certeza mesmo?

— Se me perguntar mais uma vez, eu prenderei você por desacato.

— Prometo que sorrio depois, mas, agora, estou apenas louco por você.

— Então proceda, cabo. — Não precisei dar o comando novamente, visto que ele voltou a me beijar e não demorou muito até eu começar a sentir sua imponente ereção em minha entrada.

— Vou tentar ir bem devagar, mas, se doer muito, fala? — Concordo, em silêncio, encarando seus olhos, mas não doeu. Talvez o desejo e a excitação tenham espantado de vez qualquer outra sensação.

A cada investida sua é como se estivéssemos nos conectando ainda mais. Sim, eu sei, eu sorriria também agora com esse pensamento, se minha atenção não estivesse toda em André e nessa ligação absurda.

O cuidado que ele tem ao continuar é excessivo e admirável, logo, o misto de sensações desencadeia uma explosão de sentimentos, mas, ainda assim, minha atenção e corpo são totalmente seus.

— Está tudo bem? — O tom falha um pouco e é possível perceber que ele também partilha de algumas das minhas emoções.

— Perfeito — sussurro.

— Eu nuca senti nada assim. Você é perfeita para mim, my happiness.

— "My" o quê? — pergunto, envolta nas sensações que suas investidas lentas me provocam; a ardência havia sido substituída por um prazer inigualável.

— Significa "minha felicidade". Eu soube que seria no segundo em que te vi entrar pelo meu portão naquela noite.

— Convencido... Ahh! — gemo quando investe mais forte.

— Realista — rebate e volta a beijar-me.

— Por favor... — imploro, sem ao menos saber pelo quê. Cada pequena célula do meu corpo exige o seu e a intensidade de tanta urgência é demais para mim.

— Isso, venha comigo! — Seu tom rouco e exigente é o suficiente para destravar meu prazer, então meu corpo explode em outro orgasmo, porém agora é muito mais forte que o primeiro. Ele arremete mais uma vez e se liberta dentro de mim, seu corpo recai ao lado do meu enquanto nossas respirações ainda seguem a mesma frequência. Por alguns segundos, permanecemos em silêncio, uma vez que não tenho a mínima ideia do que poderia dizer agora.

— Uau! — Ele quebra o silêncio. Uau? Que tipo de comentário é esse? Como se lesse meu pensamento, ele se coloca sobre um dos cotovelos e seus olhos se prendem aos meus. — Foi ruim?

— Sabe que não — retruco.

— Eu sei, mas quero saber de você.

— Bom, nunca tive outra primeira vez, então...

— Você se arrependeu? — A tensão em sua expressão é visível.

— Não, André, não me arrependi. Você foi ótimo.

— Fui, é? — Beija meu pescoço. — Isso significa que poderemos repetir?

— Significa que está tarde e eu preciso ir.

— E o nosso jantar?

— Olha, não quero ser nenhuma histérica grudenta ou fingir que o que aconteceu aqui não foi incrível, tornou-se parte de mim e de alguma forma me transformou, mas sabemos que não vamos ter nada além de uma noite.

— Sabemos? Quem está com complexo de Deus agora? — Sua expressão está confusa.

— Estou apenas lidando com as coisas do jeito que elas devem ser.

— Então é desse jeito. Eu fui apenas o cara da sua primeira vez? Vamos nos despedir e tratar tudo como se não tivesse acontecido? Cada um para um lado, simples assim?

— E o que espera? — Ergo-me sobre os cotovelos.

— O que eu espero? Caramba, Amanda! O que formou a meu respeito em sua cabeça? — Tento levantar-me, mas ele me impede. — Estamos conversando e estou tentando entender você.

— André... — Travo, um tanto constrangida com o rumo que tudo tomou.

— O quê?

— Eu só não quero criar expectativas e...

— Ei, não tem por que criar monstros em sua cabeça. Eu sou livre e você também é, não é?

— Sim, é claro que sou.

— Então... — Ele se aproxima mais e beija o canto da minha boca. — Por que deixar de viver mais disso? — Seus braços me puxam e logo me vejo sentada sobre ele; estamos de frente um para o outro e nossos olhos se conectam. — Essa conexão está me assustando também, porque eu já fiz muito, muito sexo...

— Eu sei que sim, não precisa detalhar.

Ele gargalha jogando a cabeça para trás.

— Estou tentando dizer que nenhuma das vezes, anteriores à nossa, foi tão perfeita como hoje. E não estou disposto a abrir mão do que tivemos e do que ainda teremos.

— André... — Baixo os olhos. Não estava preparada para essa reação. Eu montei toda a cena em minha cabeça: transaria com ele, depois seguiríamos caminhos opostos e...

— Se vai me recusar, se não está a fim de conhecer quem é o André de verdade, este é o momento. — Ergue meu queixo para que meus olhos encontrem os seus novamente. A intensidade e a sinceridade estampadas em seu olhar não me deixam ter dúvidas de sua vontade e, por um milésimo de segundo, talvez mais, permito-me acreditar que isso realmente possa dar certo...

— Amor, acorda! — Beijos deliciosos me acordam. Esse vem sendo meu despertador há alguns meses e posso dizer que tenho muita sorte por isso.

— Bom dia — sussurro, encarando os olhos que são minha perdição e porto seguro, se é que é possível que uma mesma coisa tenha as duas funções, mas, se não é, eu vivo o impossível.

— Daqui a pouco vai estar atrasada. Estava em um sono pesado. — Abraça-me mais forte.

— Estava sonhando com você.

— É? E como era o sonho?

— Foi meio que um *resumão* de nós, da nossa primeira noite. — Corro os dedos por suas costas.

— Isso é a sua consciência pesada por querer me dispensar.

Gargalho. Amo seu humor, amo a forma como se entrega todos os dias e como foi capaz de enxergar isso antes de mim.

— Foi apenas um lapso. Não poderia ceder tão fácil, cabo, pois era meu dever dificultar sua missão. — Mordisco seu maxilar.

ANTES QUE ESQUEÇA

— Vou contar aos nossos filhos, netos e bisnetos como fui injustiçado. — Roça os lábios por meu pescoço

— Vai, é? — Jogo uma das pernas por cima do seu quadril e me aconchego mais em seu abraço, que se tornou meu lugar preferido no mundo. É incrível como esse mesmo mundo para quando estou assim com André.

— Está pensando em me oferecer algum suborno, soldado? — Em uma virada dramática, ele se sobrepõe ao meu corpo e agora apenas sua necessidade paradoxal se faz presente. Meu desejo por ele se intensifica cada dia mais.

— Não tomaria tal medida, cabo, mas podemos entrar em um breve consenso.

— E vamos, mas a última coisa que teremos é brevidade. — Encaro, aturdida, seus olhos negros que se tornaram letais para os meus sentidos. Sua boca encontra a minha e qualquer palavra ou pensamento são extintos...

Seus dedos se moldam aos meus quando ele para ao meu lado. Ainda é estranho quando penso que agora tenho um namorado, mas é muito mais absurdo quando tento lembrar-me de alguns meses atrás e apenas encontro um enorme buraco negro em minha mente. É como se nada tivesse feito sentido antes de André.

— É uma péssima ideia! — digo quando paramos na porta do bar requintado.

— Se não me convenceu disso em uma semana, é improvável que consiga agora que estamos aqui.

— Pense bem, ainda podemos desistir.

— Amor, são só alguns dos meus amigos.

— Eu sei, mas... — Encaro seu rosto e ele perde a expressão.

— Existe alguma coisa de que eu precise saber?

— Não! É que combinamos manter nossa relação afastada da corporação por um tempo e...

— E fizemos isso, mas não vejo motivos para que continuemos escondidos, uma vez que somos oficialmente namorados e já recebemos a aprovação das nossas famílias e dos seus amigos. Se não me engano, isso já faz vários meses, então não vejo por que não compartilhar também com os meus.

— Eu sei, eu só...
— Você mudou de ideia sobre nós?
— Não, amor! — Beijo-o. — Claro que não, ficou louco?
— Pode explicar?
— Eu já disse: não quero que se sinta pressionado.

Ele sorri e me beija.

— É só um chope, amor, relaxa.
— Tem certeza? — Ele apenas me olha, e é louco como consigo decifrar cada mínima expressão em seu rosto. — Você tem — respondo a minha própria pergunta e ele assente, tranquilizando meu coração e concretizando minha convicção.

3

INFINITO

*"É preciso amar as pessoas
como se não houvesse amanhã
Por que se você parar pra pensar
Na verdade não há."
Pais e filhos - Legião Urbana*

AMANDA

Entramos no bar movimentado com as mãos dadas e não me lembro de algum dia já ter sido mais feliz. É louca a sensação de que sua plenitude depende de outra pessoa, talvez esse seja, de fato, um pensamento retrógrado e fora de moda, mas a maior hipocrisia é mentir para nós mesmos. Então, sim, sou completamente louca por André. Ele me completa de uma forma que jamais imaginei ser possível.

— Olha ele aí... — Um homem alto e talvez um pouco bonito nos intercepta.

— Quanto tempo, cara — André diz e o abraça, mas, para isso, solta um pouco minha mão.

— Já estávamos quase indo embora.

— Pegamos um pouco de trânsito — desculpa-se com o amigo, porém não foi exatamente o que aconteceu. A culpa do atraso foi inteiramente minha, porque enrolei o quanto pude para sair de casa.

— Esta é a Amanda, minha namorada — apresenta-me, e eu não deveria estar tão nervosa, mas estou. Além do homem de pé conosco, há vários pares de olhos concentrados em nós e todos parecem analisar cada centímetro do meu corpo.

— Prazer, Amanda, eu sou o Gustavo e esta é a minha esposa, Lívia. — Ela se levanta e me cumprimenta também. Recebo o gesto no automático.

— Muito prazer, você é linda.

— Obrigada — rebato Lívia e sua gentileza incontestável, já que, certamente, tem uma beleza esplêndida.

— Amor, este é o Carlos e sua esposa, Clara. — Sorrio e aperto a mão do casal que parece muito apaixonado também. — Estes são o Michel e a Bia, sua esposa...

— Muito prazer. Achei que ninguém iria conseguir agarrar esse daí.

— Bia! — o marido a repreende.

— O quê? — ela o rebate.

Sorrio em resposta e, de alguma forma, a tensão se dissipa quando todos sorriem.

— Foi amor à primeira vista, coelhinha assustada — André lhe responde com seu tom amistoso.

— Não acredito que contou sobre meu apelido! — Ela encara o marido, que parece sem graça.

— Deu ruim! — Gustavo comenta, despertando risos novamente.

— E estes são Daniel e Douglas.

— Eles meio que estão segurando vela — Carlos retruca, brincalhão.

— *Vai te catar*, Carlos! Ninguém me disse que era um encontro de casais — retruca Daniel.

— Na verdade, iria propor algo. — Douglas pisca para ele.

— Vai *se foder*, Douglas! — Daniel explode e todos riem, inclusive eu.

— E o Fernando? — André pergunta para Daniel quando nos sentamos.

— O Bernardo está um pouco gripado e ele e a esposa ficaram preocupados em deixá-lo com a avó, mas me disse que te ligará depois.

Meu namorado assente.

— Bom, esta é a Amanda, a mulher que roubou meu coração. — Beija minha mão e neste momento me sinto a pessoa mais importante de todo o mundo.

— Parabéns, vocês formam um lindo casal — diz Clara.

— Obrigada.

— Então, como é a história de vocês? Ele te ameaçou com uma arma? Você teve que intimá-lo? Ele derrubou seu almoço? Bateu no seu carro? — pergunta Bia e todos reviram os olhos. — O quê, gente? Vocês são todos estranhos para primeiros encontros, o André convive com vocês, então deve ter uma boa história aí.

— Acho que foi mais para um encontro normal mesmo, nós nos conhecemos em uma festa.

ANTES QUE ESQUEÇA 35

— Ah... — Ela parece desapontada.

— Mas a culpa de tudo mesmo foi do celular que ele colocou dentro da minha bolsa.

— *Tá vendo?!* Eu sabia! — Parece satisfeita com o roteiro novo.

— Ela não facilitou, então tive que apelar — André comenta, sorrindo.

— É sério! A Bia tem razão! Vocês devem fazer algum curso de encontros estranhos — Clara deduz.

— Um brinde à nossa formação! — diz Gustavo, erguendo o copo de chope.

— Mas e vocês, nada? — André questiona Daniel e Douglas.

— Estou feliz demais com minha liberdade. Não fiz esse curso nem quero passar na porta.

— Esses são os piores. Vai ver quando se apaixonar. Conheço bem esse discurso aí — Carlos rebate Douglas.

— O que você conhece, Carlos? — Clara exige.

— O antigo Carlos, coração, este aqui é só seu. — Ele a beija.

— E você, Daniel? — pergunta Gustavo.

— *Tô legal* — responde, desviando os olhos do celular que encarava atentamente, parecendo completamente alheio à conversa.

— Casar é bom, cara, logo vocês dois também encontrarão a pessoa certa. Todo mundo tem uma — alerta Gustavo.

— Tão fofo, meu capitão. — Lívia o beija.

— Fofinho ele... *cute, cute...* ursinho Pimpão... — Michel e todos, inclusive André, encarnam no apelido. O que os homens têm contra a palavra "fofo"?

— *Vão se foder!* — Caímos na gargalhada. Durante as três horas que passamos juntos, não tivemos muito tempo sem boas risadas. Senti-me tão à vontade com todos eles que parecia nos conhecermos havia séculos e, rapidamente, eles também se tornaram meus amigos.

— Eu disse que eles eram incríveis.

— Eles são e você tem muita sorte por ter tantos amigos maravilhosos. — Beijo-o e ele liga o carro.

— Tenho mais sorte ainda por ter você. — É sua vez de me beijar, e parece mágico nós dois juntos.

Poderia apostar em magia se fosse uma opção, pois, desde a nossa primeira noite, nunca mais nos desgrudamos. Fomos do "não estou interessada" ao "não posso viver sem você" em menos de vinte quatro horas, mas é claro que ainda não admiti em voz alta sobre ele ser o ar que respiro.

— Aonde estamos indo? — pergunto quando não retorna e deixa o caminho de casa para trás.

— É uma surpresa.

— Outra?

— Você sabia sobre o encontro com meus amigos, então isso não foi uma surpresa.

— Estou referindo-me ao café com flores essa manhã, seu bobo, não se faça de sonso.

— Isso não é uma surpresa, e sim um mimo à mulher mais linda deste mundo. É impossível não me sentir o *filho da puta* mais sortudo em todo o planeta toda vez que te vejo dormindo em minha cama.

— Você é tão fofo, amor! — digo, tentando esconder o impacto que ele me causou.

Ele gargalha. Aumento o volume do som, começo a cantar bem alto a música da *playlist* que montamos juntos e, em um momento ou outro, ele canta comigo a faixa que é uma das minhas preferidas e que, de certa forma, lembra-me dele...

"(...) Me disseram que você
Estava chorando
E foi, então, que eu percebi
Como te quero tanto
Já não me preocupo se eu não sei por que
Às vezes, o que eu vejo, quase ninguém vê
E eu sei que você sabe, quase sem querer
Que eu quero o mesmo que você"
Quase sem querer – Legião Urbana

— Eu te quero *pra caralho*, não faz ideia do quanto — reponde assim que finalizo a última estrofe.

ANTES QUE ESQUEÇA

— Talvez eu faça, porque não posso imaginar um dia em que eu não te queira, Sr. Rodrigues — respondo e beijo-o.

É incrível como ele consegue guiar o automóvel tão bem, já que não consigo nem me concentrar no caminho percorrido. Por minutos, sua atenção se reveza entre a minha boca e o volante.

— Aonde estamos indo, afinal?

— É feio interceptar a surpresa alheia — rebate, tranquilo.

— Já são quatro da manhã, que lugar é esse? — pergunto quando não consigo identificar muito bem a estrada envolta na escuridão, cheia de curvas e de mata. Toda a minha atenção foi desviada por ele no percurso inteiro.

— Já vai descobrir. — Pisca.

Mais alguns minutos e curvas depois, ele encosta o carro.

— Vamos descer?

— É claro que vamos. — Coloca a pistola no cós do jeans e desce, e eu mal coloco minha mão na maçaneta antes de a porta já estar aberta. — Estou torcendo para você ainda não ter vindo aqui. — Beija-me assim que desço do carro também e, quando meus olhos se acostumam com a luz natural da lua, contemplo a beleza do local.

— É lindo — digo, encantada. — Não, nunca estive aqui antes.

— Então será muito mais perfeito. Vem! — Puxa-me pela mão e abre o porta-malas.

— Amor, o que você está fazendo? — pergunto quando ele pega alguns cobertores, uma bolsa e uma cesta cheia de comida.

— É só o nosso café da manhã.

— Café da manhã?

— Sim. Feche a mala, por favor. — Assim faço e caminho ao seu lado.

Logo paramos sob uma estrutura com telhado e ele acende uma lanterna que imita um pequeno lampião, então consigo realmente contemplar a perfeição do lugar lindo como nas fotos: a Vista Chinesa, que é um dos cartões postais do Rio de Janeiro.

Eu consigo apenas ficar paralisada enquanto ele arruma o local com maestria.

Sob a grande estrutura de telhados em estilo oriental, dois dos cobertores são estendidos sobre o chão e, ao seu redor, aparecem mais três lanternas idênticas à anterior; algumas pétalas de flores são jogadas sobre a coberta e a cesta com alimentos apoiada ao lado.

— Agora é torcer para ninguém ter tido a mesma ideia e interromper

nossa privacidade. — Ele estende a mão em minha direção, ainda ajoelhado.
— Você tem uma loucura que extrapola. — Pego sua mão e logo estou ao seu lado.
— E isso é bom?
Meneio a cabeça.
— Perfeito — respondo, e seu sorriso disputa com a perfeição da lua.
— Temos alguns minutos até o sol começar a despontar.
Uma de suas mãos enlaça minha nuca e, junto a ela, meu raciocínio. Beijamo-nos e não demora muito até nos entregarmos por completo um ao outro, como era em todas as vezes, mas confesso que o cenário deixou muito mais especial. Nos minutos seguintes, a sensação é de que só existíamos nós dois no mundo inteiro. Não sei se todas as pessoas têm a minha sorte, mas isto, este sentimento e esta conexão entre mim e André são eternos e impossíveis de serem explicados.

Quando os primeiros raios de sol surgem, ainda estamos recuperando nossas respirações. Certamente, assim como eu, ele também está grato por não termos sido interrompidos.

Ajeito meu vestido rapidamente para não perder nenhuma parte do espetáculo. André se senta atrás de mim, seus braços rodeiam meu corpo e eu absorvo a sensação de segurança e plenitude por estar em seu abraço.

— É tão lindo — sussurro quando o sol começa a ganhar força a nossa frente.

— O infinito é realmente fantástico e incansável. Este lugar é muito importante para mim, porque foi aqui que assisti ao meu primeiro nascer do sol com o meu pai. — Viro um pouco o rosto para enxergá-lo. — Sei que este lugar aqui e a cena a que acabamos de assistir ainda existirão por milhares de anos depois de nós, mas queria fortalecer sua eternidade para mim, para nós dois e que este pedacinho do mundo tivesse uma grande responsabilidade e significado nas nossas vidas. — Sorrio.

— Você é tão...
Ele silencia meus lábios com um beijo casto.
— Eu soube que era você desde o primeiro momento em que te vi, e os meus amigos que já foram enfeitiçados antes... — Meneio a cabeça sorrindo e ele coloca dois dedos em meus lábios quando tento expressar novamente quão romântico ele está sendo.

— Prometo que te deixo falar, mas agora me deixa dizer? — Assinto.
— Eles me alertaram de que, quando encontramos a mulher certa, aquela

ANTES QUE ESQUEÇA

que vira nossa vida de cabeça para baixo, que faz nosso mundo girar ao seu redor, tudo muda. Em uma fração de segundos, você é o cara descompromissado que quer apenas se divertir; em outra, até seu ar vai depender exclusivamente da mulher amada. Foi assim naquela noite: uma força me moveu até você. Não sei explicar exatamente o que senti, só sei que a magia estava lá, em você. E não preciso de mais tempo para ter certeza de que quero assistir a muitos nasceres de sol ao seu lado. Eu te amo, Amanda Moraes, quero você em minha vida para sempre, do infinito ao além... — Não consigo conter as lágrimas. — Casa comigo? — Ele ergue uma caixinha preta que não tenho ideia de onde tirou e abre revelando um lindo solitário. Talvez eu tenha entrado em choque, já que não consigo mover um músculo sequer, apenas lágrimas escorrem livremente por meu rosto. — Amor? É a sua deixa.

— Eu... — Mal consigo respirar.

— Vou entender se quiser esperar mais — ele insiste, quando passo tempo demais tentando organizar-me nas palavras.

— Eu te amo, André, amo como nunca imaginei que poderia amar e não pode existir uma mulher mais feliz no mundo do que eu neste momento. É sim, meu amor, até o infinito será sempre sim. — Seus lábios se colam aos meus e não tenho dúvidas de que nosso amor é aplaudido por toda essa magnitude e beleza a nossa volta...

4

ADEUS

"Sobre a laje fria, diz adeus à primavera uma rosa murcha."
Fanny Dupré

AMANDA

— Amor? Amanda? — o tom rouco e constante me desperta.

Acordo e minha primeira visão são os olhos negros mais lindos desse mundo.

— Bom dia. O senhor interrompeu meu sonho, sempre faz isso.

— E sobre o que a senhora estava sonhando?

— Com o pedido de casamento mais lindo desse universo. — Ergo a mão direita, exibindo o anel, que era meu acessório favorito, mesmo só tendo assumido o posto há uma semana.

— Ainda não é o pedido oficial.

— Como assim, Sr. Rodrigues? Não brinca com o perigo! — Ergo-me sobre os cotovelos, ciente de que qualquer parte minha ainda adormecida, há alguns segundos, agora tem a atenção completa voltada para ele. André sorri depois de me encarar por algum tempo e sei que minha expressão não é das melhores.

— É claro que foi um pedido verdadeiro e válido, meu amor, só estou dizendo que preciso fazer isso também para os seus pais, os meus, nossos amigos. Não vou abrir mão de expor a todos o quanto sou o homem mais feliz desse mundo. — Beija-me. Eu havia passado mais uma noite aqui em sua casa. Na verdade, acho que já quase me mudei para cá.

— Não tem necessidade disso, o importante somos nós dois.

— Tem muita necessidade, sim. Vamos começar a organizar tudo amanhã, porque quero uma festa das grandes. — Beija-me novamente. — Vou à oficina rapidinho para saber do seu carro, pois preciso apressar aqueles caras, isso já faz dias. Depois passo no mercado e compro algo para prepararmos para o almoço.

— Não vá, fica? — Enlaço minhas pernas nele, que começa a sorrir.

— Amor, vai ser bem rápido, prometo. Quando piscar, eu já voltei. Nossa tabela de escala não está batendo mais e não fico tranquilo se você estiver sem carro.

— Não ligo. — Tento puxá-lo para a cama, mas ele resiste.

— Prometo que te recompenso quando voltar. — Pisca e pula da cama. É engraçado como foge de mim. Ele me manda um beijo da porta.

— Eu te amo do infinito até o além — grita, depois de já ter saído do quarto, e não sou rápida o bastante para responder, então logo ouço a batida da porta da sala.

— Eu te amo, cabeçudo — sussurro para mim mesma quando me levanto da cama e, assim como nas outras manhãs que despertei aqui, também estou com um sorriso idiota no rosto.

Tomo um banho e mal saio do banheiro quando ouço meu telefone tocar...

Era esperado, mas não tão rápido. Não havia uma só vez em que ele fosse ao mercado e não me ligasse para confirmar cada ingrediente ou ter certeza do que realmente comprar.

Pego o aparelho e a nossa foto aparece com o nome "amore meu", então já estou sorrindo antes mesmo de atender.

— Desistiu da oficina? Lembrou o que deixou para trás, não é? — Ouço sirenes altas demais.

— Senhora, é... — Meu coração perde todas as batidas instantaneamente quando não reconheço o tom do outro lado.

— Quem está falando, esse celular é do André, cadê ele? — exijo, e sei que meu tom está muito longe da normalidade.

— Eu sinto muito, apenas liguei para o último número discado. Sou o sargento Alves e a senhora é...

— Sou a noiva dele, soldado Moraes, onde está o André? — Minha boca seca enquanto meu coração se comprime em meu peito.

— Nossa viatura foi a primeira a chegar, houve um incidente e...

— Como assim incidente, ele está bem? Ele caiu? Foi um acidente de trânsito, ele está consciente? Para onde o estão levando? — Corro até a cômoda e começo a desfazer o nó do robe, mas se torna muito difícil com apenas uma mão e trêmula...

— Ao que parece, foi uma tentativa de assalto. Eu sinto muito. — O tom angustiado faz meu corpo desabar sobre meus joelhos. Não consigo respirar, pensar ou me concentrar em nada que não seja o barulho insistente das sirenes... — Senhora?

Sei que ele espera que eu responda, mas estou emudecida, apenas meu coração martela em meu peito provocando cada vez mais a dor aguda e constante. Meneio a cabeça em negativa, sem interrupção, e a única oração que consigo fazer é para que tudo isso seja apenas um pesadelo. É claro que é. Ainda estou dormindo. Não é verdade...

— Sinto pela sua perda. Infelizmente, ele não resistiu.

O celular despenca das minhas mãos e não me importo com o som oco que reverbera pelo ambiente.

O mundo à minha volta parece evaporar e um nó gigante se instala em meu estômago junto da necessidade de que alguém me confirme que isso tudo não passa de um engano...

Mas não aconteceu. Uma semana depois, ainda estou inerte pela dor; é como se estivesse assistindo a um filme de terror de mim mesma.

Ainda encaro a porta e mantenho o telefone ao meu lado com a esperança de que alguém vá me dizer que nada disso é verdade. Embora eu tenha visto seu corpo sem vida, tenha assistido a seu sepultamento e dado meu último adeus, como todos naquele lugar, nada é plausível o suficiente para me fazer entender e justificar que, em apenas um telefonema, tudo tenha sido arrancado de mim. Sabemos do ônus em ser um policial no Rio de Janeiro, mas o André era muito bom e não podia ter acontecido justamente com ele, não com ele.

Nós tínhamos tudo programado, agora como vou desfazer-me desses planos e entender que o grande amor da minha vida me abandonou?

— Você não podia fazer isso comigo, ouviu bem?! Não podia! Você me prometeu! — grito, derrubando alguns objetos de minha cômoda no chão.

— Filha? — Minha mãe bate na porta trancada do meu quarto e eu apenas permaneço jogada ao lado dos destroços recém-quebrados; a dor

ANTES QUE ESQUEÇA　　　　　　　　　　　　　　　　　43

esmaga meu peito sem a menor cerimônia ou compaixão. — Abre, meu amor — insiste, mas deixo de ouvir as batidas e apelos depois de algum tempo. A voz dele é a única que gostaria de ouvir.

— Por que, André, por quê? Eu nem consegui te responder, droga! Você não esperou, eu te disse para não ir. Por que não me ouviu, amor?

Deito-me ao lado do celular, encarando seu sorriso lindo da tela fria. Era assim que ele estava agora: frio e sem vida. Já o meu coração está seco como uma flor que havia cumprido seu papel e jamais ressurgiria à vida; ele nunca se recuperará. O resto da minha vida não será suficiente para isso.

Talvez, toda aquela recusa fosse o universo alertando-me e, pela primeira vez, apenas ignorei minha intuição. Talvez, toda esta dor em meu peito pudesse ter sido evitada, mas isso também significa que eu não viveria todos os momentos que vivi com ele e, certamente, se eu tivesse o poder de escolha, escolheria viver nem que fosse apenas um dia ao seu lado.

Os dias se arrastam, um após o outro. As visitas são todas vazias, porque ninguém tem o poder de me convencer. Ele não é apenas mais uma estatística. O homem da minha vida não pode se transformar em mais um número nesta porcaria de país.

Retorno ao trabalho e o faço no automático, pois tudo, exatamente tudo perde a graça. Nem mesmo as piadas mais esdrúxulas de Dimas são capazes de mudar meu humor. Mas aqui, no exercício de minha função, posso desligar-me um pouco, já que a prioridade é servir e proteger independente do seu emocional, dia ou perda. Entretanto, não tive como proteger a pessoa que iluminou meu mundo e o arrastou para a escuridão na mesma proporção.

Nem sequer tive coragem de visitar meus sogros, porque sabia que, assim que olhasse para eles, minha dor seria alimentada, visto que André era a cópia do pai e, ao encará-lo, será impossível não lamentar um futuro perdido.

— Amiga, não posso mensurar a sua dor, mas precisa tentar seguir em frente.

— Estou fazendo isso, não estou? — rebato Oliveira e apenas envolvo um elástico nos cabelos de qualquer forma.

— Eu sei que dói...

— Não, você não sabe! — Encaro seus olhos e sei que meu tom está além do que deveria, mas não estou importando-me com isso. — Não tem a mínima ideia do que é enterrar o amor da sua vida, como é louco que em um segundo seu mundo perfeito apenas desabe em sua cabeça, sem nenhum tipo de aviso-prévio. Em um momento, você está no ápice da felicidade; no outro, simplesmente um buraco se abre sob seus pés e suga tudo de você. Então, Fernanda, não tente mais me convencer do contrário. — Minha amiga assente com olhar de pena e eu rapidamente caminho até a porta do alojamento, mas travo em meu lugar antes de passar por ela. — E sabe qual é a pior parte? É você não ter tempo de se despedir. Mesmo sabendo que não deixou de dizer o quanto o amava, ainda assim, sente que faltou algo e que talvez, em um milésimo de segundo, pode não ter deixado claro o suficiente, porque, quando se ama com todas as suas forças, dizer isso nunca é o bastante.

Não espero sua resposta ou aceitação, apenas faço meu caminho até o maldito carro que grita a minha culpa, apesar da maior parte da minha consciência garantir a minha inocência. Não ter conseguido convencê-lo no único momento em que eu realmente deveria fazer isso está acabando comigo e esse, na verdade, é o maior motivo de não conseguir encarar seus pais.

5

VAZIO

"Mesmo onde você enxerga o vazio, pode ter gente dentro."
Martha Medeiros

AMANDA

Faz dois meses e alguns dias que a culpa se junta à dor para corroer tudo aqui dentro. Talvez eu seja fraca demais para reconhecer de uma vez por todas que minha vida também está acabada. Não tenho ideia de como as pessoas se recuperam de algo tão devastador. É provável que elas apenas aprendam a conviver com a dor e o vazio e encontrem uma nova direção, mas eu não encontro nada, embora busque desesperadamente isso. Não vejo possibilidade de recuperação...

Levanto-me correndo da cama e quase não alcanço o banheiro que, por sorte, está desocupado.

Vomito o pouco da comida que ingeri na noite passada por insistência da minha mãe. Já faz um pouco mais de uma semana que os vômitos tomam conta do meu café da manhã. Sei que até meu corpo reconhece como tudo está errado e essa é a forma de me dizer isso.

— Hoje também, Amanda?
— Está tudo bem, mãe.
— Não, filha, não está tudo bem. Olha o seu estado, querida, está definhando dia após dia. — Encaro-a e é possível ver a angústia em seus olhos.
— É só um mal-estar, vai melhorar.
— Nós vamos ao médico, Amanda.
— Mãe...
— Sem mais, Amanda. Infelizmente não posso fazer mais nada pelo André, mas posso fazer por você e não vou deixá-la desistir. Isso não!
— Não precisa, já estou melhor.

— Veste uma roupa ou vou chamar seus irmãos e vamos fazer isso por você — exige e não tenho forças para rebatê-la, só me arrependo de estar de folga hoje.

Estar no hospital me traz uma sensação ruim. O cheiro acentuado de cloreto de cloro e o ambiente inóspito me desestabilizam mais.

— Você me parece estar bem abaixo do seu peso ideal. — Lógico que estou e minha farda já vem atestando isso. Apenas encaro o médico à frente sem disposição para rebater o comentário óbvio.

— Ela vem passando por dias difíceis, doutor. Os vômitos, alguma razão aparente?

— São perfeitamente normais no início da gravidez.

Eu ouvi perfeitamente a palavra, mas apenas me junto ao silêncio sepulcral no consultório enquanto absorvo meu mundo, que já está devastado, virar de ponta-cabeça novamente. Mal consigo respirar. Meus batimentos perdem o compasso e quase me fazem entrar em colapso.

— Grávida, ela está grávida? — minha mãe pergunta e quase não reconheço seu tom.

— Sim, o exame deu positivo, mas não podemos atestar de quantas semanas exatamente. Para isso, precisamos de...

— Estou com 10 semanas. — Solto e minha mãe se vira para mim.

— Você já sabia?

— Não, mas, se estou grávida, foi concebido na Vista Chinesa e isso faz dez semanas — retruco sem emoção.

— Amanda?

— O quê, mãe? Eu fazia sexo! — Levanto-me e saio do consultório sem esperar por permissão ou sua resposta. Ela não vem atrás de mim, o que é um fator positivo na minha situação. Caminho pelos corredores do hospital, buscando a saída desesperadamente. As lágrimas se acumulam em meus olhos e é inevitável tentar obstruí-las, logo caem livremente por meu rosto.

ANTES QUE ESQUEÇA 47

Aciono o aplicativo em meu celular e não demora mais que um minuto para o carro parar a minha frente e, sem conseguir conter as lágrimas, entro no automóvel. O couro gelado conforta um pouco a minha pele, e esse conforto faz que eu chore copiosamente.

— Oi? — o tom confuso me intercepta.

— É para a Vista Chinesa — digo, entre um soluço e outro, e abaixo a cabeça.

— Eu...

Ele parece desistir do que ia dizer e sou grata por isso. A viagem segue e, alguns minutos depois, ainda chorando muito, chego ao meu destino.

— Quer que eu espere? Aqui é meio complicado para conseguir um carro — o motorista que mal encarei pergunta, solícito.

— Se o senhor não se importar em esperar um pouco, agradeço.

— Não me importo. Leve o tempo que precisar, mas não faça nenhuma besteira, pois a vida sempre nos presenteia com novas saídas e possibilidades, mesmo que o cenário esteja bem difícil.

— Não vou — é só o que respondo.

Caminho enquanto o vento gelado toca a minha pele. O dia, diferente daquela noite, está nublado e as nuvens escondem o sol, assim como a maior parte da vista. Quando passo embaixo do telhado, onde vivi algumas das horas mais lindas da minha vida, já está muito difícil respirar, então as lembranças ainda tão vívidas quase me fazem desabar e preciso de muita força para não me deixar levar pelo constante apelo do meu corpo.

Curvo-me sobre o parapeito de bambu e toda a beleza não pode ser admirada. Mesmo sabendo que está aqui, não consigo enxergá-la. É como se tudo nesse lugar também estivesse de luto.

Choro, e é um choro torrencial e sem reservas. Não consigo respirar ou me mover, pois a dor em meu peito é lancinante.

— Como eu vou olhar para o nosso bebê e explicar que o pai nos deixou, diga?! FALA?! — grito para o infinito em minha frente, o nosso infinito. Meu corpo convulsiona, impulsionado pelo choro e, então, deixo-o cair sobre os joelhos. — Eu não posso, amor, não vou conseguir sem você! É o nosso bebê...

— Ei? — Sinto o braço em volta do meu corpo e não importa de quem seja, ele chega em um bom momento. Por minutos a fio, permanecemos na mesma posição enquanto a aceitação pede passagem em meu sistema e, de alguma forma, o abraço é reconfortante.

— Ele se foi mesmo, e eu não consigo ficar aqui sozinha — desabafo com o estranho.

— Consegue, sim. Vai doer, vai doer muito, mas vai passar.

— Não vai. — Empurro-o um pouco e reconheço que é o motorista. Meus olhos, ainda que embaçados pelas lágrimas, vão ao encontro dos seus, que são como o mar em um dia calmo e ensolarado, aqueles dias que só lhe transmitem paz.

— Eu sinto muito, ninguém deveria passar por isso, mas a vida está longe de ser justa.

— Por que Deus faz isso?! — exijo.

— Deus não é responsável por nossas escolhas e, se você está falando da morte, isso também não está nas mãos dele. Todos nós vamos morrer um dia, pois é um processo natural da vida, e o natural não se pode evitar, acontece cedo ou tarde. Não é justo que aconteça com uma criança, mas acontece, e isso nos revolta, faz-nos odiar Deus. Os porquês não param até você entender que não pode culpar o sobrenatural pelo natural. Este é orgânico e aquele, inexplicável.

— Como Deus pode me dar um filho se levou o pai?

— Essa pergunta somente ele pode responder e os momentos em que estamos feridos são os piores para escutarmos as respostas. — Encaro-o por segundos, enquanto as lágrimas cessam e a respiração começa a normalizar. — Tudo, exatamente tudo volta ao seu curso. Até mesmo as mais longas e devastadoras tempestades se findam. Não é que não vão deixar as marcas, pois elas sempre deixam e, às vezes, ficam em nossa memória para sempre, mas até as mais terríveis cicatrizes se suavizam ao longo do tempo. Sinta a sua dor, viva o seu luto, ele é apenas seu, mas abra a janela quando o sol chegar e, uma hora ou outra, ele vai aquecê-la de novo. — Afasto-me de seu abraço e ele se ergue. Em seguida, estende a mão para que eu me levante também.

— Precisa de mais algum um tempo?

— Não, já podemos ir. Vou ligar o aplicativo. — Evito olhar em seus olhos agora, porque não quero ser consolada, uma vez que ninguém é capaz de entender que, para minha dor, não há remédios.

— Não precisa. Apenas me informe seu endereço.

— Não, eu...

— Por favor, é só me dizer — interrompe-me com o tom suave e não tenho energia para discordar.

ANTES QUE ESQUEÇA

A viagem até minha casa é feita em silêncio, mas sinto seus olhos em mim o tempo todo como se eu fosse abrir a porta a qualquer momento e jogar-me com o carro em movimento.

— Acredito que chegamos. — O alerta me tira de meus pensamentos.

— Sim, é aqui. Como faço para acertar a corrida? Você não...

— Está tudo bem...

— Amanda — digo meu nome quando percebo que ele o busca em sua memória.

— Aquela que deve ser amada e digna de amor.

— O quê?

— Seu nome é lindo. Fique tranquila, que está tudo certo. Cuide-se e cuide muito bem dessa pequena preciosidade em seu ventre, que é completamente dependente de você, você precisa ficar forte por ele ou ela.

— Obrigada.

— Não por isso.

Desço do carro e ele ainda permanece parado enquanto faço meu caminho até a portaria do prédio.

— Amanda? — Viro-me e vejo-o correndo em minha direção.

— Oi?

— Se precisar de uma carona, digo, motorista, quer dizer, se precisar de uma corrida, pode me ligar a hora que for. — Entrega-me o papel, que parece ter sido tirado de revista, com um número de celular e nome.

— Eu ligo... Benjamim. Bom, não sei o significado do seu nome, mas, se precisar de um carro por aplicativo, dou preferência a você.

— Obrigado. — Assinto e me viro novamente. — A hora que for! — grita atrás de mim, mas continuo meu caminho.

Alguns dias depois, estaciono o carro do meu irmão na porta da casa dos meus sogros. Não podia lhes dar a notícia por telefone, mas precisei desse tempo para recompor a mim mesma. Não ter ido à missa do André e não ter dado um telefonema sequer para eles fazem a culpa irradiar todo o meu sistema, mas não conseguia encará-los e acho que ainda não consigo. Se não tivesse esse dever, não viria, pois sei o quanto vai doer quando passar por este portão, entretanto não estou sozinha agora.

Respiro fundo quando aperto a campainha.

— Querida. — A mãe do André me envolve em seus braços antes mesmo de eu conseguir encará-la.

— Eu sinto muito, Laura. — A frase escapa em meio ao soluço e toda a força que tentei reunir desfaz-se em menos de um segundo.

— Eu sei, meu amor, eu sei.

— Eu não consegui, eu pedi para ele não ir, e...

— Não foi sua culpa, querida, não foi. — Abraça-me de novo e desabo em seus braços.

— Nós sentimos sua falta, Amanda. — Deixo o ombro da minha sogra e encaro meu sogro.

— Perdoe-me, Sr. Murilo, eu não consegui — digo e, diferente do que pensei, vejo compreensão em seus olhos negros, que são idênticos aos do André.

— O importante é que está aqui agora. Vamos entrar e tomar uma xícara de chá. — Apoia o braço em meu ombro e me guia para dentro. Sei o quanto estão sofrendo, já que André era filho único, mas, ainda assim, compadecem-se com minha dor.

Depois de uns goles no chá de camomila, consigo acalmar-me um pouco. Encaro os dois pares de olhos em minha frente e não consigo assimilar a melhor frase para lhes contar sobre o neto ou neta.

— Eu preciso contar uma coisa, mas não sei...

— É só dizer, querida, nós estamos ouvindo.

— Estou grávida. — Resolvo ser direta.

— O quê?

— Descobri há pouco tempo: estou esperando um filho do André.

— Amanda! — Minha sogra apoia as mãos sobre a boca, em completo choque, e as lágrimas rolam por seu rosto, então me junto a ela quando volto a chorar.

— Tem mesmo certeza, filha? — meu sogro pergunta, também em choque.

— Eu tenho, sim, vocês serão avós. Sei que o momento é...

— É uma benção, minha filha! — Minha sogra se joga no sofá ao meu lado e me abraça. — Obrigada! Agora teremos um pedacinho do nosso André aqui conosco.

ANTES QUE ESQUEÇA

— Parabéns, minha filha, meu filho seria um ótimo pai, mas pode ter certeza de que meu neto será muito amado e desejado. Você nos deu um motivo para sorrir.

Passamos minutos confortando-nos e chorando pela boa nova até minha sogra pedir licença, mas ela não leva muito tempo para retornar.

— Estava esperando o melhor momento para lhe entregar e acredito que seja este. — Entrega-me o envelope, então o encaro e vejo o meu nome com a caligrafia de André.

— Como?

— É seu, não abri, ele deixou em seu nome. — Junto o envelope ao meu peito, esperando sentir seu calor, mas não surte efeito. Meus dedos se posicionam para desfazer o lacre, mas minha sogra me para. — Esse momento é apenas seu, querida, ele também deixou uma para nós. O André sempre foi meu anjo — concordo e coloco o envelope em minha bolsa.

Minutos depois já estou a caminho de casa, aliviada por eles terem perdoado meu desleixo e feliz com a promessa de que ainda seríamos uma família; mesmo que fosse quebrada, ainda seríamos uma.

— Já tem carona? Precisa de um táxi? — pergunta o dono da agência na qual acabo de fechar a venda do meu maldito carro.

— Não, eu... — Lembro-me do telefone que recebi e busco em minha bolsa o pequeno pedaço de papel, pois estou com minha pistola e é melhor alguém já conhecido... — Vou chamar um carro, obrigada — digo quando encontro o papel quase danificado. Retiro-me e digito o telefone indicado.

— Benjamim?

— Sim?

— Desculpa, fiquei preso no trânsito.
— Está tudo bem — respondo, colocando o cinto.
— Para onde, desta vez?
— Para minha casa, mas me deixa ligar o aplicativo?
— Não precisa.
— Precisa, sim. Se não me cobrar desta vez, desço do carro.
— Tudo bem, vamos fazer por fora do aplicativo? Ganho mais assim.
— Sem problemas.

6

RECOMEÇO

"Talvez eu devesse recomeçar, porque talvez essa seja a minha última chance de fazer as coisas darem certo."
Autor desconhecido

AMANDA

Encarar o teto branco imaculado está ajudando-me a controlar minha respiração. Afasto-me da confusão à minha volta, ainda que seja por alguns segundos, e todos os barulhos são silenciados, então a dúvida a qual jurei não chegar alcança-me:

É possível um recomeço?

Durante os últimos meses, sustentei a ideia de que era impossível qualquer reconstrução e me alimentei disso. Minha primeira reação foi apossar-me da dor, uma dor forte, constante, que dilacera cada pedacinho existente em você. Então, é inevitável ter a absoluta certeza de que não resistirá a ela, já que ela ultrapassa todos os limites, rouba o chão, o silêncio e até seu ar. Nesse ponto, não lhe resta mais nada que possa ser ferido, tudo em você já está dominado.

A segunda reação foi a raiva, mas ela de alguma forma te reconstrói, pois você precisa de toda força do mundo para externá-la. Sua maior necessidade aqui é que todos à sua volta a sintam também, porque não é justo que apenas você esteja ferida e incompleta; não é aceitável ser a escolhida para viver isso e precisar, avidamente, provar a si mesma que não é a única a sentir tanta dor.

A terceira reação foi a constatação de que não importa o que se faça realmente, a dor não passa. O vazio jamais será ocupado de novo; o seu amor, aquele que lhe trouxe um mundo de sonhos e planos, realmente se foi e não há nada que faça mudar esse fato.

Ninguém deveria passar por isso e, nesse instante, você percebe que a vida está muito longe de ser justa e aceitável, entretanto, na mesma proporção que te fere, ela te presenteia com a imensidão do céu. E percebe também que o sol, ainda que sob nuvens negras, vai voltar todos os dias independentemente de quanta dor tenha dentro de você e que ele seja o último desejo de seus olhos, ainda assim, ele vai aquecer-te...

— Está quase lá, Amanda, força!

— Ahhhh! — grito, reunindo toda a força que consigo.

— Isso, só mais um pouco — insiste meu obstetra e juro que quero matá-lo agora. A respiração sai de seu curso e novamente encaro o teto branco, buscando o rosto que deveria estar segurando minha mão neste instante.

— Vamos, filha, você consegue — orienta minha mãe, e sua voz rompe a lembrança que começava a surgir.

— Não dá mais! — grito, esgotada.

— É claro que dá, vamos aproveitar a próxima contração...

— Você não tem uma vagina! — explodo com meu médico idiota. — Ahhh!

— Isso, empurra, Amanda, está quase lá.

— Meu Deusssss! — Caio de volta no travesseiro, exaurida com o último esforço e, então, escuto o choro mais lindo que já ouvi.

— É um menino! Parabéns! — O sorriso nasce em meio às lágrimas quando recebo meu filho em meus braços. Meu filho, nosso filho, meu pedacinho do André.

— Ele é tão lindo! Eu te disse que seria um menino. — Não consigo olhar para minha mãe, porque meus olhos estão focados no meu pequeno fôlego de vida.

As vozes à minha volta se perdem por alguns instantes, pois me concentro em cada detalhe do meu filho. Decoro cada pedacinho do seu rosto e é inevitável não reconhecer a semelhança com o pai, então a dor perde o lugar e a felicidade assume.

Não quis saber o sexo durante minha gravidez; não estive realmente presente no chá de bebê que meus amigos e familiares organizaram; era como se eu apenas estivesse coexistindo, mas, agora, neste exato segundo em que sinto o toque suave com a minúscula mão em meu rosto, recebo uma força descomunal para continuar lutando. Tenho o dever de recomeçar e ser a melhor mãe desse mundo.

— Ele é perfeito, mãe! — Lágrimas rolam pelo meu rosto, contudo, dessa vez, são de alegria.

— Ele é. Nosso Natal será azul. — Sorrio para ela e é possível identificar a felicidade em seus olhos. Sei o quanto ela também está sofrendo por não conseguir arrancar toda a dor de mim. Agora, realmente, enxergo isso.

— Salvatore — sussurro o nome do meu filho.

— É um lindo nome, minha filha — ela conclui.

— Vou precisar roubá-lo um pouquinho, pois o pediatra precisa examiná-lo — alerta meu obstetra, e, assim que ergo meus olhos, meu coração dá um salto.

— O que você está fazendo aqui? Como soube? — A confusão, além da surpresa, assume meu sistema.

— Eu...

— Este é o doutor Benjamim.

Gargalho com a ideia ridícula.

— Não é, não — rebato meu obstetra, enquanto Benjamim permanece paralisado, encarando-me. — Que brincadeira é essa? — Aperto Salvatore em meus braços, com proteção. — Você não é pediatra.

— Você está se sentindo bem, Amanda?

— Estou ótima! — contraponho meu médico.

— Eu... nós ... podemos conversar em outra hora? — Benjamim quebra o silêncio.

— Que palhaçada é essa? — exijo.

— Você não pode ficar nervosa agora.

— Ainda estou muito calma...

— Filha, o que está acontecendo? — minha mãe intervém.

— Ele não vai tocar meu filho!

— Amanda... — começa com um tom visivelmente envergonhado.

— Amanda, o bebê precisa ser examinado e o doutor Benjamim é o único de plantão hoje. Estaremos aqui o tempo todo — meu médico intercede.

— Por favor, filha — minha mãe pede, assustada, então deixo o doutor Ricardo retirar o Sal de meus braços.

Meus olhos permanecem o tempo todo em meu filho. É inacreditável a capacidade que as pessoas têm de trair e enganar o outro. Há meses esse *filho da puta* finge ser quem não é e que eu o uso como terapeuta, mas isso não vai ficar assim, não vai...

Alguns minutos depois, o fingido de merda me entrega meu filho.

— Ele é lindo! Parabéns! Já pode tentar amamentá-lo. Ele está bem saudável, com 52 cm e 3,740kg, é um meninão. — Apenas recebo meu

CRISTINA MELO

filho e ignoro o médico. — Sei que está bem confusa, mas garanto que posso explicar...

— Amanda, vamos deixar você descansar agora — meu obstetra interrompe. — As enfermeiras vão auxiliar e também ficará bem cuidada por sua mãe.

— Obrigada, doutor.

— Não por isso. — Ele arrasta o falso com ele e agradeço mentalmente.

— Mas ele é tão perfeito, querida, parabéns! — diz minha sogra, muito emocionada, ao pegar o neto nos braços. — Ele é a cara do Andrezinho quando bebê, não é, amor?

— Sim, querida, ele é. — Meu sogro também está chorando, ainda que tente disfarçar a todo momento. Mas é evidente a felicidade em seus rostos.

— Você será muito amado, meu amor — minha sogra promete ao meu filho.

— Já decidiu o nome?

— Salvatore — respondo ao meu sogro.

— É um lindo nome. Ele realmente veio para nos salvar e dar um novo recomeço.

— Ele é tão lindo! — comenta Bia com o Sal nos braços.

— Sim, já está na hora de dar um irmão ao Davi. Estou vendo que bateu saudade — Lívia comenta e pisca para mim.

— Hora de entregar para mãe! Não sou parideira igual a você, amiga, estou feliz só com o Davi.

— Ah, deixe-me pegá-lo um pouco? — Clara pede, então Bia o entrega. — Eu tive gêmeas, mas ainda quero tentar mais. — Sorrio com a careta que Bia faz para ela.

ANTES QUE ESQUEÇA

— Pelo Gustavo teríamos mais, mas eu também estou feliz com meus dois pimpolhos.

Sal começa a choramingar e Clara o entrega a mim.

— Você sabe que pode contar com a gente, não é, Amanda? — Lívia pergunta.

— Obrigada, meninas, está sendo muito importante para mim, nesse momento, o carinho de vocês.

— Não perdi o amor da minha vida, mas perdi meu pai da mesma forma, e ele era meu porto seguro e meu herói. Posso mensurar a sua dor, mas prometo que isso diminui e depois fica apenas a saudade dos bons momentos. Suas memórias, ninguém, nunca, poderá tirar de você. Não é justo que o André tenha ido tão cedo, mas com o tempo você vai conseguir reerguer-se, e somos suas amigas também, então estaremos aqui sempre que precisar. Vai dar tudo certo.

Apenas consigo assentir enquanto as lágrimas enchem meus olhos e, de repente, estou recebendo um abraço coletivo das três.

Durante todo o primeiro mês de Salvatore, meu novo apartamento foi preenchido diariamente com muitas visitas: minha família, meus amigos, os amigos do André, que agora também são meus amigos, e isso de alguma forma acalentou meu coração e não me deixou sentir sozinha. Mesmo que meu maior desejo fosse que André estivesse ao meu lado e pudesse ver o quão parecido consigo seu filho era, ainda assim, senti-me protegida e amada de uma forma que não poderia imaginar, quando recebi a pior e a melhor notícia da minha vida.

Eu preciso recomeçar, da maneira que for, preciso continuar vivendo.

7

PROSSEGUIR

"Sou um pouco de ti, um pouco de mim, um conflito, um abismo, alguém que preferiu prosseguir."
Luiz Machado

AMANDA

O silêncio tem sido meu pior companheiro. O que poderia ser um alívio e pedido para qualquer jovem mãe, para mim, é uma tortura. Não estar ocupada com Sal ou no batalhão me deixa com a única companhia que tenho evitado por meses: comigo mesma.

Aperto o envelope ainda intacto, como me foi entregue, em meu peito. Por meses tento reunir a coragem, que ainda não me alcançou, para abri-lo, então o devolvo para a fronha do meu travesseiro e deito-me sobre ele com os olhos focados no berço ao lado da minha cama. É apenas por Sal que tento prosseguir.

Minha vida e minha rotina mudaram muito, mas, apesar disso, nada parece ser suficiente.

A dor continua consumindo-me e, mesmo controlada, sei o quanto está enraizada em meu sistema e que talvez nunca o deixe.

Quando o despertador me avisa da mamadeira de Sal, tenho certeza de que não dormi mais do que trinta minutos durante toda a noite. Entretanto, a rotina da manhã me retira da cama, com um chute bem dado que agradeço.

Preparar sua mochila, a minha bolsa e deixá-lo na casa dos meus sogros não leva quarenta minutos. Essa prática era a mesma havia cinco meses ou pelo menos nos dias em que eu estava de plantão. Sou grata por tê-los e por ter meus pais, pois ainda não consigo deixar o Sal em uma creche.

— Bom dia — cumprimento Dimas, que está mais sério do que seu bom humor permite.

— Hoje não é um desses dias, soldado.

— O que houve?

— Achei que já soubesse. A viatura do soldado Matos e do sargento Barros foi atacada na entrada de uma comunidade e os dois não tiveram nem chance de defesa. Morreram ainda no local.

— Meu Deus! — Levo as mãos a boca.

— A esposa do Matos está grávida de oito meses do filho que ele tanto sonhava. Já o Barros deixa três filhos menores de dez anos. Estamos a menos de um mês do Natal, e esse é o presente que aquelas famílias e as de diversos outros policiais vão receber. Você mais do que ninguém sabe disso. Como ficam essas viúvas e esses órfãos?

— Não ficam. A dor não pode ser substituída, é algo... — Engasgo com o nó em minha garganta.

— Eu sinto muito, Moraes, não devia ter...

— Devia, sim. Não dá para fugir mais deste fato: algo precisa ser feito, pois famílias estão sendo destruídas todos os dias e não podemos aceitar e encarar com normalidade.

— Venho perguntando-me se realmente vale a pena, sabe? Penso na minha esposa, no meu filho e em como eles ficarão se eu...

— Não diga isso.

— É a nossa realidade. Vivemos em um país onde os bandidos têm mais direitos do que nós. Será que os nomes dos nossos amigos irão ao menos aparecer na mídia? Alguém se preocupará com os presentes que os filhos deles terão de Natal ou se terão a companhia do pai na ceia?

Nego com a cabeça, porque sei que assim também será o meu Natal e o do meu filho. E não, a mídia e a sociedade não se preocuparam com a morte de André. Ele se tornou mais um número, sequer conseguiram identificar os autores dos disparos.

— Exatamente, Moraes, ninguém está nem aí.

— Mas nós estamos e podemos fazer a diferença não só no batalhão, mas também na vida dessas famílias. O que me tem sustentado até aqui é o apoio que venho recebendo dos meus amigos e família. Sem isso, piraria. Não podemos desistir, Dimas; se fizermos isso, esses desgraçados levarão a melhor.

— Eu te admiro *pra caralho*, Moraes.

— Eu também te admiro, mas não joga a toalha, meu amigo. Se a gente desiste, não resta mais nada.

Ele assente e sigo meu caminho.

Poder pegar Salvatore nos braços depois de um dia permeado de perdas e ocorrências difíceis é como um bálsamo. Meu filho renova minhas forças todos os dias. Sei que logo vai sentir a falta do pai, mas farei o que puder para suprir isso e lhe direi todos os dias o quanto ele era um cara incrível e um policial que honrou sua farda até o último segundo de vida.

André, ainda que não esteja aqui, sempre estará presente em nossas vidas, pois não deixarei que ninguém o esqueça.

— Seu papai te ama muito, meu filho, porque ele sabia mesmo como fazer isso. Ele amava com toda a intensidade e não me deixou duvidar disso nem por um milésimo de segundo. Quando me permiti enxergar, não tive dúvidas de que seria para sempre e, de certa forma, não estava errada, pois você está aqui comigo. É um pedacinho meu e dele e sempre será. Nosso Natal sempre será... — O esboço de uma ideia maravilhosa percorre meu pensamento. — É isso, meu filho! Pode dar certo, não pode? — pergunto a Sal, que sorri em resposta, e é o mesmo sorriso do pai.

O pensamento que se iniciou há uma semana, agora já é uma confirmação de que basta querer e dar o primeiro passo para fazer a diferença.

ANTES QUE ESQUEÇA

O relato de Dimas me tirou de meu casulo e me fez enxergar que, assim como o meu filho, dezenas de crianças também estarão sem os seus pais, mães e sem seus heróis neste Natal. Não apenas porque estariam em suas escalas de serviço em defesa do outro, mas por terem sidos arrancados de suas famílias assim como André foi tirado de nós: sem aviso ou tempo para uma despedida.

O Natal para esses órfãos não será azul ou vermelho, ele terá a marca do preto e, infelizmente, é uma marca eterna. Eu também tenho essa mesma marca na pele e na alma, mas, talvez, nem que seja por alguns segundos, o preto desses órfãos possa ser nublado por um sorriso. Então, se essa possibilidade existe, lutarei por ela até minhas últimas forças.

Há dois dias, criei um grupo nas redes sociais para apadrinhamento desses órfãos e para, assim, conseguirmos organizar uma grande festa chamada "Nosso Natal Azul", e é inacreditável como já formamos uma enorme corrente do bem que só cresce a cada dia.

— Conseguimos a autorização!

— É sério? — pergunto a Fernanda.

— Sim, o comandante acabou de liberar — responde. Então abraço minha amiga e companheira de farda. — Vai dar tudo certo, não vai, Oliveira? — chamo-a pelo seu nome de guerra.

— Já deu! Olha toda essa corrente que você está movimentando. Tudo feito com amor não tem como dar errado. — Sorrio e logo a primeira lágrima escorre pelo meu rosto. — Ei, não é para chorar.

— É de alegria. Nesse instante, é de alegria.

Ela assente e volta a me abraçar.

Os dias seguintes foram regados de muita solidariedade e amor. Não chegaríamos a este dia tão lindo se não fosse por todos aqueles que abraçaram a ideia. No pátio do nosso batalhão, em vez das viaturas, há uma grande mesa decorada com um enorme bolo e tudo que é necessário para se ter uma grande festa. Balões estão espalhados por todo lado, assim como brinquedos infláveis para garantir a diversão das crianças. Próximo à mesa também está uma linda árvore de Natal contendo muitos presentes, cada um deles entregue por um padrinho.

— Oi, chegamos! Está tudo tão lindo, Amanda!

— Obrigada. Onde estão as crianças?

— Com o Gustavo, logo ali... — Lívia aponta e, assim que me viro, vejo Gustavo e Michel acenando para mim. — A Clara e a Bia já estão a caminho, foram apenas buscar os salgados. Vou reunir as crianças para a apresentação.

— *Tá...* eu... — Olho para Salvatore que não para de sorrir nos braços dos meus pais e também amparado por meus sogros.

— Vai dar tudo certo, Amanda. Na verdade, já deu. O que você fez, tudo isso é...

— Surpreendente e muito altruísta — Cecília a interrompe.

— Cissa! — Abraço-a. Ela é um ser humano como poucos nesse mundo.

— Como vai, Lívia? — Cecília cumprimenta Lívia.

— Estou bem e você?

— Tudo ótimo. Esta é a Juliane, que não conseguiu vir nas reuniões, mas fez questão de estar aqui hoje.

— Muito prazer, Juliane — Lívia a cumprimenta.

— O prazer é meu. Então você é a famosa aspirante à capitã?!

— Eles ainda não esqueceram essa piada?

— Não! — Cissa e Juliane respondem juntas.

— Essa eu não sei — digo, meio perdida.

— É uma longa história e depois te conto. Agora vou ter que deixar vocês um instante, mas não antes de dizer que precisam se juntar ao nosso próximo encontro mensal de meninas, não é, Amanda?

— Sim, já estão convidadas para o próximo — digo, e elas assentem antes de Lívia retirar-se.

— Moraes? — Dimas me chama.

— Bom, meninas, fiquem à vontade. E, Juliane, seja muito bem-vinda. Assente com um sorriso.

— Oi — respondo a Dimas.

— Chegou um carro com doações e não sei o que fazer. — Um vinco se forma entre minhas sobrancelhas.

— Mas não tinha mais nada para chegar. Não entendo. — Sigo-o e logo paramos em frente a um furgão, que já está sendo assistido pelos policiais da guarita. — Cabo? — reporto-me, com uma continência, ao policial que conversa com o motorista.

ANTES QUE ESQUEÇA

— Moraes, é uma doação de cestas natalinas e de alguns brinquedos.

— É? — pergunto, surpresa. — Não esperava mais nenhuma doação.

— Ele me entrega um envelope enquanto outros policiais já fazem a conferência da entrega.

Abro-o e leio o papel com a caligrafia pouco legível, mas que não é de total estranheza.

> Parabéns pelo lindo trabalho, Amanda.
> Assim que soube, não poderia deixar de contribuir um pouco que fosse com um gesto tão humano como esse.
> Espero que o seu Natal seja de muita paz.
> Benjamim

É difícil organizar a confusão de pensamentos que se forma em minha cabeça. Não o vejo desde o meu parto, há exatamente nove meses, mesmo que ele tenha passado inúmeras mensagens dizendo-me que precisava conversar e se explicar, mas não respondi a uma delas sequer. Agora isso?

Como poderia ficar sabendo se nosso contato desde que descobri sua mentira não existe mais. Isso não tem...

— Moraes?

— Sim — respondo ao cabo, deixando meus questionamentos de lado.

— Podemos organizar próximo à mesa e junto às outras doações?

— É claro! Obrigada por toda a força — agradeço ao cabo Figueiredo.

— Não por isso — responde ele, que vem sendo um companheiro de trabalho incrível.

Caminho de volta ainda em choque por causa da encomenda inesperada. Nosso evento está atendendo a 86 órfãos e tenho certeza de que as cestas também serão de grande ajuda para a maioria dessas famílias, que tinham como único provedor um policial.

A festa transcorreu entre muitos sorrisos e também muitas emoções.

A turma de órfãos, que topou ensaiar uma coreografia com Lívia, em homenagem aos pais mortos, arrancou-nos muitas lágrimas com a música Trem-Bala e com a soltura de balões brancos no fim.

O nosso Papai Noel nos provocou risos com seu jeito extrovertido de entregar os presentes às crianças. Confesso que para nós, que conhecíamos Dimas, ficou muito mais hilário e havia muito tempo que eu não sorria tão livremente.

Ainda estou sentindo o misto de satisfação e dever cumprido quando entro em casa com Sal adormecido nos braços. Assim que coloco meu filho no berço, encaro o teto branco do meu quarto com o pensamento de que foi impossível não sentir o sorriso e a alegria de André durante toda a tarde. De alguma forma ele esteve presente, e mais uma confirmação disso foi a presença de seus amigos, que agora também são meus. Todos que puderam fizeram questão de estar lá e contribuir de algum jeito, até mesmo aqueles que já tinham apadrinhado uma criança. Isso só me prova o quanto o amor da minha vida era especial e amado.

É difícil, muito, muito difícil escolher um novo caminho, mas dar o primeiro passo é ainda mais complicado, entretanto estou tentando, prometo que estou.

O último dia do ano chega e com ele a breve alegria de poder esperar o novo ano ao lado do meu filho, que é a única razão para uma parte de mim ainda estar lutando.

O trânsito está completamente parado e, provavelmente, isso se deve ao fato de as pessoas estarem saindo do Rio para passar o Réveillon com a família e amigos. Encaro o som à minha frente, que estaria ligado para passar o tempo se fosse outra época, mas não agora, não com meu estado de espírito.

Baixo o vidro um pouco e, assim que olho para fora de minha janela, dou de cara com um par de olhos conhecidos. No mesmo instante, eles reconhecem a presença dos meus e me mantêm presa por alguns segundos, mas isso dura apenas até a primeira buzina desfazer o contato. Então fecho o vidro, tornando-o mais uma barreira que se alia ao banco do carona vazio de Benjamim. De soslaio, encaro a lateral de seu carro, percebendo que ainda permanece emparelhado ao meu.

Eu sabia que deveria agradecer-lhe pela doação ou ao menos deixá-lo explicar-se. Embora não tenha defesa para seus argumentos e a forma como agiu, até os piores dos bandidos merecem uma chance, mas não estou disposta a ser solidária desta vez.

Não sei se todas as mães são assim, mas eu me sinto tão especial por ter tido o privilégio de poder gerar Salvatore. Ele tira seu cochilo da tarde e, depois de chegar do trabalho, após 24h de plantão, também deveria estar fazendo o mesmo para conseguir esperar a virada do ano, mas velar seu sono se tornou um vício.

Apoio a mão em meu travesseiro e sinto o papel sob a fronha. Pela primeira vez, a dor é adornada pela saudade, então meus dedos são mais ágeis que meus medos e pensamentos e já estão removendo o lacre do envelope. Puxar o papel de dentro não é tão difícil quanto a coragem de prosseguir, abrir os olhos e encarar a primeira palavra...

> *Oi, amor,*
> *Espero que não esteja me odiando nesse exato momento.*
> *Sobre o porquê da carta...*
> *Assisti a isso em um filme. Sim, eu assistia a alguns filmes de romance bem clichê nas minhas folgas, mesmo que você tenha me julgado bastante como o pegador insensível...*

Sorrio, em meio às lágrimas.

... o que devo confessar ser apenas um grande marketing que construí para mim.

Bom, assim que assisti ao fato no filme e tendo a profissão que temos, achei que seria justo dar uma despedida às pessoas que mais amava, caso não tivesse tempo e oportunidade.

Escrevi uma carta para os meus pais assim que finalizei o filme e isso foi uns dois anos antes de te conhecer. Sei que a primeira pergunta em sua cabeça está sendo: quando escrevi a sua carta? Acertei, não é?

Sorrio novamente entre soluços porque ele realmente havia acertado.

Então não vou enrolar muito. Estou escrevendo após ter saído da joalheria com sua aliança e espero profundamente que você aceite meu pedido de casamento.

Primeiro, eu gostaria de me desculpar com você, meu amor, perdoe-me por não ter conseguido cumprir minhas promessas. Eu realmente pretendia cumprir cada uma delas e ficar ao seu lado até estarmos bem velhinhos, porque não posso imaginar minha vida de outra forma. Mas, se está lendo esta carta, eu falhei nessa missão, a única em que não deveria ter falhado.

Em segundo lugar, preciso dizer que te amei no primeiro instante que te vi. Acho que já devo ter dito isso milhares de vezes, não é? Bom, espero que sim.

Em terceiro lugar, eu quero pedir, do fundo do meu coração, que seja muito feliz. Por favor, meu amor, não prive o mundo do seu sorriso lindo, do seu humor sarcástico, das suas piadas fora de hora e, principalmente, do seu amor. Preciso ter certeza de que você será feliz e que fará algum outro filho da puta de sorte muito feliz, assim como me faz. Nesse momento, quero socar a cara dele por tamanha sorte, mas, se ele a fizer sorrir com os olhos, já tem o meu apoio.

Eu não tive escolha, mas você tem, e a vida é curta demais para não aproveitá-la. Assista a novos nasceres de sol, corra na chuva, faça amor muitas vezes no carro, sob o luar, na praia ou onde quiser. Apenas viva a vida intensamente, ame e seja muito feliz.

Não se arrependa ou se culpe de nada, porque você me fez muito feliz a cada segundo em que estivemos juntos. Essa despedida é só um até breve, porque vou continuar amando você aqui no infinito e além.

Seu,
André.

Chorar é inevitável. O choro vem da alma e inunda o coração. Deixar alguém que amamos tanto ir, provavelmente, é a decisão mais difícil desse mundo, e ninguém deveria ter que passar por isso, assim como ninguém deveria passar por essa vida sem encontrar seu grande amor e sem vivê-lo. Eu encontrei, vivi, fui muito feliz a cada segundo e, ainda que esteja deixando-o ir, eu sempre lembrarei.

PARTE 2

ANTES QUE ESQUEÇA

"Podemos acreditar que tudo que a vida nos oferecerá é repetir o que fizemos ontem e hoje. Mas, se prestarmos atenção, vamos nos dar conta de que nenhum dia é igual a outro. Cada manhã traz uma bênção escondida; uma bênção que só serve para esse dia e que não se pode guardar nem desaproveitar. Se não usamos esse milagre hoje, ele vai se perder. Esse milagre está nos detalhes do cotidiano; é preciso viver cada minuto porque ali encontramos a saída de nossas confusões, a alegria de nossos bons momentos, a pista correta para a decisão que tomaremos. Nunca podemos deixar que cada dia pareça igual ao anterior porque todos os dias são diferentes, porque estamos em constante processo de mudança."
Paulo Coelho

8

DISTÂNCIA

*"Pode ser que um dia nos afastemos...
Mas, se formos amigos de verdade,
A amizade vai nos reaproximar."*
Albert Einstein

BENJAMIM

Minhas mãos são grandes demais para o pequeno tórax paralisado... Tudo a minha volta desaparece, assim como toda e qualquer instrução de como lidar com esse momento evaporaram-se como se nunca tivessem adentrado meu sistema; os gritos ao meu lado parecem ter entrado em um invólucro, pois perco qualquer capacidade e interesse por outro movimento ao meu redor...

A pele alva começa se misturar ao tom roxo, qualquer reação é inexistente, meus olhos brigam pela nitidez em meio às lágrimas de desespero e estou a ponto de gritar para pedir um médico quando a pouca consciência que me resta atesta que sou um, ainda que esse fato pareça desconexo pela minha completa ineficiência em reanimar o minúsculo coração sob meus dedos.

— Faça alguma coisa! — Dessa vez o grito rompe a barreira e é exatamente o que estou tentando fazer, mas, em vez de batidas, é a gelidez que ganha força, então sopro as pequenas cavidades da boca e da narina desejando avidamente devolver-lhe o fôlego de vida que lhe fazia companhia quando o colocamos para dormir... — Filho! — Ela tenta retirá-lo da manobra de ressuscitação, mas a massagem é a sua única chance, então continuo desejando ardentemente que seu coração volte a bater. Deus não fará isso comigo... não... é claro que não...

O barulho do despertador me resgata quase todas as manhãs; ainda ofegante, levanto-me da cama. É estranho confiar em um irrisório objeto para ser o seu salvador, mas, em todas as vezes que o programo, é exatamente o que eu espero que faça.

A campainha do maldito flat dispara e minha ida ao banheiro é desfeita.

— Ainda está assim? — Aponta para o meu short de dormir.

— São oito horas da manhã e estou em meu "adorável" dia de folga. — Viro-me e sigo para o banheiro dessa vez. Tenho consciência de que Ricardo ainda é o único que atura meu humor e que não desistiu da nossa amizade.

Depois de alguns minutos, de uma ducha e de um grande esforço para normalizar meu temperamento, encaro meu amigo enquanto busco avidamente em minha mente mais uma desculpa para não ir ao evento.

— Não precisa se esforçar tanto, não vou sair daqui sem você. — O maldito me conhece bem demais.

— Não tenho qualquer disposição para maratonas.

— Nossas inscrições foram feitas, portanto o senhor vai. — Expiro ruidosamente ao entender que não me safarei dessa vez.

Caminhamos pelo Aterro do Flamengo depois de uma luta descomunal para encontrarmos duas vagas de carros. É óbvio que fiz questão de vir com o meu próprio veículo, assim poderia fugir a qualquer momento.

O lugar está bem cheio, Ricardo como sempre não perde a oportunidade em manter contato visual com as mulheres, a todo instante ele troca sorrisos com elas enquanto caminhamos.

— Era melhor ter trazido um cachorro, não seu melhor amigo rabugento. Mulheres adoram cachorros — implico e meus olhos se voltam para o chão, assistir a famílias felizes já é bem difícil no trabalho.

— Vou adotar um em breve, por ora acho que você está cumprindo bem o papel. — Ele me dá uma cotovelada. Ricardo tinha consciência da ferida ainda aberta em meu peito, mas nunca me encarou como se apenas ela me resumisse. Com um sorriso contido, baixo os olhos e, assim que os ergo de novo, meu corpo estaciona e meu coração martela em meu peito quando olhos duros e frios me encaram, então engulo em seco de forma conspiratória enquanto todo o ar é extinto dos meus pulmões.

A lembrança de como seu olhar questionou o meu há alguns meses, naquele sinal de trânsito, ainda me persegue. Por meses tentei explicar-me e convencê-la de que não era o crápula que imaginava e julgava. Neste instante, assim como em todas as outras vezes que lhe enviei uma mensagem, a necessidade de fazê-la acreditar nas minhas reais intenções ainda se faz necessária.

— Benjamim? — meu amigo me grita, mas já estou focado demais em meu alvo para lhe dar atenção. Amanda permanece em sua postura desafiadora, está paralisada ao lado de uma viatura e tem um parceiro do outro lado do veículo.

— Oi! — cumprimento em um sussurro e quase não o reconheço como meu. Permanece calada, com o rosto inexpressivo e sem esboçar qualquer reação corporal, então insisto com mais dois passos e isso faz com que seu parceiro entre em alerta, mas ela o encara e faz um gesto sutil com a cabeça que seria imperceptível se eu não tivesse tão concentrado em seu rosto.

— Posso ajudar o senhor? — O tom falho não se iguala à postura impecável. Mesmo que busque esconderijo atrás da farda, sei reconhecer quando os batimentos de alguém estão fora de curso, sou médico.

— Amanda?

— Soldado Moraes, senhor. — Seu parceiro nos olha de canto e nesse momento fica nítido para ele que nos conhecemos.

— Eu sei que não pode conversar agora, mas eu gostaria muito de ter uma chance de esclarecer as coisas... Você trocou o seu número? O Salvatore está bem?

— Não posso ajudar com isso, senhor, espero que aproveite o evento.

— Eu não quis mentir, você entrou no carro e não consegui ficar inerte ao seu desespero, eu...

— Se o senhor não quiser ser conduzido até a delegacia por importunar um policial, é melhor dar seguimento ao seu evento.

— Se isso fizer com que você me escute... — Em um gesto rápido demais, ela me imobiliza por um dos braços e me arremessa a lateral da viatura, abre minhas pernas com os pés enquanto meu braço está em minhas costas e o pulso em sua esganadura.

— Mão sobre o teto do carro! — Faço o que pede com a mão livre. — Esconde alguma coisa, senhor? — insiste em minhas costas enquanto a sua mão livre levanta minha blusa e passeia por minha cintura. O toque acende meu corpo como havia muito tempo que não acontecia. — Meu parceiro vai revistá-lo melhor e, se tiver qualquer ilegalidade, terá que nos acompanhar.

Uma maratona é para correr, não para ocupar o tempo de uma policial. O senhor é especialista em mentiras, está querendo nos distrair?

— Amanda — seu parceiro disfarça um sorriso enquanto nos encara —, acho que já revistou essa parte — comento enquanto seus dedos permanecem sobre meu abdome. Ela retira a mão e me empurra contra a lataria. — Por favor, só uma conversa e prometo que não insisto mais se não quiser me ver depois.

— Parece que está limpo, não precisa revistá-lo, cabo. Liberado, senhor — reporta ao parceiro, solta-me e se afasta em seguida.

— Benjamim, vamos? — Ricardo me chama e um sorriso contido lhe é oferecido por Amanda. Para ele, ela pode sorrir? Encaro-a, mas não surte efeito, sua única reação é se colocar na mesma posição que estava quando a interceptei, age como se jamais me tivesse visto, então não tenho opção a não ser acompanhar meu amigo. — Ela já deixou claro que não quer aproximação, cara — diz quando nos afastamos.

— Não, ela apenas se nega a me dar qualquer chance.

— Já se passaram meses, você não pode estar apaixonado por uma mulher que sequer beijou.

— Não é isso, Ricardo. Tudo para você se resume a romance.

— É o que faz o mundo girar, meu amigo. — Pisca e eu meneio a cabeça em negativa, em seguida meu telefone apita com uma mensagem...

> Na próxima vez, vou prendê-lo.

Encaro a tela do celular sorrindo como há muito tempo não fazia.

> Devo buscar um advogado?

Ela não responde, mas isso não importa, agora tenho o seu número de novo e saber que ainda tinha o meu é o suficiente para ficar satisfeito.

— Eu acho que você precisa se dar uma nova chance. Mas aprende uma coisa, mentir para uma mulher sempre vai colocar você em encrenca e, se essa mulher ainda por cima é policial, meu amigo, é brincar demais com a sorte.

— Não é sobre isso.

— É sobre o quê? Porque eu vi a tensão sexual entre vocês e disso eu entendo.

ANTES QUE ESQUEÇA

— Que comentário retrógrado, Ricardo. Eu e a Amanda não teremos um relacionamento amoroso, só preciso que me escute, nunca quis mentir para ela, muito menos machucá-la, eu não sou um canalha.

— Eu sei que não, mas fingiu ser motorista de aplicativo por meses, o que quer que ela pense? — Ouvir a pergunta é como receber uma porrada no meio da cara.

— Mentir foi errado, tenho consciência disso, mas... — travo enquanto um nó se forma em meu estômago.

— Mas? — insiste e odeio a sua parte analista.

— Quando eu estava com a Amanda, ainda que o percurso fosse curto, era como se eu pudesse ser quem ela precisava e naqueles momentos me sentia útil e único, não havia nenhuma atração física, era como se nossas dores se reconhecessem e acredito ter sido essa conexão a nos unir, mas, desde que esses breves minutos deixaram de existir, sinto-me muito mais miserável. Eu só queria arrancar aquela dor dela porque sei exatamente como é sufocante senti-la. — Encaro-o e a compreensão parece surgir em seus olhos.

— Ela me pareceu bem.

— Se ela o amava como dizia amar, não está não. Reconheço aquela máscara, é a mesma que visto todas as manhãs. — Seu silêncio é ensurdecedor. — Acho que agora é melhor fazermos o que viemos fazer. — Ele estuda minha reação por um instante e concorda comigo com um leve aceno de cabeça.

Deixo as chaves sobre a mesa, assim que chego. No fim, a corrida cumpriu bem com o seu papel, pois não vi mais Amanda, quando retornamos ao ponto em que estava, sua viatura havia saído do local.

Depois de uma longa ducha, pego meu celular, abro o aplicativo de mensagem e por minutos meus olhos se focam em sua foto com Salvatore. Ele já não lembrava o bebê que atendi há meses, agora era a miniatura da mãe.

> Foi bom vê-la, hoje. Obrigado por não ter me prendido. Você fica bem de farda. Eu sei que agi muito errado, não deveria tê-la deixado acreditar que eu era outra pessoa, quer dizer, não sou outra pessoa, sou o mesmo cara, na verdade, só tenho outra profissão. Só preciso que você me desculpe... Podemos jantar? Um almoço? Ao menos um café? Só preciso de alguns minutos para explicar.

Envio a mensagem, mas o medo de ser ignorado ou bloqueado no aplicativo é real.

> Está desculpado!

A resposta chega logo em seguida e uma repentina falta de ar me encontra. A conversa não progride, mas as batidas do meu coração, sim, e fazia muito tempo que ele não saía de seu curso.

9

SURPRESA

"Tenho me convivido muito ultimamente e descobri com surpresa que sou suportável, às vezes até agradável de ser. Bem. Nem sempre."
Clarice Lispector

Amanda

Enviar uma mensagem a Benjamim com o meu novo número talvez tenha sido um erro e estar respondendo agora só inflama a suspeita...

— *Porra*! O cara envia um texto sem fim e você lhe responde com uma palavra? — Encaro meu parceiro enxerido e baixo meu telefone.

— Deveria cuidar da sua vida, cabo! — revido com reprovação.

— Quem é? — insiste e solto um longo suspiro, mas exerço meu direito de ficar calada encarando minha janela. — Ele está na sua, com certeza. — Reviro os olhos, homens são irritantes, para eles, tudo se baseia em sexo. — Você foi durona com ele, hein?

— Que tal continuar apenas dirigindo? Tenho um compromisso com o meu filho e não posso me atrasar. — Ofereço-lhe um sorriso neutro.

— Ok, já vi que não quer desabafar.

— Se quisesse, não escolheria o senhor para isso.

— Que isso, soldado, somos amigos!

— Somos parceiros. — Encerro a conversa ciente de que deixei a minha amargura transbordar, mas é difícil lidar com certas perguntas se não temos certeza das respostas. Com um leve aceno de cabeça, ele se concentra na direção e por minutos não diz mais nenhuma palavra. Ainda que tente de forma substancial, é impossível voltar a ser quem eu era antes de perder uma parte importante de mim. Mesmo estando disposta a fazer o melhor com o que tenho disponível, a voz dentro da minha cabeça permanece focada em dizer que não vou conseguir chegar nem perto do aceitável.

— Desculpa, cabo. Só estou em um dia ruim.

— Tudo bem. Não posso mensurar a sua dor, sequer me apaixonei de verdade, ainda não encontrei a peça correta do meu quebra-cabeça, então sigo procurando. — Pisca e sorrio tentando não ser tão amarga dessa vez. — Mas já perdi muitos amigos e é difícil aceitar o quão cruel nossa profissão pode ser. Diante de tantas perdas precoces, aprendi a lidar com o fato de que a vida é realmente muito curta e não quero ser o cara que a admira de longe, então, enquanto estiver aqui, vou vivê-la intensamente, pois jamais saberemos quando daremos o nosso último sorriso ou se partiremos depois de uma briga boba sem ter tido tempo de dizer quão intolerantes fomos, então sigo vivendo como se estivesse em meu último segundo. Tenho certeza de que seu noivo desejaria o mesmo a você. — Engulo em seco ciente de que ele jamais poderia saber o conteúdo da minha carta para estar dizendo essas coisas. Seu conselho certamente se equipara ao de André e isso faz a dor crescer em meu peito. — A vida é preciosa, soldado. — Silenciada pela sensação, apenas concordo com um gesto de cabeça tentando gerenciar o bolo em minha garganta, mesmo depois de dois anos, a dor parece me esmagar. Volto a encarar a janela agradecendo-o mentalmente por manter o silêncio dessa vez.

Respiro fundo antes de abrir a porta da casa dos meus pais. Todas as vezes em que estou prestes a reencontrar meu filho depois de uma longa jornada de trabalho, obrigo-me a deixar minha bagagem do lado de fora.

— Não se mexe! — meu irmão sussurra assim que passo pela porta e aponta na direção de Sal que está ficando em pé sem ajuda...

— Isso, vem com o vovô! — O mundo parece girar em câmera lenta quando os pés tão pequenos investem em seus primeiros passos. Meu filho se mantém em seu equilíbrio e caminha em direção ao avô, as batidas do meu coração ficam suspensas e é difícil controlar as lágrimas, tive tanto medo de perder esse momento...

— Eh! — todos gritam quando ele alcança meu pai.

ANTES QUE ESQUEÇA

— Quem é o garotão do vovô? — Meu pai joga o neto para o alto orgulhoso. Ainda entorpecida pela emoção, aproximo-me e, quando Sal nota minha presença, o sorriso que me motiva todos os dias surge em seus lábios, então me ajoelho sobre o tapete e meu pai o coloca no chão. Ciente de sua nova habilidade, ele praticamente corre na pouca distância que nos separa e, antes que caia, meus braços o pegam com proteção. Abraço-o enquanto sinto o amor transbordar por cada parte de mim, tudo se torna irrelevante em sua presença.

— Você filmou isso, Tiago?

— Sim, mamãe, eu filmei. — Sorrio. Não viver sozinha esses momentos vem significando muito para mim, Salvatore é o primeiro neto e tem sido muito mimado por todos.

— Coloca no grupo da família! — Não demora até meu celular apitar em meu bolso, sinalizando que meu irmão havia atendido meu pedido. — Eu disse a sua tia que ele andaria antes do neto dela. — Todos nós sorrimos.

— Você não tem jeito, mamãe. — Abraço-a, lembrando que não os cumprimentei quando cheguei.

— Oi, meu amor. Ela acha que os seus netos são os mais incríveis do mundo, seu pai viu como se engrandeceu.

— Não me enfia nesses B.O.s, Lúcia.

— Oi, papai. — Beijo o homem mais incrível desse mundo.

— Não estou dizendo nenhuma mentira — retruca, tudo sempre sobra para ele.

— Isso não é uma competição, dona Lúcia! — Pisco enquanto Tiago meneia a cabeça em negativa.

— O assunto da mamãe agora é o Sal.

— Toma vergonha na sua cara, Tiago, com ciúmes do seu sobrinho? — acusa e ele sorri, contrariar minha mãe era uma tarefa bem difícil.

— Ah, mamãe! Pelo amor de Deus! — meu irmão rebate, normalizando nossa tarde de domingo.

— Eu e meu neto estamos tentando assistir ao futebol! — meu pai interfere com sua característica paciência.

— Tiago, cadê a Gabi? — Tento desviar o assunto.

— Boa pergunta, minha filha! — minha mãe interfere e ele baixa os olhos.

— Nós terminamos.

— Como assim terminaram? O que você aprontou, Tiago? — ela exige e o pesar nas palavras do meu irmão deixa claro que a decisão não partiu dele.

— Ah, pronto! Agora a culpa é minha.

— Certamente ela cansou de esperar, você com trinta anos, e nada de pedi-la em casamento...

— Que pensamento arcaico, mamãe! — interfiro. — Os dois são independentes, casamento não define um bom relacionamento.

— Ainda falam a palavra "arcaico"?

— Estou te defendendo, garoto! — Atiro a almofada e ele a segura sorrindo.

— Eu e a Gabriela terminamos e estamos muito bem com isso, a vida segue.

— Ninguém termina um namoro de quatro anos do nada — minha mãe declara.

— Não foi do nada, as coisas foram mudando e, quando vimos, não existia mais conexão.

— Olha, Tiago, você não me inventa de trazer outra aqui, minha casa não é bagunça! Chega! Não tenho mais saúde para vocês, é sempre assim! — Encaro meu irmão e é óbvio que ela começaria o discurso que lhes fazia toda vez que terminavam um namoro...

— Bom, eu vou indo. — Levanto-me do sofá.

— Bela irmã que eu tenho! — Pisco para ele e pego Sal no colo do meu pai, que permanece concentrado em seu futebol como se não estivesse ocorrendo nada a sua volta. Um dia espero atingir esse estado transcendente de calmaria quando tudo a sua volta está um caos, talvez os anos na polícia o fizeram conquistar essa façanha.

— Ah, filha, ainda está cedo. — Meu irmão respira fundo quando desvio o foco de minha mãe.

— Estou muito cansada, mamãe, e ainda preciso passar nos avós do Sal, faz alguns dias que eles não o veem.

Depois de alguns minutos convencendo minha mãe, arrumo Sal na cadeirinha do carro enquanto Tiago deposita as bolsas no porta-malas.

— Como estão indo as coisas? — meu irmão pergunta quando volta a se aproximar.

— Um dia de cada vez e esse rapazinho aqui é uma boa motivação. É um vazio estranho, parece que a dor não encontra um caminho para partir.

— Viver dói, mas enfrentar sua dor faz com que ela não te domine.

— E agora o senhor está me analisando?

— Não, estou sendo o seu irmão e torcendo muito para ter a minha irmãzinha de volta.

— Só temos quatro anos de diferença, então para com essa mania de me chamar de assim.

— Bom, eu não tenho culpa se você é a mais nova. — Aperta minhas bochechas e o rebato com uma careta.

— Eu já disse o quanto odeio vocês três?

— Por trás de todo ódio sempre existe um grande amor. — Pisca.

— Suas frases de efeito estão cada vez piores. — Ele sorri. — Tchau, chato!

— Sabe que pode contar comigo, não é?

— Eu sei. — Abraço-o e não tenho dúvidas de que qualquer um dos três me socorreria na hora em que eu precisasse.

Quando cheguei a casa, já era noite. O cochilo de Sal só me permitiu tomar um banho rápido, de acordo com a minha mãe, ele passou o dia superbem, mas o choro irritadiço começou ainda na casa dos meus sogros. A princípio achei que era cansaço, mas, mesmo depois do soninho, a irritação e choro ainda continuam...

— O que foi, filho? — Balanço-o em meu colo e me sinto impotente. Tento controlar a vontade de chorar e a vontade de pedir socorro aos meus pais ganha força, mas em um instante de lucidez lembro que é quase meia-noite e certamente estão dormindo, preciso ser capaz de cuidar do meu filho. — A mamãe está aqui, meu amor. — Abraço-o enquanto ando de um lado para o outro. Meu celular apita com um som de mensagem...

> Não consigo dormir, estou com medo de ser preso a qualquer instante.

Eu o ignoraria ou até sorriria de sua forma desengonçada para puxar conversa se não estivesse tão apreensiva com meu filho nos braços... Leva apenas um segundo para a compreensão surgir como um empurrão em meio ao desespero, ele é pediatra!

Pego o aparelho e inicio a chamada por vídeo...

— Oi! — atende mais rápido do que eu poderia supor e a surpresa em seu rosto é nítida.

— Oi, desculpa por chamar assim — digo, mas não estou realmente arrependida, depois que viramos mães, qualquer constrangimento em favor dos nossos filhos fica em segundo plano.

— Está tudo bem, desculpa a mensagem, achei que só a veria pela manhã.

— Não foi por isso, é o Sal, não sei o que ele tem, faz horas que está inquieto e agora não para de chorar.

— Está com febre?

— Não, medi a temperatura há pouco.

— Cocô e xixi?

— Normal, não sei o que ele tem, nem quis a mamadeira e, como pode ver, não para de chorar. Devo levá-lo à emergência, não é? — Deixo meu desespero assumir quando vejo sua expressão mudar. — Minha mãe diz que nem tudo é médico, mas eu não sei o que fazer.

— Estou indo até aí, mesmo endereço?

— Sim, mas não precisa, vou levá-lo ao hospital.

— Em alguns minutos, chegarei. Não estar com febre é um bom sinal, fica calma, já nos vemos. — Encerra a chamada e não vou fingir que não estou desesperada por ajuda, mesmo que ela venha da pessoa que eu deveria evitar.

10

CONFIAR

"Se eu me confiar e me considerar verdadeira, estarei perdida porque não saberei onde engasgar meu novo modo de ser — se eu for adiante nas minhas visões fragmentárias, o mundo inteiro terá que se transformar para eu caber nele."
Clarice Lispector

Amanda

Vinte minutos foi o tempo que levou desde a ligação encerrada até meu interfone tocar alertando a chegada de Benjamim, mas, muito mais rápido do que previ, a campainha é disparada.

— Oi! — digo em um suspiro quando abro a porta, é difícil disfarçar o alívio por vê-lo.

— Oi, vim o mais rápido que pude. Alguma melhora?

— Não, continua agoniado. — Estou quase chorando.

— Posso lavar as mãos?

— Claro, o banheiro é à esquerda. — Os segundos até ele retornar parecem uma eternidade.

— Onde posso examiná-lo?

— No meu quarto. — Ele pega a maleta e me segue.

— Pode colocá-lo na cama. — Assim que o faço, Sal esperneia mais. — Ei, garotão! — Benjamim lhe entrega a sua lanterna e isso o distrai um pouco. — Ele fez 15 meses, correto?

— Sim — respondo enquanto aperta seus ouvidos. Em seguida, escuta-o e não sei a mágica que fez, mas Sal realmente esqueceu o choro.

— Vamos trocar? — Entrega o estetoscópio ao meu filho e pega a pequena lanterna. Examina suas narinas, em seguida sua boca. — Então é esse dente sem vergonha que o está incomodando? — Sal bate as pernas em resposta.

— Dente? — intervenho.

— Sim, normalmente incomodam muito em torno dos seis meses, mas também pode acontecer mais tarde. — Pega uma pomada em sua maleta e começa a massagear a gengiva do pequeno briguento. — Tem mordedores de borracha em casa?

— Sim, tenho. — Pego dois dentro do berço.

— É bom deixá-los na geladeira, isso alivia muito. Esse incômodo vai perdurar por alguns dias, ele também pode apresentar um pouquinho de febre, no mais, está muito saudável. — O suspiro transparece meu alívio.

— Nem sei como agradecer a você. — Seus olhos buscam os meus.

— Se mantiver minha liberdade, já fico feliz — rebate e espera que eu responda, mas estou emudecida e profundamente constrangida por minha atitude pela manhã.

— Eu...

— Estou brincando, Amanda — esclarece enquanto ainda tento buscar um argumento. — Eu só precisava pedir desculpas, sei que...

— Não precisamos mais falar disso.

— Precisamos, sim, traí sua confiança e isso lhe dá todo o direito de ter ficado chateada, mas eu juro que não foi a minha intenção. Naquela manhã quando entrou no meu carro, estava voltando de licença e... — Engole em seco. — Sua dor encontrou a minha de alguma forma, eu também perdi pessoas que amava muito...

— Eu sinto muito. — A primeira coisa que aprendemos a reconhecer quando somos policiais é quando alguém está sendo sincero e nesse momento vejo muita sinceridade em seus olhos.

— E, depois, eu simplesmente não sabia como dizer, você estava grávida e envolta em tanta dor, como poderia lhe causar mais transtornos? Pode parecer loucura da minha cabeça, mas eu sentia que quando conversávamos... Deixa para lá.

— O que você sentia? — insisto e o receio está estampado em sua expressão. — Começou, termina, Benjamim.

— Quando conversávamos, mesmo que por poucos minutos, parecia que nos desconectávamos de tudo e eu não queria perder aquilo porque me desconectar da minha realidade era justamente o que eu mais precisava.

— E achou que mentir seria a melhor opção? — revido porque ele ter a mesma impressão e necessidade que a minha me desmonta.

— Não foi. A mentira nunca será a melhor opção, mas, naqueles momentos e depois de tanto tempo na escuridão, foi a única saída que encontrei. Gostaria que me perdoasse por isso, contudo, se ao menos compreender meu argumento, já ficarei feliz. Nossas atitudes são o que determina a confiança e sei que falhei com você.

— Não sei pelo que passou, mas, se a sua dor se aproximou da minha, eu entendo seu desespero para encontrar saídas, certamente eu teria feito o mesmo se pudesse. Não vou dizer que seremos melhores amigos, mas podemos deixar a raiva de lado.

— Eu nunca tive raiva de você — diz com uma evidente satisfação, parece aliviado.

— Você entendeu.

— Entendi, sim, parece que terei que deixar meu dedo aqui — sussurra dessa vez, Sal havia dormido enquanto mordia o dedo de Benjamim.

— Graças a Deus, a dor deve ter passado. — Aproximo-me da cama. — Você me salvou, obrigada.

— Não por isso, certamente a pomada fez efeito. — Retira o dedo com cautela e respiro aliviada quando meu bebê continua dormindo. — Vou deixá-los descansar — sussurra e eu o sigo depois de cobrir meu filho. — Vou deixar a pomada para que possa repetir a aplicação, em alguns dias, tudo isso vai passar. No mais, qualquer coisa que precise, pode me ligar.

— Nem sei como agradecer, estava apavorada. — Meus olhos descem por seu corpo pela primeira vez desde que chegou, ele usa uma calça de moletom cinza e uma camisa de malha branca. Pelo curto tempo que levou para vir, é provável que seja a roupa que usava em casa, nesse instante também noto seus olhos em mim e me sinto exposta com o baby-doll minúsculo que uso.

— Não precisa, sempre que precisar, estarei à disposição.

— Por quê? — A pergunta pula para fora da minha boca sem que eu perceba.

— Oi?

— Por que faz tanta questão de ajudar alguém que não conhece? — exijo.

— Eu conheço você.

— Mas não conhecia naquele dia, poderia ter agido como qualquer pessoa e me colocado para fora do seu carro.

— Talvez, um dia, eu obtenha essa resposta. — Assinto. — Entretanto, mesmo acreditando fielmente na ciência, devo lhe dizer que existem coisas na nossa vida que não podem ser explicadas. — Bocejo revelando meu extremo cansaço, estou há quase trinta horas sem dormir. — Quer que eu fique por aqui? Se ele acordar, posso...

— Não, que isso, está tudo bem.
— Tem certeza? Parece exausta.
— Estou, não vou mentir, mas vamos ficar bem, fica tranquilo.
— Tudo bem, mas precisando...
— Eu ligo. Passa uma mensagem quando chegar, está muito tarde.
— Pode deixar, sei me cuidar, soldado Moraes. — Ele se aproxima e o beijo no rosto me pega desprevenida, uma de suas mãos pousa em minha cintura e minha respiração fica suspensa por um breve segundo.
— Então, boa noite. — Afasto-me bruscamente e abro a porta.
— Boa noite. — Ele passa pela porta e me apresso em fechá-la. — Que merda foi essa? — pronuncio em voz alta a pergunta que grita em minha cabeça. Não tenho coragem de nomear o sentimento, mas foi a mesma sensação de quando o toquei pela manhã e essa emoção só faria sentido se eu estivesse ficando louca.

Meneio a cabeça em negativa para espantar o pensamento insano, certamente minha carência está desviando minha conduta, André permanece vivo em cada parte de mim e isso não poderia mudar.

Quando chego ao meu quarto, deito ao lado de Sal bem devagar, torcendo muito para que seu sono não seja perturbado...

Desperto com o choro de Sal..
— Oi, filho, bom dia — digo quando noto os raios de sol afirmando sua presença pelo quarto. Não tenho ideia de quanto tempo dormi, mas sei que não foi o suficiente e faz um bom tempo que não durmo as horas desejadas. — Vem, não chora, a mamãe vai preparar o seu *mamá*. — Pego-o no colo e, como em todas as manhãs, viro-me como consigo, mas agradeço quando ele não rejeita o alimento.

Depois de alimentá-lo e trocá-lo, passo a pomada indicada por Benjamim e o fato do choro persistente não ter retornado me deixa confiante para mandá-lo a creche. Depois de pesquisar bastante e entender que a rotina estava exaustiva para os meus pais e sogros, achei melhor aceitar a indicação de Dimas e, apesar de o lugar ser novo para ele, meu filho está se adaptando muito bem à nova rotina, graças a Deus.

Só quando estou retornando, que pego meu celular, abro o aplicativo de mensagens e está recheado de notificações, inclusive de Benjamim...

> Oi, cheguei bem. Qualquer alteração com Salvatore, pode me ligar. Espero que consiga descansar.

> Bom dia. Como passaram a noite? Ele está melhor? Estou no trabalho, mas com o telefone disponível.

Meu Deus, que relapso! Esqueci completamente o pedido da mensagem. Eu sou uma péssima pessoa!

> Oi, bom dia. Desculpe não responder ontem, apagamos. Ele está bem melhor, acabei de deixá-lo na creche. Deixei todos em alerta e, qualquer anormalidade, vão me ligar. Muito obrigada mais uma vez. Você nos salvou. Tenha um bom dia de trabalho.

O farol abre e deixo o aparelho de lado, mas não demora muitos segundos para escutar a notificação sobre a chegada de uma nova mensagem.

> Fico feliz que esteja tudo bem. Saio do hospital às 18h. Caso não se importe, gostaria de fazer uma revisão nele.

Engulo em seco assim que visualizo, o não surge em minha mente em letras garrafais, mas o que eu digito é bem diferente.

> Não precisa se incomodar.

> Não será incômodo. Vejo vocês mais tarde.

Merda, mil vezes *merda*! Como as coisas podem ter mudado dessa forma? Até ontem de manhã, eu pensava que nunca mais fosse vê-lo e agora... Ok, ele tem uma desculpa plausível, afinal quem ligou em total desespero fui eu. Então é isto: ele vai lá, faz sua revisão e atesta que meu filho está bem, depois disso, seguiremos sem qualquer mal-entendido ou responsabilidade...

11

SAÍDA

*"Mas toda vez que eu procuro uma saída
Acabo entrando sem querer na tua vida."*
Ana Carolina

BENJAMIM

Meus pensamentos continuaram em Amanda desde o dia em que a conheci, mas a intensidade sem sombras de dúvidas mudou de ontem para hoje.

— Como foi que o cara que seria preso se tornou o médico particular?

— Você deveria se candidatar a uma vaga de fofoqueiro na TV — rebato meu amigo.

— Aquela jogada no carro, tinha um lance ali, eu sabia.

— Pelo amor de Deus, Ricardo! Não estamos mais na quinta série.

— Vai dizer que não está interessado?

— Amorosamente, não. Então, exclui a *fanfic* da sua cabeça.

— E qual o problema se fosse amoroso? — insiste.

— Realmente preciso responder a essa pergunta?

— Gostaria de ouvir. — Cruza os braços e me encara.

— Você lida com as coisas como se não soubesse da minha vida e tudo pelo que passei. Além do mais, não vou enviar mais dor a Amanda, porque é somente isso que tenho a oferecer.

— Toda vez que faço um parto, no auge da dor, a paciente grita que jamais passará por isso novamente, mas, na maioria das vezes, meses depois, ela está de volta a uma consulta. O amor supera qualquer dor, Dr. Benjamim. — Meneio a cabeça em negativa.

— Deveria parar de assistir a comédias românticas.

— E você deveria admitir que está interessado. — Reviro os olhos.

— Você não está mesmo falando sério, não é?

— É claro que estou. — Um sorriso involuntário escapa dos meus lábios.

— Há quatro anos ocupo a porra de um flat, ainda não consegui voltar para a minha cobertura ou anunciar sua venda, não tenho redes sociais, não frequento festas de família, aniversários e todos os afins que a porcaria de uma sociedade sadia pratica. Para ter uma noite aceitável de sono, preciso me dopar! Diante dessa cagada toda, acredita de verdade que estou buscando um romance com a Amanda?! — explodo.

— Poderia se dar uma chance.

— Eu já fiz isso, casei com o amor da minha vida e ainda assim estraguei tudo.

Você foi a porra do padrinho, deveria lembrar.

— Não foi sua culpa.

— E de quem foi?

— Infelizmente foi uma fatalidade, mas isso não precisa ser uma sentença. As coisas mudam o tempo inteiro... Até as coisas ruins de alguma forma nos transformam, o sentimento de ontem não tem que permanecer igual hoje. A vida continua.

— Quando você perder as pessoas que mais ama no mundo, a gente volta a conversar.

— Benjamim! — Bato a porta do seu consultório, não quero olhar para o bastardo do meu amigo agora, senão darei um soco no meio da sua cara como fazia na quinta série...

Cinco anos antes...

— *Fala que é mentira, por favor, eu não suporto essa dor.*

— *Eu sinto muito, amor, foi um mal súbito, não podíamos prever, infelizmente é mais comum do que se pensa.*

— *Comum? Acabamos de enterrar o nosso filho! O mesmo filho que desejamos avidamente!* — *ela vocifera entre as lágrimas.* — *E você não fez nada! Deixou-o lá, deixou-o morrer!*

— *Eu tentei, amor, ele já estava em óbito.*

— *Não estava!* — *Empurra-me, mas a mantenho em meu abraço. Em modo conspiratório, minha dor se junta a sua e dilacera meu peito, ninguém está preparado para sepultar um filho. Isaac foi muito esperado por nós e amado desde o primeiro pulsar de seu coração, certamente uma parte nossa se foi para sempre, entretanto meu filho sempre será a melhor parte, ele nos deu os quatro meses mais felizes de nossas vidas...*

ANTES QUE ESQUEÇA

Quando entro no minúsculo apartamento que venho chamando de casa por alguns meses, sou recebido pelo mesmo vazio de todos os dias. A covardia seria o pior defeito do ser humano se ela por vezes não funcionasse como a nossa maior aliada.

Acreditar apenas no que precisamos é o método mais eficaz de fuga, o fogo pode ser alimentado de algumas formas e, se você o faz, também deve estar pronto para as consequências. Eu certamente não estou, então é melhor ficar longe da fogueira.

Mesmo ainda envolto em tantas dores, sei identificar meus sentimentos. Assim que pisei na casa de Amanda ontem, desejei ser outra pessoa, fazer parte daquela rotina e da sua vida. Uma reconfortante sensação de paz fluiu pelo meu corpo no instante em que ela abriu a porta e fazia muito tempo que não reconhecia um lugar assim.

Abro o chuveiro ciente de que o melhor para os dois é me manter longe, não é errado fugir quando detecta o perigo, isso se chama autodefesa.

> Oi, tudo bem? Você ainda vem? Sal começou a ficar febril, então acho que vou levá-lo à emergência.

Fecho os olhos sentindo-me a pior pessoa do universo, menosprezar minha palavra jamais foi uma prática. Não posso colocar minhas dores acima do bem-estar de uma criança, o que estou fazendo?

> Desculpe o atraso, já estou a caminho.

Visto a primeira roupa que encontro, preciso ser maduro o suficiente para não esquecer minhas dores e, ainda assim, não permitir que essa memória machuque outras pessoas pelo caminho.

Em poucos minutos, estaciono em frente ao seu condomínio. Assim que desligo o carro, permaneço alguns segundos tentando controlar a sensação em minha garganta, mas todos os agravantes se juntam à ansiedade dominando meu sistema, palavras de segurança formam um extenso manual de comportamento na minha cabeça, mas não quero ouvir ou tentar compreender sua importância.

Minutos depois, respiro fundo antes de apertar a campainha e, assim que o faço, o barulho desperta certa dormência em minha barriga.

— Oi!

— Oi! — respondo e o mundo ao meu redor parece evaporar como um truque de mágica.

— Entra. — Fecho a porta atrás de mim e a sigo, deixando toda a capacidade de formar pensamentos coerentes do lado de fora. Amanda veste um camisão de malha simples, seus cabelos estão envoltos em um coque frouxo, não tem qualquer sinal de maquiagem no rosto, o cansaço em sua expressão é nítido, entretanto continua incrivelmente linda. — Não sei o que está acontecendo, ele passou o dia bem, não seria melhor fazer um exame?

— Eu me esqueci de pegar minhas coisas — confesso o que só me dei conta agora. — Tem um termômetro?

— Tenho. — Não demora a me entregar. — Não queria incomodar de novo, mas você disse que vinha, então...

— Está tudo bem, o dia foi cheio, por isso me atrasei um pouco — digo sem poder dar a verdadeira versão. — Ele está apenas febril. Ainda não devemos medicá-lo. — falo depois de aferir a temperatura. Certamente ainda é um sintoma pelo dente, passou a pomada?

— Sim, faz poucos minutos.

— Ele jantou?

— Sim, mas não comeu o ideal.

— E a mamadeira?

— Terminei de preparar e ia oferecer quando você chegou.

— Ele está bem tranquilo.

— Pois é! Já contradiz a mãe! Não estava assim um minuto antes de você chegar. — Está visivelmente sem graça.

— Vai se acostumando porque as crianças são imprevisíveis. — Pego Sal nos braços e sua mão encontra minha barba por fazer.

— Tenho sentido isso. — Sorri, mas o sorriso não chega aos olhos.

— Quer dizer que o senhor anda pregando muitas peças na sua mãe? — Ele sorri visivelmente concordando comigo. — Pode ficar tranquila, Amanda, ele está bem, enquanto esse dente não romper a gengiva completamente, ele vai ficar muito incomodado em alguns momentos e a forma de os bebês se comunicarem é chorando.

ANTES QUE ESQUEÇA

— Estou com vergonha de tê-lo feito vir até aqui. — A exaustão se apresenta também em suas palavras.

— Não tem por que se envergonhar, eu disse que viria. Pode deixar que dou a mamadeira.

— Não, que isso, não precisa, já o incomodei demais. — Tenta tirá-lo dos meus braços, mas ele começa a chorar. — Filho! — exclama não compreendendo a atitude do menino.

— Não é incômodo nenhum. — Caminho até a mesa e capturo a mamadeira. — Crianças são a minha rotina e eu amo isso. — Sem resistência, ele segura a mamadeira e começa a se alimentar.

— Você é mágico além de médico? — pergunta com tom de admiração e sorrio.

— Gostaria de ser. Crianças tem o sensor muito apurado, elas sentem nossa apreensão e aí as coisas só pioram.

— Eu sou uma péssima mãe — comenta, abatida.

— Claro que não é, só está exausta, há quanto tempo não dorme?

— Muitas horas, eu deveria ter dormido enquanto ele estava na creche, mas fiquei com medo de me ligarem por uma piora, fui fazendo uma coisa e outra, então, quando me dei conta, já estava na hora de buscá-lo. Meus pais viajaram hoje para comemorar as bodas e tudo fica mais difícil sem eles. Tem horas que penso não dar conta de nada, nem banho consegui tomar.

— O nome disso é cansaço, é só uma fase, crianças são feitas delas, logo passa, vai tomar seu banho, que fico com ele.

— Não! Não posso abusar dessa forma.

— Não está abusando, ele e eu estamos nos entendendo. — Pisco para ela.

— Jura que não vou atrapalhar você?

— Claro que não.

— Então vou aceitar, eu prometo ser rápida — fala enquanto corre pelo pequeno corredor.

— Muito bem! — digo a Sal quando finaliza a mamadeira. — Quer dizer que anda dando muito trabalho a sua mãe?

— Bá! — responde com um sorriso e volta a mão para o meu rosto.

— O que é bá? Vai precisar me ensinar para melhorarmos a nossa comunicação.

— Bá, bá! — diz animado.

— Isso é um sim? — Ele gargalha e o som de seu riso alcança um ponto secreto em meu coração. Amo crianças, elas têm o poder de transformar nosso dia. Certamente, Sal está transformando o meu.

CRISTINA MELO

12

GRATIDÃO

"A gratidão de quem recebe um benefício é sempre menor do que o prazer daquele que o faz"
Machado de Assis

AMANDA

Tomar banho com calma é algo do qual não disfruto muito ultimamente, lavo meus cabelos enquanto a sensação de paz flui pelo meu corpo, não posso negar que a culpa da minha exaustão fica a cargo da minha teimosia, mas não quero ser uma mãe que entrega a responsabilidade da criação dos filhos nas mãos de outros, mesmo que essas outras pessoas sejam os avós. O medo de não ser o suficiente para o meu filho me domina a cada segundo do meu dia.

Quando saio do banho, sinto-me mais leve e de bem comigo mesma. Depois de escolher um vestido de malha e de dar a atenção necessária aos meus cabelos, retorno à sala e a visão que tenho ao adentrar o cômodo é letal para os meus sentidos. Por alguns segundos, tento recuperar o raciocínio para, assim, lembrar-me de como colocar minha respiração no curso novamente. Essa é a visão que sempre imagino quando penso em André e em como ele seria um pai incrível. Tento desfazer o bolo em minha garganta enquanto meus olhos não se desviam de Benjamim dormindo profundamente recostado no sofá e de Sal fazendo o mesmo e esparramado em seu peito. Espantar o choque não é fácil, mas a força que uso para fazê-lo surte efeito, então com passos tímidos me aproximo do quase desconhecido em meu sofá. Mesmo com a conexão que tivemos por meses, sua mentira acabou quebrando esse laço e agora sinto como se estivesse diante de outro homem à minha frente. Aquele Benjamim que por vezes me abraçou enquanto eu chorava e que sempre estava disponível para mim parece estar retornando à minha vida e, de certa forma, senti muito a sua falta. Curvando-me sobre eles e com movimentos metódicos, começo a mover Sal, mas, assim que o puxo para cima, o braço protetor em suas costas o detém, olhos verdes semicerrados e misteriosos me encaram atingindo um ponto secreto em meu peito. Todas as vezes em que olhava em seus olhos, sentia paz e acolhimento, mas não é só isso que sinto agora.

— Oi! — sussurra com a voz rouca e é impossível evitar a sensação de intimidade com nossos rostos tão próximos.

— Vou levá-lo para o berço — sussurro de volta e ele remove o braço. Nesse instante, algo desconhecido em seu olhar paralisa meus movimentos e me mantém refém por alguns segundos.

— Tudo bem? — interrompe nossa paralisia.

— Sim. — Dou a resposta sensata, pois, para ser bem sincera, não sei ao menos o que estou sentindo. — Só estou com medo de acordá-lo, não dorme bem assim há dias.

— Deixe-me tentar, assim ele não sente a separação. — Assinto e dou um passo para trás. Com todo cuidado e destreza, Benjamim se levanta com Sal, como se fizesse isso todos os dias. Eu o guio até meu quarto e, quando ele o deita no berço com tanto carinho, a cena desperta certa dormência em minha barriga, assim como a saudade devastadora de algo que nunca tive. — Prontinho — sussurra depois de cobri-lo.

— Desculpa acordá-lo — digo assim que retornamos à sala, sem saber mais o que dizer. É óbvio que estou morrendo de vergonha de invadir sua vida dessa forma. A maneira como seus olhos me avaliam me deixa desestabilizada. Ele se aproxima mais e o gesto suspende as batidas do meu coração por um segundo.

— Eu que preciso me desculpar por dormir em serviço, mas não posso negar que foi um dos melhores cochilos que tirei em anos. — Seus dedos removem a mecha de cabelo que cobria meus lábios, e eu sequer havia notado.

— Meu Deus! — Viro-me e fujo da atmosfera pesada. — Desculpa por ocupar mais o seu tempo, você ao menos comeu alguma coisa? Já está tarde...

— Não se preocupe, realmente já está tarde e vou deixá-la descansar.

— Não! Vou fazer um sanduiche, confesso que não sou muito boa com refeições, mas sou especialista em lanches. — Sigo para a cozinha sem esperar sua resposta, completamente envergonhada.

— Amanda, posso entrar? — Dessa vez é ele quem não espera a resposta. — Não precisa se preocupar com isso...

— Não é nenhuma preocupação. — Pego a embalagem de pão de forma e mal consigo encará-lo, minha intuição grita que devo seguir sua sensatez, mas a maldita educação que recebi dos meus pais a contraria. — Preparo rapidinho. — Suas mãos param as minhas, a proximidade de seu corpo paralisa o meu e evidencia o arrepio emocional e descabido, mas não sou eficaz em evitá-lo, mesmo revisitando os motivos para que esse sentimento pertencente e desejoso seja inapropriado em todas as suas formas. Estou muito grata a Benjamim e desejo não faz parte do pacote ou pelo menos não deveria...

— Deveria aproveitar o tempo livre para... — Afasta a embalagem de pão e seu rosto está próximo demais.

— Para? — incentivo e ele passa a língua entre os lábios acentuando minha inspiração e é obvio que eu estou surtando ou no auge da carência, mas...

— Descansar. — Afasta-se como se a proximidade o queimasse, mas a forma brusca que o faz permite que a coerência se realoque em mim. Que *merda* eu estava fazendo? — Não precisa se preocupar, é sério, estou bem. — Seu tom um tanto desconsertado deixa evidente que percebeu minha descompostura. Ok, esse pensamento foi meio século XIX, mas não haveria melhor descrição, já que estava deixando-me levar exclusivamente pelos apelos do meu corpo e me tornando uma versão dos colegas que tanto condeno. Constrangida, ainda busco um argumento frente ao silêncio e à paralisia que nos cerca. — Vou te deixar descansar. Se Sal apresentar qualquer sintoma, não hesite em me ligar. — A sua gentileza está sempre presente, é surpreendente como consegue reverter situações.

— Eu... não me sinto bem tendo ocupado sua noite e ainda...

— Não foi nada, na verdade, vocês foram a melhor parte do meu dia. — Sua mão toca a minha e o frisson se faz presente novamente.

Ele dá mais um passo à frente e dessa vez sou eu quem recuo.

— O meu sanduiche é realmente muito bom — digo já abrindo a porta da geladeira com a evidente necessidade de encontrar uma rota de fuga.

— Já está tarde, vou deixar o crédito do sanduiche para uma próxima oportunidade. — Respiro aliviada por sua recusa.

— Então só me resta lhe agradecer mais uma vez. — Viro-me e é evidente que ele nota minha inconstância, mas não sou capaz de justificar nem para mim mesma o que está acontecendo, então mantenho meu silêncio.

— Não tem que agradecer, qualquer emergência com Sal ou qualquer coisa que você precise, estou a apenas alguns minutos de distância. — A segurança que transparece em suas palavras é acolhedora.

— Tentarei não ser tão invasiva, mas, se precisar, pode deixar que ligo.

— Não está sendo nada disso, gostaria de poder considerá-la uma amiga e amigos se apoiam. — Em silêncio, encaro-o por alguns segundos em modo conspiratório. A palavra "amigo" causa uma sensação estranha. — Você me desculpou pelo que fiz, não é? Amanda, tudo bem?

— Oi! É claro, só estou cansada. — Uso a desculpa mais plausível para a minha inércia.

— Eu vou te deixar descansar. Amigos?

— Amigos — afirmo enquanto uma batida autoritária soa em meu coração. Ele assente e faz seu caminho até a porta do meu apartamento em completo silêncio. — Avisa quando chegar a casa? — peço e seus olhos me encaram surpresos. — O Rio está uma loucura e...

— Eu aviso — interrompe-me e, mais rápido do que eu espero, sinto seus lábios em meu rosto. — Boa noite.

— Boa noite — respondo em completa inércia e mal consigo reagir para fechar a porta atrás dele...

Eu só posso estar ficando louca! Que *merda* é essa? Ok, Benjamim é um homem bonito e muito atraente, mas...

— Meu Deus! — Passo as mãos pelos cabelos, indignada comigo mesma. Uma repentina falta de ar me encontra e o mundo ao meu redor parece desaparecer... Ando de um lado para outro me sentindo a pior pessoa do universo, não posso me sentir atraída por outra pessoa. Lágrimas pela transgressão me confrontam e a dor em meu peito ressurge, tento controlar a sensação em minha garganta, mas a lucidez da minha consciência me confirma que estou traindo deliberadamente a parte mais bonita da minha vida, então a culpa é substancial o bastante para me paralisar e atestar o grave delito...

Antes...

— Isso é simplesmente intolerável. Nossa, que raiva! — explodo assim que me acomodo no carro e André me encara paralisado.

— O que eu fiz? — Sua expressão atesta a confusão.

— Ah, não, amor, não é nada com você, desculpa. — Curvo-me em sua direção e o beijo.

— Não me assusta assim. — Seu braço rodeia minha cintura e me puxa mais para si, então aprofunda o beijo fazendo com que tudo a minha volta se torne insignificante. — Estava louco de saudades. — Mordisca meus lábios.

— Eu também — sussurro de volta completamente entregue a ele.

— Agora pode me dizer quem deixou a senhora tão chateada?

— Não foi quem, e sim o quê. Acabei de presenciar dois colegas se pegando.

— E?

— Ele é casado! — André ergue as sobrancelhas em uma careta como se eu estivesse sendo puritana demais e odeio seu ar liberal.

— A senhora não deveria se importar tanto com as atitudes alheias.

— Você não disse isso! — Afasto-me deliberadamente.

— Amor, é sério que vamos discutir pelo erro dos outros?

— Não estou discutindo, estou irritada com o fato de você normalizar atitudes assim.

— Ei, eu não estou normalizando nada, só acho que a vida dos outros, quando não estão infringindo as leis da nossa constituição, diz respeito a si próprios, apenas eles irão pagar a conta. — Meneio a cabeça em negativa.

— Pois deveria ser contra lei dizer que ama alguém, mas, no momento seguinte, traí-lo.

— Isso é complicado, meu amor.

— O que é complicado, André? Como pode ser possível amar uma pessoa com tudo de você e desejar outra?

— Estamos falando de caráter, e não amor. — Estudo cada vertente de sua expressão, não pode estar aprovando isso. — O desejo é ingrato e o corpo muitas vezes nos trai, mas estar junto de alguém, além de uma decisão, é uma escolha diária. Todo dia escolhemos as bagagens que vamos acrescentar ao nosso relacionamento, ter um relacionamento também é uma escolha. A deslealdade não é uma bagagem que eu, André, queira na minha estante. Existem muitas formas de amar alguém, Amanda, mas eu garanto a você que, quando o amor vem da alma, quando encontra aquela pessoa que te completa de verdade, seus pensamentos e atos serão apenas dedicados a ela. Ninguém precisa impor isso, já que machucá-la de qualquer forma seria como ferir a si próprio. Relacionamentos não se comparam, cada um encontra sua fórmula de fazê-lo funcionar.

ANTES QUE ESQUEÇA

— *Tomara que a mulher dele descubra!* — *Ele gargalha...*

O alerta de mensagem demove minha lembrança, mas não a minha culpa...

> Oi, já estou em casa e seguro. Espero que não me responda hoje por já estar dormindo.

Leio sua mensagem com o coração sibilando de dor enquanto minha razão enclausura minha culpa como um mártir. Lembrar-me de André acentuou meu evidente erro.

Envio apenas um *emoji* com a feição triste em resposta.

> Está triste por eu ter chegado bem ou falei algo errado?

> Não é nada com você.

Minto, é óbvio que é tudo com ele ou por causa dele.

> Quer conversar?

> Hoje, não, obrigada por avisar, boa noite.

Ainda sobre o sofá, deixo o celular de lado, encolho meus joelhos e apoio minha cabeça sobre eles, deixando-me levar pelas lágrimas. A saudade e a impotência não nos deixa, não importa quanto tempo passe, a dor é como uma corda resistente, mesmo que consiga se mover um pouco, sua completa liberdade será negada assim que chegue ao fim dos passos que ela lhe concedeu.

O tempo não alivia, ele somente aguça a conformidade e intensifica a saudade.

A frase que mais escutei é que a vida continua, mas o que as pessoas não lhe contam é que você segue apenas com parte de si e que jamais será a mesma pessoa de novo. Ainda que lute com todas as suas forças, esse resgate será impossível.

Meu choro de minutos é interrompido pela batida autoritária na porta e o susto suspende minha respiração. Ergo-me e recupero minha pistola na gaveta do móvel próximo à porta. Sem me preocupar em limpar as lágrimas, destravo-a e a segunda batida chega bem na hora em que a abro, então, um segundo depois, meus olhos se deparam com o rosto transtornado de Benjamim.

— O quê... — Começo a perguntar, mas o abraço me impede de continuar. Fecho os olhos enquanto a reconfortante sensação de paz flui pelo meu corpo. Aciono a trava da pistola e a posiciono sobre o móvel e, sem pensar mais ou querer fazer isso, retribuo o abraço. Por segundos sinto seu coração pulsar junto ao meu, meus dedos flexionam suas costas em busca da confirmação de que realmente está aqui. Ele expira ruidosamente e deixa o visível alívio por me encontrar transparecer. Por que ele se importa tanto?

— As coisas mudam o tempo inteiro, Amanda, essa é a beleza da vida, toda e qualquer história pode ter continuação, só precisamos abrir a próxima página. — Beija o alto da minha cabeça. Nunca um abraço foi tão necessário, então o aperto mais a mim, não quero que se afaste. Seus dedos se movimentam lentamente em minhas costas e a sensação é tão boa... De olhos fechados, corro meu nariz por seu pescoço...

— Seu cheiro é tão bom — sussurro e toco a pele com meus lábios.

— Amanda?

— Shhhhhh! — Mordisco seu queixo e levo minhas mãos a sua nuca, meu coração martela em meu peito enquanto o desejo me consome. Meus lábios tocam os seus e nossos olhos se conectam...

— Não faça isso — alerta e me encara como se quisesse usurpar minha alma.

— Por que voltou, Benjamim? — Puxo um dos seus lábios sem qualquer ressalva.

— Eu precisava atestar que estava bem — sussurra de volta e seus dedos se cravam em minha cintura, é notório o quanto briga consigo mesmo para não avançar.

— E qual é o diagnóstico?

— Amanda? — Outro alerta.

— Eu sei o meu nome, doutor — provoco e um segundo depois sua boca investe sobre a minha. Uma de suas mãos puxa os cabelos em minha nuca e aprofunda o beijo. Minhas mãos investem sob sua camisa enquanto nos beijamos sedentos, o beijo é exigente e quente, sua língua envolve a minha com volúpia. Quando minhas unhas investem na pele firme de suas costas, um gemido reverbera em minha língua e cada parte do meu corpo reage a ele. Benjamim parece estar a ponto de devorar-me e é justamente o que espero que faça. Em constante movimento, suas mãos percorrem minhas coxas sob o vestido, acentuando o calor e o tornando insuportável. Abruptamente meu corpo é erguido e logo seus passos se dão com minhas pernas envoltas em seu quadril. A expectativa me faz queimar, o desejo é viril e intenso. Aturdida e sem conseguir desfazer o contato, apenas me entrego e sinto o pulsar do meu corpo em seu colo.

— Tem certeza disso? — pergunta em um sussurro enquanto suas mãos paralisam na tira lateral da minha calcinha.

— *Continua!* — *exijo e ele rasga minha calcinha em uma única tentativa, removendo assim uma das barreiras entre nós, então sinto meu sexo pulsar sobre sua genuína ereção sob a calça de moletom. A ansiedade chicoteia meu corpo, puxo seus cabelos enquanto rebolo sem reservas em seu colo, é certo de que eu não precisaria de muito mais do que estou tendo para atingir...*

— Buáaaa! Buáaa! — O choro alto me desperta de forma abrupta. Com as mãos na cabeça, levanto-me do sofá rápido demais e meio trôpega faço meu caminho até o quarto.

Retornar aos meus sentidos e me dar conta de que estava tendo um sonho erótico com Benjamim demora até que pegue Sal nos braços.

— O que foi, filho? Essa porcaria de dente está te perturbando muito, não é, meu amor?

— Dah! Dah! Eh! — continua esperneando nos meus braços e levando meus pensamentos apenas para ele. Encaro o relógio ao seu lado e percebo que nossa noite seria novamente longa, ainda são duas horas da madrugada.

— A mamãe está aqui, meu amor, vai passar. — Embalo-o em meus braços, esquecendo qualquer outra questão...

13

MEDO

"Devemos construir diques de coragem para conter a correnteza do medo."
Martin Luther King

AMANDA

A perplexidade com que Fernanda me encara alerta-me do meu erro, eu deveria de fato ter permanecido calada, o silêncio se prolonga por minutos e isso me deixa irritada.

— Que foi? Não vai analisar? — exijo enquanto minha mente grita em protesto, às vezes, é melhor não saber.

— O que eu poderia lhe dizer que seus hormônios já não tenham dito? — Dessa vez sou eu que a encaro e sei que há súplica em meus olhos, preciso de qualquer resposta que classifique minha atitude como insana.

— Você normaliza tudo, Fernanda! Eu nem sei por que converso contigo. — Ela gargalha.

— Você ainda é jovem, amiga, sentir-se atraída por alguém e desejar sexo não tem nada de mais.

— Não está dizendo isso!

— É exatamente o que estou dizendo, sim, a senhora está atraída por Benjamim!

— Não estou não!

— Está, sim, e isso é perfeitamente normal. O André se foi, Amanda, isso foi horrível, prematuro e traumático de todas as formas, mas não precisa se enterrar junto com ele, tenho certeza de que ele não gostaria disso. — A raiva se acumula em meu sistema como o mais potente dos venenos.

— Não tem ideia do que está dizendo! — vocifero fazendo com que os ocupantes das mesas a nossa volta nos encarem.

— É só uma transa, Amanda, não precisa casar com ele. — Nego

ANTES QUE ESQUEÇA

freneticamente, entendendo o tamanho da minha loucura, como pude desejar outro homem que não fosse o André? — A vida é o que está acontecendo agora, amiga, imagina uma vida sem surpresas? Seria um tédio. Nós, seres humanos, somos uma grande massa de manobra, vivemos validando e invalidando processos, a única coisa que importa é o resultado deles, se nos faz felizes, está tudo certo. — Engulo em seco.

— André é o amor da minha vida — afirmo em um sussurro e ela captura minha mão sobre a mesa.

— Ok, ninguém tem que ocupar o lugar do outro, cada pessoa é única, envolver-se com outra pessoa não significa desfazer seus sentimentos por ele.

— E o que significa, Fernanda? Você fala como se minha reação ao erro fosse errada.

— Que erro, Amanda? Se ele for livre como você e os dois estiverem de acordo, está tudo certo. — Nesse exato segundo, ergo meus olhos e a encaro. — Ah, merda! Ele é casado?

— Não! — Engulo em seco com a possibilidade enquanto me lembro de seu distanciamento em relação às minhas investidas. — Quer dizer, eu não sei — confesso sentindo o bolo se formar em minha garganta.

— Como assim não sabe, amiga? Essa é a primeira regra para se começar um envolvimento.

— Não estamos começando nenhum envolvimento e ele nunca falou a respeito.

— Merda, amiga! Você é policial, como ainda não levantou a ficha do cara?

— Não serei invasiva dessa forma. — O medo me domina.

— Mas eu, sim! Sabe o CPF dele?

— Como vou saber disso? — revido atônita.

— Deixou o cara entrar na sua casa, ficar com meu afilhado, e não sabe o mínimo dele? Ele já mentiu para você, quem lhe garante que não está fazendo isso novamente?

— Ele é médico e não tem cara de bandido — justifico o injustificável, ela está certa, fui muito displicente.

— E bandido agora tem cara e profissão?

— Ele é amigo do meu obstetra e...

— Ah, droga, não é só tesão, você já está apaixonada. — Meu celular notifica uma mensagem, mas ainda estou sem reação diante da acusação.

— Você e suas brincadeiras sem graça — rebato ao sair da minha inércia.

— Gostaria de estar brincando.

— O bom é que você consegue pegar toda uma conversa e jogar no lixo! — Dizem que a melhor defesa é o ataque, pois bem, estou utilizando essa técnica. É obvio que não estou apaixonada por Benjamim, mas me faltam argumentos para o embasamento.

— Estava feliz por você até perceber que pode estar entrando em uma roubada. Já parou para pensar em como ficará seu psicológico se você se permitir ser enganada dessa forma?

— O estado civil dele não me importa! — Ela expira ruidosamente e beberica seu drink.

— Ok, amiga, não vou deixar você paranoica, sou a favor de vivermos intensamente e obedecermos aos nossos desejos, mas conheço você e sei que essa liberdade toda não é o seu forte, então todo cuidado é pouco, está bem? Agora tem o Sal.

— Não se preocupe, não sei onde estava com a cabeça, ele é um homem atraente e, talvez, o fato de ter estado tão disponível com a ajuda necessária no momento tenha deixado as coisas estranhas na minha cabeça, mas isso não significa que exista qualquer intenção. Além disso, ele jamais demonstrou interesse íntimo — digo e reflito sobre a frase extraindo a verdade. Benjamim sempre foi altruísta desde a primeira vez em que nos conhecemos e jamais excedeu qualquer limite. — Não entendo por que ele insiste em me ajudar, mas é notório que não há qualquer interesse romântico ou sexual da sua parte... Nem da minha, é óbvio.

— Esta é a questão: você é linda e completamente gostosa, por que um cara solteiro e disponível não estaria interessado? Ah, meu Deus! Ele é gay! — O choque me atinge.

— Será?

— Se você se insinuou mesmo da forma que me contou, qualquer homem arrancaria sua calcinha sem reserva. Pensa comigo: ele é gentil, amoroso, delicado, ficou preocupado com seu sono, tem a alma feminina.

— *Merda*! — Jogo meu corpo para trás quando constato que ela está certa. Não peguei nenhum olhar furtivo de sua parte ou indulgência sexual. É claro que tinha que ser azarada o suficiente para me sentir atraída por alguém que tem outra orientação sexual.

— É, amiga, acontece, estereótipos são os nossos maiores erros. — Depois de vários segundos avaliando as lembranças de todas as vezes em que estivemos juntos, percebo que a sua avaliação não poderia ser mais correta.

ANTES QUE ESQUEÇA

— Como não percebi isso antes?

— Fica tranquila, todo mundo já se apaixonou por alguém com outra orientação sexual uma vez na vida; no meu caso, mais de uma vez — gargalha e não tenho opção a não ser me juntar a ela. Realmente toda a situação é hilária.

— É claro!

— Que susto! Quer causar um acidente, doida? — Fernanda revida ao volante quando verbalizo o pensamento depois de estar minutos em silêncio. — O que é claro?

— O doutor Ricardo — digo, convencida de que ela acompanhava meus pensamentos.

— E quem é o doutor Ricardo? — pergunta ao fazer a curva.

— Meu obstetra.

— O que tem ele?

— Agora tudo faz sentido, acho que ele e Benjamim são um casal.

— Depois de quase uma hora, ainda está pensando sobre isso? — gargalha. — Que sejam felizes, não é?

— Sim, claro! A questão não é essa.

— E o que é então?

— Sei lá, você tem razão, eu sou uma péssima policial, não tenho qualquer *feeling*, deveria ter percebido, ele deve ter ficado incomodado com minha insinuação, por isso sua última mensagem foi naquela noite.

— Já foi, amiga, agora finge que nada aconteceu e, se ele voltar a falar com você, estará mais tranquila para lidar com a situação da forma correta. — Mordo um pedaço da cutícula, sentindo-me estranha. Como pude não notar algo assim? Coitado, realmente só queria ser meu amigo...

— *Puta que o pariu!*

— Que foi? — Agora quem assusta sou eu.

— Eu acho que errei a *porra* do caminho!

— Como assim errou o caminho, Fernanda? — Meu coração dispara.

— Não sei, acho que não era para ter entrado aqui.

— Já ouviu falar em GPS? — Tudo em mim paralisa quando vejo a barricada bem à nossa frente. — *Porra*, Fernanda, a gente *tá fodida*!

— Calma, fica tranquila.

— Eu tenho um filho para criar, como é que vou ficar tranquila? — Destravo minha pistola e a escondo sob a perna quando o primeiro vagabundo aponta a arma para o carro.

— Calma, amiga, não faça *merda*, ok? — Ela está quase chorando e, pela tremedeira em minhas pernas, estou a ponto de fazer o mesmo.

— Você sabe que ele vai matar a gente quando vir nossas armas — esbravejo quando ela diminui mais a velocidade, é notório que estamos dentro de uma comunidade.

— Ei! *Tá* maluca, tia? — Aponta a arma em nossa direção.

— Acho que estamos perdidas, peguei a rua errada. Estamos procurando um salão, quer dizer, vindo do salão... achei que era nessa rua, mas... — Ela praticamente atropela as palavras e gagueja como nunca vi.

— Que papo torto é esse? Esquilo! — grita o comparsa no rádio.

— Está tudo bem, nós vamos fazer a volta — grito do meu lugar.

— Ei, qual é? As patricinhas estão muito nervosas, o que é que *tá* pegando?

— Não está pegando nada, a gente só errou o caminho — Fernanda rebate.

— Desce da *porra* do carro!

— Que isso, vou fazer a volta.

— Desce, *caralho*! — Ele se afasta um pouco, mas permanece apontando a arma em nossa direção. Um segundo depois, chama o comparsa novamente no rádio e, pelo retrovisor, meus olhos avistam mais quatro marginais vindo em nossa direção. É claro que não vamos sair daqui vivas.

— No três a gente vai correr para a direita — sussurro.

— Não faça *merda*, Amanda.

— A gente vai morrer, *porra*! — alerto entre os dentes.

— Estão surdas? — ele exige e, em um gesto bem rápido, alvejo-o e ele cai na mesma hora.

— Agora! — Descemos do carro e atiramos na direção dos outros vagabundos ao mesmo tempo em que corremos e é óbvio que eles fazem o mesmo. — Se vamos morrer, faremos isso lutando — grito enquanto meus olhos varrem o local em busca de abrigo. — Vem! — Puxo Fernanda pelo braço, invado o portão aberto e o fecho atrás de nós.

ANTES QUE ESQUEÇA

— Que *merda* é essa? O que eu fiz?

— Agora não é hora de chorar, continua, vem! — Puxo sua mão e continuamos no quintal maltratado. — Polícia! — digo para a senhora que se assusta.

— Meu Deus, moças!

— Pelo amor de Deus, a gente se perdeu — Fernanda implora.

— Não podem ficar aqui!

— Sabemos, só ajuda a gente, pelo amor de Deus, senhora, eu tenho um filho e ele já perdeu o pai — insisto e ela parece considerar.

— *Vai morrer*, suas vagabundas! — Os gritos nos dizem que estão muito pertos.

— Precisam pular, vão! Sigam o matagal e, se conseguirem passar por ele, terá uma saída para a estrada, é a melhor chance de vocês, vão! — Pulamos o muro velho mais rápido do que qualquer outro conseguiria.

— Cadê *as verme*, tia?! — Escutamos o grito.

— Não vi ninguém — a senhora responde e permanecemos escoradas no muro.

— *Nós vai cozinhar vocês, suas putas*! — gritam e atiram, o que consideramos ter sido feito para o alto, então puxo Fernanda que está em estado de paralisia e começamos a correr entre o enorme mato. — Pego meu celular do bolso e continuamos correndo, nossa visão periférica é completamente inexistente, nossa única confiança é a direção que a senhora que nem conhecemos nos indicou. Entro no aplicativo de mensagem e envio minha localização a Dimas.

— Dimas, pelo amor de Deus, eu e a Oliveira estamos encurraladas, entramos em uma comunidade por engano e estão atrás da gente, se nos pegarem, vão nos matar, precisamos de reforços, estamos tentando chegar à estrada, não responde o áudio, só aciona as viaturas, pelo amor de Deus! Ah, o Sal está na creche, não o deixe lá muito tempo, *tá* bem? E diga para ele que eu o amo demais. — As lágrimas são inevitáveis.

— Amiga, sinto muito...

— Só continua! Fica atenta e não hesita em atirar. Shhh! — Travo quando escuto o bipe de um rádio próximo a nós. — Abaixa — sussurro e de mãos dadas abaixamos juntas.

— Tem duas vermes circulando, quero a cabeça das vagabundas, mataram o Mingau. — O som próximo demais nos confirma que estamos ferradas...

14

DESESPERO

"Estou no começo do meu desespero e só vejo dois caminhos: ou viro doida, ou santa."
Adélia Prado

AMANDA

Antes...

A exaustão assume o controle, minhas pernas já não respondem mais aos meus comandos...

— Já chega, amor! — quase não consigo pronunciar a frase.

— Continua, só temos vinte minutos, o combinado é trinta. Bora! — Corre de costas e de frente para mim como se tivesse começado agora.

— Não suporto mais!

— Suporta, sim, sua preparação e condicionamento irão definir se você morre ou vive. Para ser o melhor, o seu extremo precisa ser testado, porém ainda não chegou lá. Sua mente está te aprisionando, soldado, domine-a!

— Ahhh! — Em uma explosão de adrenalina, assumo o controle e invisto mais forte na corrida...

Minutos depois estamos no meio da mata de Ilha Grande, era para serem dias românticos, ao menos, as noites estão sendo bem recompensadoras, não vou negar...

— Abriga, soldado!

— Amor... — Tento demovê-lo da ideia de ser meu instrutor.

— Sou o seu oponente e você é a última alternativa na linha de defesa, recuar não é uma opção, precisa vir com tudo ou vai ser abatida.

— Eu quero ser abatida. — Pisco.

— Foco, amor, distrações te fazem fraca, lembra isso, ok? — Sua determinação é admirável.

— Sim, senhor! — Ele assente sem desfazer a seriedade em seu rosto.

— Vamos! Abrigou, escaneou, olhou para trás, conferiu carregador, mirou, fatiou.

— Faço exatamente da forma que me ensinou anteriormente, empenhando toda a minha atenção para que esse "curso" termine logo e eu possa aproveitar meu namorado.

— Muito bem, soldado. Isso aí, tá seguro? Avança! Isso... muito bem, foco, é isso aí, abriga, mira e prossegue. Lembra que você tem treinamento, já o seu opressor só tem o desespero, saber o que está fazendo te leva a eficiência. Vamos, continua, o medo invalida as ações, você está no controle da sua mente... Boa, soldado! — grita quando encontro e neutralizo o alvo que ele havia escondido.

Enfim, agarra-me e o tão esperado beijo acontece. Nós nos beijamos por minutos, sou completamente louca por ele.

— Seu celular?

— Deixei na bolsa. — Faço uma careta respondendo a sua expressão de desgosto.

— Não, amor! Presta atenção mais uma vez, o celular sempre no seu corpo, nunca na bolsa ou no carro, pois, depois da sua arma, só ele pode ajudar...

— Era para ser uma viagem romântica.

— É uma viagem romântica. — Seu braço rodeia minha cintura e cola meu corpo ao seu...

— A gente vai morrer! — O puxão em meu braço junto do tom angustiado me resgata da minha lembrança.

— Nós somos o Estado, soldado, se alguém nos enfrenta, também está confrontando a lei. — Os gritos constantes a nossa volta ditam as barbaridades que estão preparando para nós e ao mesmo tempo nos confirma que estão bem próximos.

— Somos duas policiais fodidas! Sabemos que não temos chances — sussurra em completo descontrole.

— Nós fomos treinadas e precisamos assumir o controle, senão eles terão muito mais vantagens. Controla a sua mente, Fernanda! Não vamos morrer nessa porra! Meu filho precisa de mim. A ajuda já está a caminho, agora me segue! — ordeno em um sussurro e começo a rastejar.

— Amanda? — Ela me trava e, ao encará-la de novo, é difícil mensurar o tamanho do seu desespero, suas lágrimas atestam que está muito longe de assumir o comando de suas ações. — Não temos qualquer chance, acha mesmo que nossas pistolas de merda serão compatíveis com o arsenal desses miseráveis?

"A única coisa que lhe dará vantagem no momento em que estiver encurralada será o seu controle emocional, se perdê-lo, perde toda a sua referência."

Lembro-me das palavras de André como se as tivesse proferido há poucos segundos, mas não demora até que o barulho provocado pelas motos a nossa volta leve sua voz para longe.

— Presta a atenção, a ajuda está chegando, é isso o que fazemos, só precisamos seguir em frente, esses malditos não têm ideia de com quem se meteram!

Meu celular vibra sob o cós da calça...

— Alô! — sussurro olhando a minha volta.

— Oi, Amanda, aqui é o Daniel, onde vocês estão?

— Eu não sei, estamos no meio da *porra* de uma mata fechada!

— Estamos entrando com o blindado, fica abrigada, calma e não hesite um segundo sequer se precisar reagir!

— Pelo amor de Deus, não posso deixar meu filho.

— Não vai, eu prometo que vamos tirá-las daí! — Ele desliga e respiro tentando absorver sua certeza. Sei que eles não entram em uma missão para falhar e isso alimenta minha esperança.

— Estão vindo — sussurro para a minha amiga e ela apoia sua cabeça por um instante no chão enquanto fogos são disparados pelos malditos.

— Ei, olha lá! — Leva apenas uma fração de segundos para que eu veja o fuzil se erguendo em nossa direção e menos ainda para que eu, encurralada e no ápice do desespero, alveje a cabeça de seu portador.

— Corre! — puxo Oliveira assim que o maldito atinge o chão e, graças a Deus, ela me segue, com sua arma em punho. Por minutos continuamos correndo, não será difícil nos encontrarem depois do disparo, mas ainda podemos ter a sorte de ele estar sozinho e dos fogos terem abafado os disparos.

— Aqui! — Aponto uma construção e logo estamos abrigadas e agachadas em um pequeno corredor que não tinha um telhado, mas a estrutura de alvenaria a nossa volta nos ajudaria bastante. — Viu mais alguém?

— Não, mas sabemos que esses caras são como ratos! — Nossas respirações estão fora de curso.

— Quanto de munição você tem?

— O quê?

— Carregador?

— Minha bolsa ficou no carro!

— *Merda*! Só tenho mais um extra. — Apoio a mão sobre o objeto em minha cintura e ergo-me um pouco para visualizar o lado de fora.

— O que está fazendo? — Fernanda me puxa.

— Precisamos ganhar tempo até eles chegarem.

— Cadê a droga da via expressa? Aquela mulher nos encurralou.

— Já estaríamos mortas, se ela não tivesse ajudado a gente. Precisa ficar atenta e se tiver que atirar...

— Eu nunca atirei em ninguém... — Trava quando um soluço provocado por seu choro ininterrupto a paralisa.

— Eu sei, eu também ainda não tinha atirado, mas vou voltar para o meu filho, custe o que custar. — Não entramos para a polícia para ceifar vidas, nosso juramento é feito para protegê-las, mas em defesa da própria vida não temos outra escolha, certamente seria eu a morta naquele matagal se ele tivesse tido mais um segundo.

Por minutos permanecemos uma de costas para a outra, precisávamos cobrir as duas pontas e principalmente confiar que mutuamente nos defenderíamos...

Ainda é possível ouvi-los e, a cada vez, parecem mais próximos...

— Ahhh! — O estampido segue após o grito de Oliveira. — Eu acertei ele, eu...

— *Puta merda!* Vem! — Puxo minha amiga.

— Vão morrer, *piranhas*! — O aviso parte de alguém do lado de fora. Com a pistola em punho, atiro no buraco em que deveria ter uma janela enquanto corremos. — Cerca essas vagabundas! — Tiros são disparados em nossa direção. Adentramos o único cômodo com porta, um teto e uma janela. Nós nos jogamos no chão enquanto vários tiros são disparados nas paredes.

— Não temos chances!

— *Porra*, Fernanda! Cala a boca! — explodo sem querer ser racional o suficiente para concordar com ela. Posiciono-me ao lado da janela e pela fresta é possível ver pelo menos cinco homens. Puxo meu celular. — Daniel, onde vocês estão? Estamos encurraladas, não iremos resistir muito tempo.

— Estamos a poucos minutos de vocês. — Os fogos retornam insistentes, certamente alertando a entrada de sua equipe.

— São os vermes, *caralho*! — Escuto o grito de um dos bandidos e o seu desespero fica evidente.

— Não demora — imploro em um sussurro, deixando o medo me vencer.

— Vamos tirá-las daí, Amanda — responde confiante e só me resta acreditar.

Os disparos a nossa volta não cessam e minha empunhadura está a ponto de ceder, mas mantenho a mira na janela de madeira envelhecida que não suportaria qualquer investida contra ela. Fernanda faz a mesma coisa na porta. Meus joelhos mal suportam o peso do meu corpo, mas não tenho o direito de desistir, pois tenho por quem lutar e para quem voltar, então lutarei até minhas últimas forças ou meu último suspiro.

— Vai dar certo, Fernanda, vamos conseguir. — Desvio meus olhos para ela por alguns segundos e não posso julgá-la por não absorver qualquer esperança em minhas palavras, já que eu mesma não o faço. Minha atenção ainda está em minha amiga quando capto o primeiro mover dos seus lábios antes do barulho estrondoso atrás de mim me jogar contra a parede...

— Amanda! — Meu nome é a última coisa que escuto antes da escuridão dominar meu sistema...

15

NOVA CHANCE

"A cada dia uma nova chance de achar o que se perdeu e reconquistar o que foi retirado."
Ana Beatriz Silva

AMANDA

O frescor amadeirado inunda meus sentidos, o perfume conhecido e inconfundível surge como uma prolongada e inconfundível dose de dopamina.

— Precisa acordar — o sussurro atinge o ponto secreto em meu coração.

— André? — chamo e procuro por todos os lugares, mas não o vejo. Tento me conectar com algo a minha volta, mas não reconheço nada, só há um enorme vazio desconexo. — Amor? Eu não consigo encontrar você!

— O Sal está te esperando.

— Sal... — Viro-me com tudo quando a lembrança do meu filho surge e, com o movimento rápido demais, sinto o chão desaparecer sob meus pés...

Quando abro os olhos novamente, retornar aos meus sentidos demora um pouco,

estou deitada em uma sala branca e fria...

— Oi, eu sou a enfermeira Elisa, como se sente?

— Onde estou? — murmuro e o tom não sai forte como deveria.

— Está no CTI, sofreu algumas lesões com a explosão.

— A Fernanda? — pergunto quando, em um lapso, a memória ressurge.

— Não sei quem é Fernanda.

— Minha amiga, ela estava comigo.

— Você foi transferida há alguns dias, sinto muito, não sei sobre sua amiga.

— Transferida? Quantos dias estou aqui?

— Cinco dias, estava em coma induzido, ontem começamos a redução do sedativo. Como se sente? — Reflito sobre a pergunta e não tenho ideia de como respondê-la, então acabo ficando em silêncio. — Vou chamar o doutor Diego, ele poderá falar melhor sobre o seu quadro clínico. — Depois que ela sai, o silêncio se prolonga por minutos ou segundos, talvez minha cabeça não esteja tão coerente...

— Oi! — O tom conhecido me faz abrir os olhos novamente.

— Benjamim? — Sua mão toca a minha.

— Como você está? — A pergunta chega com um tom esganiçado e quase não reconheço como seu.

— Ainda não consigo responder isso, a última coisa que lembro é estar encurralada com a... Você sabe algo sobre a Fernanda? — O medo de sua resposta me domina.

— Ela está bem, já está em casa e segura. — Um alívio percorre todo o meu corpo.

— E o Sal? A minha mãe...

— O Dimas ligou para os outros avós e eles estão cuidando do pequeno, está tudo bem, fica tranquila, eu o vi essa manhã. Sua mãe... seus pais já estão de volta ao Rio, seus irmãos também. Todos eles, assim como seus amigos, meio que acamparam no hospital.

— Tem certeza de que meu filho está bem?

— Tenho, sim, não posso trazê-lo ao CTI, mas prometo fazer uma chamada de vídeo para que possa atestar isso.

— Obrigada. — Aperto sua mão em um gesto de gratidão. — O que exatamente aconteceu comigo e como você soube? — É um tanto estranho ele ser a primeira pessoa com quem tenho contato.

— Eu liguei no seu celular para saber do Sal e quem atendeu foi um de seus amigos, foi assim que descobri. Sobre o seu acidente...

— O nome é tentativa de homicídio — corrijo-o.

— Pois bem, na tentativa, eles detonaram a parede que caiu sobre você com uma espécie de bazuca...

— O quê?

— Se você, uma policial, está surpresa, imagina eu? Fiquei aterrorizado com os relatos dos seus amigos policiais. Um estilhaço atingiu seu ombro esquerdo, assim como vários fragmentos, seu tornozelo foi fraturado e tem escoriações por todo o corpo. — Encaro o gesso em minha perna e os arranhões em meus braços. — Mas o que nos deixou mais preocupados foi o

ANTES QUE ESQUEÇA

esmagamento em seu tórax, tivemos que manter sua respiração por forma mecânica durante alguns dias.

— Uau, aqueles desgraçados não estavam para brincadeira — ironizo.

— E em que momento você pôde achar que estavam? Meu Deus, Amanda! O que salvou sua vida foi os três passos que decidiu dar em direção a Fernanda, pois, se estivesse na posição anterior como ela relatou, não estaria mais aqui. — Se ele que mal me conhece está apavorado assim, já imagino como a dona Lúcia entrará aqui. Fecho os olhos quando uma pontada aguda atinge meu peito. — Com dor?

— Um pouco.

— Vou chamar o seu médico.

— Achei que fosse você — brinco para afastar um pouco da minha angústia.

— Eu não poderia mesmo que fosse a minha especialidade.

— Sou uma paciente tão ruim assim?

— Amanda. Doutor Benjamim. — Somos interrompidos com o cumprimento. — Sou o Dr. Diego, o plantonista de hoje, como está se sentindo?

— Como se tivesse sido esmagada por uma parede. — Forço um sorriso. — Quando vou poder sair?

— Vamos ter que ter um pouquinho de paciência sobre essa questão, mas esperamos que seja em breve, agora que acordou vamos aguardar as próximas 48 horas e, se tudo progredir dentro do esperado, liberaremos você para ir para o quarto.

— Ela está com dor — Benjamim interrompe o médico.

— Vamos aumentar a medicação.

— Obrigada, doutor. Quando vou poder ver meu filho e meus pais?

— No horário de visitas. Seu filho, não posso permitir, mas seus pais e alguns dos seus amigos certamente virão. — Solto um suspiro conformada com a restrição. — Bom, vou pedir para que administrem a medicação para a sua dor, você teve um bocado de sorte, Amanda. — Assinto e ele se retira.

— Intervenção pessoal, alguns médicos parecem não estudar o código de ética. — O tom contrariado de Benjamim complementa toda a estranheza do momento.

— Por que você é a primeira pessoa que vejo ao acordar? — Quando se é policial, alguns questionamentos são meio involuntários.

— Sou médico e tenho livre acesso ao CTI. Como seu médico disse, sua família só está autorizada a vê-la no horário de visitas.

— Quando vai dizer a verdadeira razão?

— O quê? — Seu rosto ganha uma palidez evidente.

— Deve existir um motivo para aparecer na minha vida nos piores momentos — brinco, mas sua expressão séria não se desfaz.

— Eu...

— Oi, Amanda, como se sente? — uma enfermeira o interrompe, ele desfaz o contato visual e se vira. Está nervoso?

— Não estou na minha melhor forma.

— Vou administrar a medicação para dor. — Leva alguns minutos até nos deixar sozinhos novamente.

— Vai me dizer por que está aqui? — insisto em suas costas.

— Achei que fosse seu amigo — rebate, mas não se vira.

— Estou começando a acreditar que é muito mais do que isso.

— Como? — Vira-se rapidamente e é possível reconhecer o espanto em seu rosto.

— Se eu acreditasse na existência de anjos, diria que você é o meu anjo da guarda. — A confusão se desfaz em seu rosto, foi bom descobrir sobre sua orientação sexual, assim a bagunça em minha cabeça não terá mais qualquer incentivo.

— E o que mais seriam os amigos senão nossos anjos? — Com um gesto de cabeça, concordo com seu argumento. — Com sono?

— Um pouco. — Bocejo sentindo a sonolência.

— Vou te deixar descansar.

— Fica. — Puxo sua mão com certa dificuldade. — Prometeu que faríamos uma chamada para o Sal.

— A senhora sabe que vamos infringir as regras?

— É de senso comum que não devemos prometer aquilo que não poderemos cumprir. — Uso o mesmo tom amistoso.

— Eu posso cumprir.

— Eu preciso ver meu filho, por favor. — Leva apenas um segundo para capturar o celular em seu bolso, espero que me peça o número, mas ele simplesmente inicia a ligação, provando que está completamente inserido em minha família. — Filho! — Seu olhar curioso me encara enquanto uma reconfortante sensação de paz flui pelo meu corpo. — Como você está, meu amor? A mamãe está com muita saudade. — Sua minúscula mão toca a tela do telefone e seu sorriso irradia tudo dentro de mim.

— Ele está bem, minha filha, estamos cuidando bem dele — minha

ANTES QUE ESQUEÇA

sogra responde pelo meu pequeno. — Como você está? Não nos dê mais um susto desses. — O seu carinho e do meu sogro sempre me emocionam.

— Eu sinto muito, eu estou bem agora, quer dizer, ainda não estou cem por cento, mas vou ficar — respondo um pouco trôpega, controlando ao máximo a grande vontade de chorar.

— Cuide-se, minha querida, nós vamos vê-la assim que possível.

— Prometo que vou, ele está comendo direitinho? O dentinho voltou a incomodá-lo?

— Ele está ótimo, comendo superbem, fica tranquila.

— Obrigada por cuidar dele.

— Somos sua família, querida — meu sogro rebate amorosamente quando seu rosto ganha um espaço na tela e olhá-lo ainda é muito difícil.

— Amo vocês.

— Também te amamos, agradece ao Benjamim por nós, sei que sua mãe já o fez, mas ele ter tratado da sua transferência e todo o cuidado com o Sal já nos diz o quanto ele é uma pessoa especial. — Encaro meu "amigo" e ele baixa o rosto ruborizado, ser policial eleva a capacidade de reconhecer quando alguém tem culpa no cartório.

— Vou agradecer, ele tem sido um bom amigo. — Meus olhos buscam os seus, mas eles fogem deliberadamente.

Depois de me despedir do meu filho e dos meus sogros, desligo o celular de Benjamim e o estendo em sua direção.

— Obrigada por isso. — O sorriso com que me responde não chega aos olhos, está evidente que está incomodado pela informação que me foi dada.

— Está tudo bem quebrar regras algumas vezes. — Parece desconcertado.

— Está? — questiono e ele estuda minha reação por alguns instantes.

— Acho melhor você descansar um pouco.

— E eu acho melhor você não quebrar minha confiança novamente, não costumo alimentar pessoas assim na minha vida. — Um bolo parece se formar em sua garganta, pois noto quando engole em seco.

— Não pode me culpar por agir em prol da sua recuperação.

— Não estou fazendo isso, só quero ouvir da sua boca dessa vez, e não descobrir uma mentira quando...

— Omissão — interrompe-me.

— Ok, mentira e omissão.

— Não estavam conseguindo vaga de CTI para você, então eu a transferi para um dos meus hospitais.

— O quê? Você tem hospitais?

— Não tenho hospitais, só uma pequena parte das ações.

— E o meu plano não cobre este hospital aqui, não é?

— Não tem que se preocupar com isso, Amanda.

— Ah, eu tenho, porque não terei como arcar com uma despesa hospitalar — explodo.

— A única coisa com que precisa se preocupar agora é a sua recuperação. Você precisava do CTI e eu podia ajudar, então qual é o problema em aceitar a ajuda de um amigo?

— Eu não sei, não parece certo.

— Não é nada certo alguém sofrer um atentado como o seu apenas por ser policial e a mesma pessoa lutar com todas as suas foças para repelir a injusta agressão, você foi uma heroína, Amanda, defendeu não só a sua vida, mas também a da sua amiga. Você defende vidas e eu as salvo, faz parte do que eu sou. Confesso que nem sempre nosso sistema injusto me permite fazer isso, mas você é minha amiga e já passou por coisas demais, não podia ficar de braços cruzados. Se estivéssemos em uma situação de confronto, lutaria em minha defesa, não é?

— É claro que sim, eu... — Em um hiato de segundo, todo o meu raciocínio se esvai.

— Então, assim como você, só fiz o que achei certo.

— Desculpe-me, eu só não sei se vou conseguir pagar a conta. — Ele expira ruidosamente e meneia a cabeça em negativa.

— Não tem que pagar nada.

— Mas preciso lhe agradecer. Como diz o nosso hino na polícia: "ser policial é, sobretudo, uma razão de ser". Nós amamos nossa profissão, minha farda e meu coturno fazem parte de mim, de quem eu sou. Ninguém entra no mérito sobre o policial ferido ou morto, acham que faz parte do pacote. Diante disso, acabamos nos acostumando com a desvalorização, então receber gestos como o seu meio que é assustador e contraditório.

— A sociedade só esquece que é a nossa polícia quem mede o grau de civilidade, então, sem polícia, não tem sociedade e, sem solidariedade e empatia, não existe amizade. Estou começando a me sentir como a "Felícia" e meio tóxico por achar que sou seu amigo enquanto você rejeita essa amizade. — Sorrio com sua declaração enquanto as lágrimas se acumulam em meus olhos. Minha mente revisita todos os motivos para não me sentir especial com o seu ato, mas nenhum deles é capaz de me convencer.

ANTES QUE ESQUEÇA

— Você não está sendo "Felícia", somos amigos e prometo que vou tentar ser uma amiga menos intransigente, só preciso de uma nova chance.

— Terá todas que precisar. — Acaricia meus cabelos e eu fecho os olhos, entendendo que também preciso dar uma chance a mim mesma. O seu toque de alguma forma acalma meus batimentos e gera uma sensação desconhecida, sensual e ao mesmo tempo reconfortante. Eu sei que preciso recalcular a rota e que ele não ocuparia outra posição além da que já deixou claro, somos amigos, mas estando tão vulnerável como estou não é difícil imaginar-me além dela. Por mais que eu lute contra meus pensamentos, é exatamente o que estou almejando. O desejo insano ainda está aqui. *Merda!*

16

EXPECTATIVA

"A cada manhã, exijo ao menos a expectativa de uma surpresa, quer ela aconteça ou não. Expectativa, por si só, já é um entusiasmo."
Martha Medeiros

AMANDA

A ansiedade domina boa parte do meu sistema, maior do que ir embora é a minha vontade de abraçar meu filho, os dias estão sendo longos longe dele, mas o fato de ser transferida para o quarto com eminência de alta após 24 horas já é um alívio.

Realmente não sabemos quão fortes somos até precisar testar essa força, a vida nos entrega desafios inimagináveis, nem mesmo nossos maiores questionamentos serão capazes de nos entregar as respostas. Um nó se forma em minha garganta quando penso que poderia ter deixado Salvatore completamente órfão, meu coração se comprime com o pensamento, a dor em meu peito é substancial o bastante para elevar o medo, meu filho é tão pequeno, mas já perdeu tanto com a ida precoce de seu pai...

— Soldado? — Meus olhos se voltam para a porta e se deparam com Daniel.

— Tenente — cumprimento usando sua mesma formalidade.

— Como você está? — Aproxima-se.

— Viva graças a você e à sua equipe.

— Está viva por sua coragem e treinamento, sua parceira nos confirmou que, se não fosse por sua calma e precisão, não conseguiriam.

— Quão encrencada estou? — exprimo a pergunta que vem torturando-me desde que acordei neste hospital.

— Você cessou a injusta agressão, a corregedoria já abriu o inquérito, mas não há precedentes que justifiquem não ter agido em legítima defesa.

Sabemos que seriam vocês se não tivesse agido. O André estaria orgulhoso.
— É inevitável sentir as lágrimas se acumularem em meus olhos. Ainda é difícil aceitar que bastou um hiato de segundo para minha vida se transformar completamente. Daniel aperta minha mão e respiro fundo em uma medida desesperada de sanar as emoções ainda tão latentes. — Sei o que está sentindo, Amanda, mas não deixa a culpa te consumir, fez o que era necessário com as condições que tinha.

— Eram duas vidas...

— O primeiro elemento conseguiu sobreviver, está no hospital sob custódia. Ele já tem inúmeras passagens. Responde por tráfico, receptação e latrocínio. Estava foragido da justiça desde que saiu em um desses feriados concedidos pela justiça.

— Não é para sanar vidas que entramos para a polícia, não queria ser eu a puxar aquele gatilho, faço parte dos que impendem isso, eu... — O bolo em minha garganta não se dissolve.

— A ausência de culpa por si só já faz com que a pessoa seja questionável, seria estranho se não estivesse sentindo. Saímos de casa todos os dias com o anseio de que o nosso trabalho possa contribuir para uma sociedade melhor e é isso que vai continuar fazendo porque lutar faz parte de quem você é. Sinta sua dor, é legítimo se questionar, mas tenha em mente que naquele milésimo de segundo estava lutando por sua vida e pelo futuro de Salvatore. — Aperta minha mão mais forte. — O que nos valida é a nossa essência e o nosso caráter, todo o resto é apenas ornamentação. Vamos estar ao seu lado, você não está sozinha.

— Obrigada. — É a única palavra que meu tom embargado me permite dizer.

Mesmo depois de minutos da ida de Daniel, ainda me sinto envolta em uma gama de emoções. É difícil fugir da nossa consciência quando estamos sós...

— Filha? Está tudo bem? — minha mãe pergunta e rompe meus pensamentos. Com um gesto polido, limpo a lágrima que ganhou força no canto do meu olho.

— Vou ficar. — Limito minha resposta, senão não conseguiria mais segurar o choro.

— Vou ajudar a senhora a se deitar — o maqueiro nos interrompe.

— Obrigada. — De forma gentil e muito eficaz, ele me transporta da cadeira de rodas para o leito arrumado à minha espera. O quarto é mais requintado do que eu poderia supor, mas certamente Benjamim também teve responsabilidade sobre isso e, depois de todos esses dias, ainda estou tentando encontrar a coerência em toda a sua disponibilidade comigo.

— Confortável? — minha mãe pergunta enquanto arruma meu travesseiro.

— Está ótimo, mãe, obrigada.

— O Benjamim tem sido incrível, não sei como seria se ele não nos tivesse auxiliando. É um rapaz e tanto, eu...

— Não! — intervenho, ela assiste a novelas mexicanas de mais.

— O quê?

— Não existe uma conexão romântica entre mim e Benjamim — esclareço.

— Mas poderia, ele te olha de uma forma tão...

— Mamãe, por favor. — Sei exatamente o tipo de conversa que virá por aí, mas ainda é melhor do que a que tivemos quando ela me viu pela primeira vez no CTI, o discurso sobre eu ter que deixar a polícia foi bem exaustivo.

— Tudo bem, prometi para o seu pai que não ia interferir.

— Não acredito que andam discutindo minha vida amorosa, sabem muito bem que...

— Ok, filha, eu não deveria ter comentado nada — corta-me, parecendo arrependida. Consigo entender sua preocupação e a forma como seu pensamento arcaico estipula "felicidade": uma mulher precisa encontrar seu par ideal, casar-se e construir um lar feliz e estável. Eu estava mesmo disposta a cumprir parte desse protocolo até perder o cara que fazia meu mundo girar sem que ao menos precisássemos sair do lugar.

— Benjamim e eu somos amigos. Na verdade, estamos em fase de construção dessa amizade. Sou muito grata a ele, mas é só isso. — Não vou comentar com ela o fato que o impede de ser um candidato para os seus planos.

— Tudo bem, sei que pensa que sou uma casamenteira incurável... — Mordo os lábios para conter o sorriso, é exatamente isso o que ela é. — Não é isso, eu só não quero que você se feche a ponto de não enxergar que a vida ainda pode apresentar muitos caminhos.

ANTES QUE ESQUEÇA

— Prometo que não estou fazendo isso, dona Lúcia!

— Não está fazendo o quê? — Tiago nos interrompe, atrás dele estão Felipe e Mateus. Meus irmãos se aproximam da cama com seus melhores sorrisos.

— A mamãe tentando me casar.

— Não é isso! — defende-se e todos nós sorrimos com sua tentativa de negar.

É uma romântica incurável, está em seu DNA e nós aprendemos a lidar com essa sua parte desde as primeiras paqueras. Por ela, ainda estaríamos com o primeiro amor da quinta série. Vê-la fazendo planos era constrangedor, mas também muito divertido, era só meus irmãos deixarem a namorada atual para ela colocar todas as expectativas na próxima.

O tempo ao lado da minha família é essencial para recarregar minhas energias, sempre fui muito mimada por meus irmãos, mas é um fato que esses cuidados triplicavam toda vez que eu ficava doente, eles sempre se desdobraram para me fazer feliz. A excentricidade de Mateus, as piadas ruins de Tiago e a personalidade metódica de Felipe fazem com que nossa família seja perfeita. Eu os amo com tudo de mim, meus pais fizeram um ótimo trabalho.

O barulho me desperta e abro os olhos bem a tempo de ver meu quarto sendo invadido por mulheres incríveis...

Lívia, Clara, Cecília, Juliane e Bia transformam toda a atmosfera em um segundo.

— Chegamos! — alerta Bia.

— Estou vendo. — Sorrio. O dia havia sido bem movimentado,

depois dos meus irmãos, recebi a visita de Dimas e de alguns amigos do batalhão; antes da delas, de Benjamim, o que me faz perceber que dormi durante sua visita.

— Como você está? — Lívia pergunta enquanto as meninas depositam flores e alguns outros pacotes na prateleira ao lado da varanda.

— Louca para ir embora. — Pega minha mão depois de se sentar ao meu lado.

— Você nos deu um susto e tanto.

— Posso imaginar.

— Daniel me contou como foi terrível o que passaram, eu sinto muito, Amanda. — Juliane se aproxima.

— Por mais que eu tente, não serei capaz de agradecer, disse isso a ele quando esteve aqui. Se eles não tivessem chegado, eu e Fernanda não teríamos saído com vida daquele lugar.

— Não diga isso, Amanda! — interfere Clara.

— Infelizmente é a nossa realidade.

— Olha, eu vou confessar que o Michel ficava muito gostoso de farda, mas eu senti um alívio sem fim quando resolveu deixar a polícia.

— É mesmo, dona Bia? Conte mais sobre isso — Lívia fala e Bia rebate seu comentário com uma careta.

— Não me assustem mais, meninas! — Cecília interrompe. — O que passei no nascimento do Bernardo foi bem traumático e difícil. Assim como você, Amanda, também fui resgatada bem a tempo, confesso que ainda morro de medo pelo Fernando, não consigo acostumar.

— Ok, vamos parar de jogar coisas no universo, nossos maridos são *fodas*, a Amanda é *foda* e nada mais de ruim vai acontecer. Agora vamos falar do bonitão que deixou o quarto quando chegamos?

— Deixe o Carlos te ouvir dizer isso — rebato Clara.

— Ué, gente, casei, não fiquei cega, *né*?

— Nenhuma de nós ficou. — Juliane se aproxima mais.

— Devo lembrá-la de que da última vez que disse certas coisas em um hospital como este quase perdeu seu ogro, Juliane? — Cecília intervém.

— Começou a defensora! — retruca Juliane.

— Meninas, vocês são sensacionais — afirmo e sorrio.

— Mas ainda queremos saber quem é o "bonitão", palavras da minha cunhada, porque eu só tenho olhos para o meu capitão.

— Está bem, amiga, ninguém vai tirar seus olhos do seu "capitão". Só não desvia o foco da fofoca — Bia interrompe Lívia e todas nós sorrimos. É incrível como as duas se completam, confesso que gostaria de ter uma amizade assim.

— Minha costela ainda dói quando sorrio, vocês são demais.

— Ok, mas ainda queremos saber quem é o "bonitão", palavras da Clara! — Juliane olha sobre o ombro em direção a porta. — Só para constar, eu não troco o meu ogro por ninguém. — Eleva o tom e sorrimos.

— O Daniel está aí? — sussurro.

— Que eu saiba está no batalhão, mas aquele lá é astuto, melhor prevenir — cochicha e nossas risadas duram mais alguns segundos.

— Só vocês para me fazerem sorrir assim. Eu vi que criaram uma linda história em suas cabeças, mas o Benjamim e eu somos apenas amigos. Pronto, *fanfic* estragada com sucesso.

— Mas não acho que ele queira ser apenas seu amigo — Cecília diz convicta.

— Ah, quer sim. É só amizade mesmo.

— Como pode ter tanta certeza, ele disse isso?

— Meninas, não estou atrás de namorados.

— Eu também não estava — Juliane diz para si mesma, mas acabamos ouvindo.

— Concordo com a Cissa, ele não me pareceu querer só sua amizade — Lívia diz determinada.

— Mas é só isso, e não só da minha parte, podem ter certeza — digo tenazmente.

— E como você tem tanta certeza? Às vezes...

— Ele é namorado do meu obstetra — corto Clara e a fina camada de mortificação é visível no rosto de cada uma.

— Ele não é gay! — Juliane diz resoluta.

— Ah, é sim — confirmo, porém, mesmo assim, ela parece não acreditar.

— Já aconteceu com todo mundo, relaxa, Amanda. — Bia bate em meu ombro em forma de consolo.

— Mas ele... — Juliane começa, mas se cala quando a porta volta a se abrir e um par de olhos verdes aparece.

— Meninas, deixa eu apresentar formalmente, esse é o Benjamim, quer dizer, doutor Benjamim.

— Só Benjamim, é um prazer conhecê-las. — Juliane o encara de cima a baixo e meneia a cabeça em negativa, em seguida, leva uma cutucada da Cissa.

Eu sei que pessoas compram padrões estabelecidos, eu mesma demorei a me desprender deles, então meio que entendo sua atitude. — Não quero atrapalhar, só passei para me despedir, surgiu uma emergência com Ricardo, vou precisar socorrê-lo. Agora tem seu celular, qualquer coisa que precise...

— Eu ligo — respondo enquanto somos observados por alguns pares de olhos. — Espero que esteja tudo bem com ele.

— Ah, está, sim, é uma cesariana de emergência. Bom, eu ligo assim que possível. — Assinto, ainda é difícil absorver sua extensa preocupação comigo, talvez eu deva apenas começar a aceitar o fato de que ele é uma dessas pessoas que Deus coloca na nossa vida sem qualquer explicação, mas que são completamente necessárias. — Mais uma vez, foi um prazer conhecê-las, cuidem bem dela por mim.

— Cuidaremos! — Bia é a única que responde enquanto todas as outras apenas estão em um silêncio sepulcral. — Talvez ele seja bissexual! — solta e é inevitável não revirar os olhos.

— Por que ninguém está comentando o fato de ele ir socorrer alguém em uma cesariana? — questiona Lívia. A não ser Fernanda, ninguém mais sabia sobre Benjamim.

— Ele é pediatra e o Ricardo...

— Seu obstetra — Cissa completa.

— Touchê! — digo e todas me encaram com lástima. Meu Deus! Por que as pessoas insistem que finais felizes se dão apenas quando existe um romance envolvido?

Ok, eu confesso que ainda não me recuperei da recente descoberta, é estranho o fato de eu ter certeza que não terei um relacionamento íntimo com Benjamim, entretanto, ainda assim, lamentar uma perda que não poderia ser perda porque jamais existirá a chance de me envolver emocionalmente com outro homem. É provável que eu esteja com uma concussão para estar pensando de forma tão contraditória.

Quando tudo a sua volta começa a desmoronar e você se vê entre o abismo e uma corda, você vai tentar se segurar, vai agarrá-la, não por sua vontade, mas por instinto. Fomos programados para seguir em frente, mesmo que a corda não lhe permita levar sua bagagem, você irá preferi-la mesmo assim, porém isso vai doer e te quebrar de mil formas diferentes, porque talvez o mais fácil fosse pular no abismo, mas não o fará, vai segurar a corda até suas últimas forças pelo simples fato de que ela é sua única chance de continuar vivendo.

Certamente, assim como as pessoas, em meu subconsciente, eu também tenha considerado que Benjamim fosse essa corda, mas, mesmo em um momento de crise e ainda que só tenha um segundo para decidir se vai agarrá-la, precisa ter certeza de que essa corda é forte o suficiente para sustentar o seu peso.

17

SUBMERSO

"Renda-se como eu me rendi. Mergulhe no que você não conhece como eu mergulhei. Não se preocupe em entender, viver ultrapassa qualquer entendimento..."
Clarice Lispector

Benjamim

Sinto o olhar curioso de Ricardo enquanto degustamos a pizza fria na sala dos médicos. Ignoro-o, deliberadamente, tentando me conformar que isso à nossa frente realmente é uma pizza.

— Em algum momento, terá que falar.

— Ok, isso está horrível! — Devolvo a fatia borrachuda à caixa.

— Não estou falando da pizza, que, por sinal, está mesmo terrível.

— E do que está falando? — Reclina-se em sua cadeira e cruza os braços enquanto espera que eu responda minha própria pergunta. É óbvio que eu sei a resposta, mas venho fugindo por tempo demais para recuar agora.

— Arcar com a despesa médica e ficar colado a ela como um cão adestrado meio que já invalidou todos os seus argumentos, então...

— Então, mesmo eu sendo médico, não posso ajudar uma amiga porque isso me assegura um casamento?

— Eita! Já está avançado assim?

— É sério, precisa procurar ajuda, sua mentalidade ficou lá na quinta série — rebato irritado com sua intromissão. — Já disse mil vezes, a Amanda é somente minha amiga. De certa forma, nossas dores se conectaram e criamos uma afinidade, mas não existe mais nada além disso. Sinto muito decepcionar seu coração mexicano, mas essa é a história. Fim!

— Beleza, então não vai se importar se eu chamá-la para sair. — Derrubo o copo de suco antes que eu consiga retirá-lo da mesa e minha respiração sai de curso mais rápido do que eu poderia prever.

— Ela é sua paciente! — Em um solavanco, levanto-me.

— Já faz um tempinho que não é mais.

— Você não está falando sério, Ricardo! — Encaro-o incrédulo enquanto meu coração martela em meu peito.

— Por que não estaria? Ela é linda e se são apenas amigos... — Pego meu celular sobre a mesa ao lado.

— Não vou dar palco para você, estou indo. — Preciso acreditar que está apenas me provocando.

— Qual o problema?

— Ela acabou de sofrer um atentado, tem um bebê em casa e te garanto que não está atrás de caras que a tratem como uma deusa durante a noite, mas, na manhã seguinte, saiam sem sequer dar um bom-dia — explodo sem conseguir me conter desta vez.

— Talvez seja exatamente o que esteja buscando.

— Vai te catar, Ricardo!

— Obrigado por ter vindo e não se esqueça de me elogiar para a Amanda. — Não respondo. Deixo a sala a passos firmes, entretanto mal me dou conta do caminho percorrido até o carro. A ira borbulha em meu peito e não me lembro de já a ter sentido pelo meu melhor amigo. A sua imagem com a Amanda é mais perturbadora do que eu poderia prever.

As coisas são muito simples e irrelevantes quando não te atingem diretamente e absolutamente tudo relacionado a ela tem a minha total atenção. Com o carro já em movimento, tenho apenas uma intenção: vê-la.

Estando privado de sono há tantos dias e com o raciocínio tão prejudicado, eu deveria ir para casa, mas pareço ter perdido o controle das minhas ações, sinto-me envolto em uma grande confusão sem qualquer poder de escolha, como se estivesse em uma guerra, uma sem armas visíveis, o que a torna muito mais devastadora, principalmente por ter demorado a provar seu poder ibérico. Amanda se tornou a única direção em meu GPS, porém preciso encontrar uma forma de reprogramá-lo.

Minutos depois toco a maçaneta de seu quarto, enquanto uma repentina falta de ar domina meu sistema, mas nada tem a ver com a bagunça em minha cabeça, e sim com a ansiedade por encontrá-la.

A leve batida na porta me alerta da minha total falta de compostura, mas não me dou tempo o suficiente para reconsiderar minhas ações.

— Posso entrar? — praticamente sussurro submerso em minha visível confusão.

— Oi, é claro que pode — responde com um sorriso, então fecho a porta atrás de mim, agradecendo mentalmente o fato de estar sozinha, pois foram raros os momentos em que estivemos apenas nós dois. — Não achei que voltaria hoje.

— Incomodo? — É claro que sim, seu estúpido, são quase nove da noite.

— Sabe que não, ficar aqui é um tédio. Quero meu filho, minha cama e minha casa!

— Eu sei. — Aproximo-me.

— Achei que teria alta hoje.

— Algumas de suas taxas ainda estão fora do aceitável, precisamos que normalizem.

— Que saco, viu!

— É um saco! — concordo e ela sorri, seu riso é o suficiente para uma reconfortante sensação de paz fluir por meu corpo.

— Como foi o parto?

— Correu tudo bem.

— Que bom! Menino ou menina?

— Uma menininha bem apressada, o parto estava previsto para daqui a três semanas.

— Nós, mulheres, somos assim, não gostamos de perder tempo.

— O poder feminino é sem precedentes. — Sorrimos.

— E o Ricardo? — A pergunta faz com que um nó se forme em meu estômago.

— O que tem ele?

— Ele está bem? — Seu interesse faz com que eu inspire ruidosamente. Sim, estou irritado e incomodado de uma forma primária.

— Sim, ainda está no hospital. — Luto para manter meu tom dentro do curso.

— Vocês quase não se veem, não é? — Ela realmente está interessada nele?

— Tem sido difícil. — Não vou me colocar neste lugar, não serei o amigo/padrinho que unirá os dois.

— Sei bem como é. Às vezes, parece mais fácil ter a mesma profissão, mas a verdade é que... — trava e é notório que se lembra do noivo.

— Pois é, mas como passou o resto da tarde? Suas amigas pareciam animadas. — Desvio o assunto, não vou alimentar seu interesse em Ricardo.

— Elas são incríveis... Ai! — reclama.

ANTES QUE ESQUEÇA

— Que foi, sente alguma dor?

— Não, eu estava prestes a chamar a enfermeira quando entrou. Será que pode olhar minhas costas, tem alguma coisa queimando.

— Queimando? — Aproximo-me mais rápido do que achei que poderia. — Consegue se curvar um pouco para frente ou prefere que eu deite a cama?

— Acho que consigo. — Segura minha mão e eu a ajudo. — Vou desamarrar seu roupão. — Meus batimentos ganham força e, com mãos trêmulas que não reconheço como minhas, desfaço o nó do tecido. É de senso comum que eu não deveria estar despindo-a, então por que o sentimento de que eu sou o único a quem ela realmente deveria pedir algo assim ganha força em meu sistema? Fecho os olhos e respiro fundo um pouco antes de meus dedos tocarem sua pele, faço como quem ler um livro em braile, minha mente revisita cada um dos motivos para que eu não memorize o sinal delicado do lado esquerdo, próximo ao seu ombro, mas nenhum deles é forte o bastante para evitar...

— Por que fazem as pessoas usarem esses roupões ridículos? Tem alguma coisa aí? — As perguntas me trazem de volta e retomam o meu foco assim que meus olhos se detêm na enorme lesão avermelhada que lembra uma urticária típica de uma reação alérgica.

— Vou abrir mais o seu roupão.

— Que jeito! O que tem aí?

— Está bem irritado.

— Ah, que ótimo! — esbraveja.

— Mudaram sua medicação? — Avalio do meio das costas até seu quadril e percebo que a lesão está se espalhando.

— No final da tarde, pedi algo para dor, minhas costelas estavam latejando muito.

— Não se lembra do nome do que lhe foi administrado?

— Ela me disse, mas não me recordo.

— Ok, vou verificar, é provável que tenha sido a medicação. — Arrumo o roupão e a ajudo a recostar novamente. — Vou pedir para administrarem um antialérgico, já volto.

Depois de confirmar o diagnóstico com o médico plantonista, acompanho o enfermeiro enquanto ele administra o antialérgico venoso. A pomada para tratar o local está em minhas mãos. Era sua função também aplicá-la, mas não deixaria isso a cargo de ninguém, já que posso fazer. — Obrigado — reporto-me ao enfermeiro e ele se retira. — Vamos passar a pomada, vai aliviar o local.

— Isso não vai impedir minha alta, não é? — Ela se curva para frente chateada.

— Não, logo esses sintomas desaparecem.

— Você tem sido o meu anjo, não tenho como lhe agradecer mais, Benjamim.

— Não tem que fazer isso. — Dedico-me à aplicação do creme.

— É o que pessoas sensatas e educadas fazem. Não que eu seja tão sensata, mas não posso invalidar a educação que os meus pais me deram, ficariam furiosos comigo.

— É claro, melhor evitar um castigo. — Amarro seu roupão e a ajudo se recostar novamente. — Ajudou um pouco com o incômodo?

— Aliviou demais, você sempre me socorrendo na hora certa. — Engulo o bolo em minha garganta, ciente de que já coleciono muitas cicatrizes, não posso deixar me levar pela gama de emoções que se formam em meu peito.

— Você sempre foi assim?

— Como? — respondo ainda entorpecido com meus pensamentos.

— Tão altruísta.

— Estou um pouquinho longe de ser um cara tão legal.

— Para com isso, você é incrível, obrigada por não me deixar afastá-lo.

— Estou me sentindo muito tóxico agora.

— Bobo! — Seu sorriso alcança um ponto secreto em meu peito. Esse é o momento em que eu deveria validar o status de "amigo", mas não é o que acontece, não dessa vez, entretanto ainda estou tentando lidar com todas as consequências e improbidades.

— Acho que vou deixá-la descansar. — Busco a primeira saída coerente.

— Fica só mais um pouquinho?

— É claro. — Não sou forte o suficiente para negar o pedido, mas nunca disse que seria. Posiciono a poltrona ao lado de seu leito e não demora para que ela resgate minha mão com a sua.

— Tenho sorte por ter você. — Entrelaça os dedos aos meus e o

ANTES QUE ESQUEÇA

gesto é tão natural e espontâneo como se fizéssemos isso por anos. Com a respiração suspensa, não consigo dizer qualquer palavra, apenas absorvo a sensação de seu toque e o quanto ele parece ter sido feito para mim.

Mesmo que tenha sido alertado, ouvir o barulho ainda estando no elevador deixa tudo mais agravado do que já era e, quando abro a porta da minha cobertura, a cena com que me deparo é estarrecedora.

— O que está acontecendo aqui? — *A pergunta não só é ignorada diante da música alta, como parece retrógrada, já que boa parte dos acontecimentos está clara. Anthonella dança sobre nossa mesa de jantar, com um dos nossos uísques, enquanto algumas pessoas a observam, aclamando a cena; garrafas de bebidas estão por todos os cantos, assim como pessoas agarrando-se e drogando-se sem qualquer pudor. Corro em direção à minha mulher quando ela está prestes a tirar sua blusa.* — Anthonella?! — *vocifero, desconhecendo-a, seus olhos se voltam para mim, mas, em seguida, vira-se de costas e ignora minha presença deliberadamente.* — Para com isso! Desce daí, agora! — *Olho à minha volta em busca de ajuda, mas não reconheço nenhum rosto por aqui, ela simplesmente encheu nossa casa de desconhecidos.* — Chega! — *explodo depois de alguns minutos insistindo para que ela descesse, jogo a caixa de som sobre o piso e imediatamente a música cessa.* — Todo mundo para fora da minha casa, a festa acabou!

— O que está fazendo? — *Enfim, consigo sua atenção.*

— O que eu estou fazendo? Olha a merda que fez? Foi longe demais dessa vez! De onde conhece essas pessoas? Como coloca um monte de desconhecidos dentro de casa?!

— A minha vida é uma grande merda!

— Ah, jura? Cansei, Anthonella! Você precisa parar de agir como vem agindo, isso não vai consertar nada.

— É isto o que faz sempre: ignora a existência dele!

— Ele também era meu filho, caralho! Não pode achar que também não estou sofrendo apenas porque eu... — *travo minha resposta, a última coisa que quero é magoá-la.*

— Você o quê?!

— Precisa de ajuda. — *Aproximo-me.* — Continuar dessa forma só vai fazer com que as coisas piorem. — *Em um solavanco, ela se afasta e começa a girar a garrafa em sua mão... Uma gargalhada seca e que não reconheço como sua ganha força e preenche o silêncio à nossa volta.*

— Diga o que pode piorar, doutor Benjamim Campos Medeiros? — *esbraveja.*

— Sua vidinha perfeita de merda não existe mais! — *vocifera e seus olhos são de uma honestidade brutal, seu olhar é indulgente, mas retomar aos meus sentidos demora um*

132 **CRISTINA MELO**

pouco, é difícil assistir à pessoa que mais ama no mundo sofrendo tanto, sinto-me impotente, a única coisa de que gostaria era fazer sua dor parar.

— *Eu sinto a falta dele todos os dias, não sei por que isso aconteceu com a gente, não sei explicar ou sequer posso me conformar com qualquer resposta...* — *Lágrimas correm por meu rosto.* — *Eu o amava tanto, mas...* — *Tento desfazer o bolo em minha garganta.*

— *Deixou nosso bebê morrer.* — *Nego freneticamente com a cabeça.* — *Eu nunca vou perdoá-lo!* — *Arremessa a garrafa, mas, graças à sua mira ruim, ela não me acerta. Apenas permaneço inerte em meu lugar enquanto ela marcha para nossa suíte, a que deixou de ser minha há nove meses, desde aquela fatídica noite. A dor em meu peito me sufoca a tal ponto que é impossível manter-me de pé, então cedo e não demora até estar sentado sobre minhas pernas, baixar minha cabeça e deixar a maldita dor me consumir. Durante todo esse tempo, venho buscando esperança na desesperança, e agora está muito claro o resultado dessa busca...*

— *Sou um maldito miserável por não ter conseguido salvá-lo!* — *Soluços involuntários ecoam no ambiente frívolo...*

ANTES QUE ESQUEÇA

18

REFÚGIO

"Um navio no porto é seguro, mas não é para isso que os navios são feitos."
William Shedd

AMANDA

Desperto com a agitação em meu braço e com alguns ruídos que logo reconheço como sendo de Benjamim. Ele se debate na poltrona, está visivelmente tendo um pesadelo, seus dedos entrelaçados aos meus esmagam minha mão.

— Eu tentei, mas não consegui salvá-lo... não consegui!

— Benjamim! — grito para demovê-lo do tormento. — Benjamim, acorda! — Seus olhos imediatamente se abrem e sua intensidade parece me chicotear, sua respiração está fora de curso e uma palidez evidente assume seu rosto. — Está tudo bem agora, foi só um sonho ruim. — Em silêncio, solta minha mão e se esconde sob as suas enquanto sutilmente meneia a cabeça em negativa. — Quer conversar?

— Está tudo bem. Perturbei o seu sono, não foi? — Seus olhos fogem dos meus, são notórios a sua inquietação e o seu constrangimento, parece buscar uma saída avidamente.

— A única coisa que faço neste hospital é dormir, não perturbou nada, é bom ter você aqui. — Força um sorriso e se põe de pé, arrumando sua blusa.

— Meu Deus, são quase 4h da manhã, como peguei no sono dessa forma?

— Eu diria que o cansaço é o responsável. Qual foi a última vez que teve uma noite de sono digna? Desde que acordei, você se reveza entre trabalhar e estar aqui.

— Não! Por favor, não é sua culpa, está tudo bem, eu só... — Arruma os cabelos depois de se virar de costas. Sempre foi impassível demais ou talvez seja só a máscara que esconde.

— Você está fugindo de alguma coisa, não está?

— O quê? — Vira-se com a expressão perplexa. *Touché*!

— Ajudar pessoas como eu é um refúgio ou uma penitência? — Um pensamento parece relampear por seu rosto e eu, enfim, começo a usar meu faro policial.

— A lealdade é a forma mais eficaz de se comprovar uma amizade. Não preciso ter outro motivo para estar aqui além do fato de minha amiga estar precisando de mim. — Por longos segundos, meus olhos buscam qualquer evidência de uma desculpa forjada, mas não encontram nada. Não consigo decifrá-lo e isso começa a me incomodar. — Precisa parar de desconfiar de mim, achei que já havíamos superado essa parte.

— Não estou desconfiando, seria normal se você não fosse tão perfeito, todos cometem atos insanos algumas vezes na vida e isso só o torna humano.

— Ah, meu Deus, você não deveria ter descoberto meu segredo. — Aproxima-se e prefiro ignorar as batidas desordenadas do meu coração e o efeito que ele provoca em mim.

— O que posso fazer? Sou uma policial. — Pisco.

— Talvez eu goste de brincar com o perigo. — A intensidade em seu tom faz minha mente gritar em protesto, que *merda* é essa? Eu não posso mais alimentar essa atração.

— Eu não o encorajaria. — Seus olhos buscam alguma resposta nos meus e por segundos apenas nos olhamos com questionamentos velados, parecemos dois fugitivos em busca de abrigo.

— Acho melhor eu ir, desculpe a confusão, eu...

— Fica. — Seguro seu braço impedindo-o de se afastar novamente, sinto-me segura com ele, não no sentido literal da palavra, mas algo dentro de mim se acalma em sua presença. — Está muito tarde.

— Está tudo bem, não moro tão longe.

— Ficarei mais tranquila se for pela manhã.

— Tem certeza de que não estou atrapalhando seu descanso?

— Absoluta. — Sou firme, então ele não rebate mais, apenas se senta novamente na poltrona ao meu lado. — Vou receber alta ainda hoje, não vou? — pergunto minutos depois, entregue à sonolência que não me abandona.

— Vamos torcer, você tem grandes chances.

— Espero que o senhor esteja correto mais uma vez. — Puxo sua mão e me viro de frente para ele, seus olhos sustentam os meus por longos segundos e parece refletir sobre uma resposta, mas se mantém em silêncio.

ANTES QUE ESQUEÇA

— Se não quiser ficar, está tudo bem... — sussurro.

— Não existe outro lugar onde eu gostaria de estar neste momento que não aqui com você.

— Você é um amigo incrível, Ben. Posso chamá-lo assim? — pergunto, sentindo minhas pálpebras pesadas demais para manter meus olhos nos seus.

— Pode me chamar do jeito que quiser. — Aperto mais sua mão e sorrio antes do cansaço excessivo me vencer.

Estar deixando o hospital apenas dois dias depois da promessa de Benjamim é um pouco frustrante, mas saber que, enfim, poderei voltar para o meu filho acaba superando qualquer desgosto.

— Pronta? — pergunta o maqueiro.

— Prontíssima! — Meu pai beija minha cabeça e minha mãe segura minha mão.

— Pode deixar que a levo. — Benjamim assume o comando da cadeira e a ansiedade domina meu sistema, cada passo parece uma eternidade. Caminhamos pelo extenso corredor e, mesmo tendo que esperar mais alguns quilômetros para abraçar meu filho, sinto-me extremamente feliz por estar a caminho. Por todo o caminho, sinto-me acolhida ao receber o carinho dos enfermeiros e médicos que cuidaram de mim nesses longos dias em que estive aqui, gestos e sorrisos afetuosos me são oferecidos, agravando o sentimento de gratidão.

Quando as imensas portas de vidro se abrem para a rua, a visão que tenho torna tudo em mim paralisado, os policiais que estão em forma à minha frente são incontáveis, rostos conhecidos, assim como desconhecidos, prestam continência...

Em cada momento vivido
Uma verdade vamos encontrar
Em cada fato esquecido
Uma certeza nos fará lembrar

Em cada minuto passado
Mais um caminho que se descobriu
Em cada soldado tombado
Mais um Sol que nasce no céu do Brasil

É impossível não acompanhá-los na execução do hino da polícia, assim como é inelutável que meus olhos se nublem por conta das lágrimas incessantes...

Aqui nós todos aprendemos a viver demonstrando valor
Pois o nosso ideal
É algo que nem todos podem entender
Na luta contra o mal
Ser policial
É, sobretudo, uma razão de ser
É enfrentar a morte
Mostrar-se um forte
No que acontecer

— Vitória sobre a morte, Urrá!

O brado explode em uníssono, em seguida, os aplausos constatam que a vontade de vencer é muito mais forte do que o medo de fracassar. Algumas pessoas jamais poderão compreender o sentido real deste momento e o que cada um aqui está sentindo, mas eu sei. Não nascemos e vivemos para realizar padrões, lutamos diariamente por um ideal que está muito acima de nós e, quando um de nós vence, a vitória é de todos.

Dimas e Fernanda se aproximam com um enorme buquê de flores, meus amigos já me haviam visitado aqui, mas estarem comigo agora aquece meu coração, somos um pelo outro e sempre seremos.

Ben aperta um pouco meu ombro em um gesto de aprovação, meus olhos se desviam para os meus pais, é possível capturar o orgulho em seus olhos e isso é o suficiente para fazer toda a minha persistência valer a pena.

ANTES QUE ESQUEÇA

— Você conquistou mesmo meu pai — comento enquanto Benjamim abre a porta de seu carro.

— Oi?

— Ele permitiu que me levasse para casa em seu lugar. — Pisco.

— Não é isso, eles precisam buscar o Salvatore — admite depois de entrar em seu lugar, como uma desculpa arranjada de última hora.

— O que eles estão aprontando?

— Só respondo na presença do meu advogado.

— Ok, tem o direito constitucional de usar o silêncio. — Suspende um pouco minha mão e a beija. Por mais que eu lute contra, as emoções com o seu toque ainda são controversas.

Eu já havia percebido não se tratar do caminho de casa, mas, quando ele estaciona minutos depois, os muitos balões, o cartaz de boas-vindas e todas as pessoas diante do veículo atestam isso.

— Surpresa! — gritam em uníssono, mas meus olhos se predem na pessoinha que dá sentido à minha vida, meu filho. Neste momento, meu único desejo era não estar com o pé imobilizado para poder correr até ele. Ben parece ouvir meus pensamentos e me pega nos braços, os segundos até atingir meu objetivo parecem longos demais...

— Mamã! — Sal se joga em meu colo assim que estou sentada em uma confortável poltrona.

— Meu amor, a mamãe sentiu tanta saudade. — Aperto-o em meus braços e capturo seu cheiro, que é o meu preferido em todo o mundo. Por minutos permanecemos emaranhados e, mesmo que não seja por querer, acabo ignorando meus amigos e família...

Um tempo depois, já havia cumprimentado a todos. Mesmo tendo estado o tempo todo sentada pela minha visível imobilidade, estou feliz por mais essa surpresa...

— Seu irmão continua me ignorando. — Fernanda senta ao meu lado.

— Ele terminou um relacionamento longo, pega leve.

— Não estou propondo casamento. — Gargalho. — Mudando de assunto por um segundo, ficou sabendo do Daniel?

— O que houve? Senti a falta deles, mas pensei que estivesse de serviço.

— Parece que a Juliane negou o pedido de casamento, pedido que foi feito na cerimônia de condecoração e na frente de todo o batalhão.

— Meu Deus! Por que fez isso? Eles se amam tanto.

— Ninguém soube explicar.

— Mas deve haver uma explicação, tenho certeza, a Juliane é louca por ele...

— Soldado?

— Sargento — respondo ao meu colega metido a conquistador, mas não antes de encarar o revirar de olhos da minha amiga.

— Fico feliz que esteja bem, todos sentimos um baita orgulho de você. Sei que agora não é o momento, mas, assim que possível, podíamos combinar um chope, quer dizer, um café?

— Então o que me diz? — completa depois de alguns segundos sem resposta, pois meu interesse está no riso descontraído entre meus irmãos e Ben. Eles parecem se conhecer de longa data, mas nunca foram assim com o André, demoraram semanas para sequer aceitar sua presença. Engulo em seco com o comparativo desleal, Benjamim não estava na mesma posição que meu noivo e, pelo quadro real, jamais estaria. Sinto a mão em meu ombro e isso traz minha atenção de volta bem a tempo de ver a careta da minha amiga.

— Acredito não ser o momento ideal para marcar *dates* — Fernanda rebate com o tom permeado de ironia.

— Não, não é isso.

— Está tudo bem, só terei que adiar um pouco.

— É claro, não presumi o contrário. Ainda tem o meu número? — É claro que não havia salvado.

— Tenho...

— Que bom, depois me manda um oi? — Assinto sem qualquer certeza, e é o suficiente para conquistar seu sorriso. — Bom, vou indo nessa, cuide-se e qualquer coisa que precise, estou à disposição.

— Ele não se manca, não é? — diz assim que o sargento se retira.

— Olha a insurgência.

— Não estamos no batalhão e, sim, ele é um sem-noção. — Sorrio sem poder discordar dela. — Ele parece bem à vontade com a sua família.

— Oi? — Volto minha atenção a minha amiga.

— Existe qualquer possibilidade de ele ser bissexual?

— Nós somos amigos — rebato no mesmo instante em que Ben captura Sal nos braços e continua a longa conversa com meus irmãos —, mas, só para constar, ele já é comprometido.

— A vida é um grande pé no saco e eu nem o tenho. — Gargalho. Estou grata por ter recebido essa segunda chance, como diz Ernest Hemingway: "mais importante do que a própria guerra é quem estará nas trincheiras ao seu lado". Tenho muita sorte de tê-la como amiga.

— Cansada? — Ben acaricia meus ombros depois de parar ao meu lado.

— Um pouco — confesso, mesmo não tendo tanto tempo assim que estamos aqui, meu corpo ainda sofre os efeitos do ataque.

— É melhor ir para casa, vou falar com os seus pais, Sal também está cansado, pegou no sono...

— Oi, filha — minha mãe interrompe. — Seu pai acha melhor nós irmos para casa, já se esforçou muito por hoje. Preparei o seu quarto...

— Não estou sendo uma filha ruim, mas eu ficarei na minha casa.

— Querida, seu pai está com a pressão alterada e eu também ficarei, não tem qualquer sentido você voltar para lá agora, não posso deixar o seu pai sozinho e ele...

— Mamãe, eu...

— Eu posso ajudá-la — Benjamim interfere. — Moro bem perto.

— Oh, meu filho, você tem sido um amigo extraordinário.

— Não se preocupe, Ben, já fez até demais.

— Não é preocupação, somos amigos, não somos?

— Sim, mas...

Depois de uma longa discussão, entendo que é melhor aceitar sua oferta antes que minha mãe resolva me levar à força para a sua casa. Amo meus pais e compreendo suas preocupações, mas será difícil para as minhas memórias retornar ao meu antigo quarto, aquele que ainda acumula tanto da minha dor. Um bom soldado sabe a hora de "bater em retirada" para voltar mais forte.

19

NOVO

"Esquecer é uma necessidade. A vida é uma lousa em que o destino, para escrever um novo caso, precisa apagar o caso escrito."
Machado de Assis

Amanda

Por alguns minutos, o silêncio é a única coisa que consigo entregar a Benjamim, que dirige com a mesma tranquilidade que Salvatore dorme em sua cadeirinha, no banco de trás. Ainda estou pensando sobre o fato da minha mãe não ter feito qualquer objeção sobre eu ficar aos seus cuidados. É notório que ela acredita estar dando uma forcinha ao destino e que acabaremos como um casal, mas não estou disposta a fazê-la entender que ele jamais poderia ocupar a vaga da forma que almeja, mesmo que o meu coração não estivesse inóspito.

— Está tudo bem?

— Sim.

— Você se importa se pararmos rapidinho para que eu pegue algumas coisas no flat?

— É claro que não.

— Prometo ser rápido. — Estaciona em uma vaga, em seguida, sai do carro e me deixa com a companhia dos meus pensamentos. Ainda acho estranho como nos conectamos desde o primeiro momento. Mesmo nos encontros curtos, quando eu pensava não termos tanta ligação, seus olhos sempre foram de uma honestidade brutal e isso certamente foi a ponte que nos uniu. É difícil explicar certas conexões, elas apenas ocorrem sem qualquer preleção.

Exatos cinco minutos depois, avisto-o segurando uma mala...

— Que isso? — questiono assim que abre a porta.

— Algumas roupas. Não quero deixá-la sozinha sem...
— Você vai ficar na minha casa? — interrompo-o.
— Sim, prometi para a sua mãe. — Liga o carro com a mesma tranquilidade, nem parece que me entregara uma novidade e tanto, não era exatamente isso que eu esperava que fizesse.
— Não, isso não tem cabimento, não posso tirar você de casa...
— É só um maldito flat e, só para constar, eu o odeio.
— Mas...
— Mas nada, só estou cumprindo ordens.
— Tem certeza?
— Absoluta, é isso que amigos fazem, não é? Cuidamos uns dos outros. — Concordo, procurando alguma desculpa de que não estou sendo uma vaca egoísta ao sugar todo o seu tempo.
— E, agora, como vamos subir? — questiono assim que ele para o veículo ao lado do meu.
— Eu carrego o Sal e você me carrega. — A solução nada eficaz me faz sorrir sem reservas. — Ou posso carregar o Sal enquanto te ajudo a dar uns pulinhos até o elevador.
— A primeira opção é realmente tentadora, mas acho melhor não sermos tão ousados. — Pisco e agora quem sorri é ele.
Alguns minutos depois e muitas paradas, já estou sentada confortavelmente em meu sofá. Como senti falta da minha casa! Todo o tempo que fiquei naquele hospital pareceu uma eternidade.
— Ele está em um sono pesado — declara ao voltar do meu quarto com a babá eletrônica nas mãos.
— Não se iluda, já, já a bateria recarrega.
— Como se sente? — Senta-se ao meu lado.
— Bem. Você e meus irmãos se deram bem. Normalmente, eles não são tão sociáveis. — Faz uma careta.
— Torcemos pelo mesmo time, estávamos combinando de assistir ao próximo clássico juntos.
— Agora está explicado, faz parte do clã deles.
— Todo mundo gosta de futebol.
— Sim, pelo menos a maioria, eles é que não gostam de todo mundo, principalmente se tiver ligação comigo.
— Devo me preocupar em ser esquartejado? Agora fiquei com medo de ser uma armadilha. — Bato meu ombro no seu.

— Deveria ser proibido ser tão legal como você é.

— Talvez seja apenas uma questão de ponto de vista, estou longe de alcançar esse posto.

— Não seja modesto.

— Não sou. Com fome? — Nego com a cabeça.

— Na verdade, estou louca por um banho — confesso.

— Então missão banho! — Sorrio da forma entusiasmada que ele fala. Minutos depois entramos no banheiro, ele já havia pegado um baby-doll e uma nova toalha em meu armário como se já fizesse isso todos os dias...

— Vou posicionar o banco no boxe, você se senta, tira o vestido e se enrola na toalha para que eu possa remover a bota. — Assinto e ele me ajuda a sentar. — Quando estiver pronta, chama. — Novamente assinto e ele deixa o banheiro.

— Pronto — grito depois de me envolver na toalha. Em silêncio, abaixa-se à minha frente e, com movimentos metódicos, começa a remover minha bota. Seu toque inflama minha pele e suspende minha respiração. Eu sei que essa atração é completamente descabida, mas meu corpo parece agir por conta própria... Encaro o movimento de suas mãos e me perco em pensamentos, confesso que são um tanto pecaminosos e confusos. É estranho desejar outro homem que não seja o André, talvez a culpa realmente seja dos meus hormônios ensandecidos como disse Fernanda. Ainda que não admita o fato em voz alta, não posso mentir para mim mesma...

— Tudo certo, consegue ligar o chuveiro? — Incapaz de formular qualquer palavra, apenas concordo com um gesto de cabeça. — Estarei atrás da porta, quando finalizar, é só chamar. — Depois que sai, por segundos permaneço paralisada em meu lugar, tentando entender a confusão em minha cabeça... — Está tudo bem?

— Sim. — Forço-me a responder e dar continuidade ao meu banho, então removo a toalha e, em seguida, a calcinha que, por um descuido, acaba caindo longe do meu alcance. Na sequência, ligo o chuveiro atrás de mim, o jato d'água escorre pela minha pele e me pego torcendo para que leve minha incoerência. Não posso alimentar esse fascínio, muito menos deixá-lo constrangido ao perceber minha inconstância, ainda me sinto envergonhada pela indiscrição do outro dia.

— Terminei — grito minutos depois e não demora um segundo até que a porta seja aberta e ele estenda a toalha de qualquer forma à frente do meu corpo. Seus olhos se fixam em mim por alguns segundos e eu poderia afirmar

ANTES QUE ESQUEÇA

que capturei o olhar de desejo, mas era óbvio que essa informação estava muito mais a cargo da minha imaginação do que da realidade. Em um gesto rápido, captura a peça de renda branca jogada no canto do boxe e a torce. Seus olhos se desviam dos meus quando um pensamento parece passear por seu rosto...

— Vou pegar outra toalha — diz depois de limpar a garganta.

— Não tenho problemas com a nudez. — As palavras saem sem que eu possa freá-las.

— Eu tampouco, só não quero constrangê-la além do normal para uma situação assim — rebate e ergue seu corpo sem que eu tenha tempo de administrar sua resposta. Com a postura mais rígida, retorna e se coloca na mesma posição, a toalha passeia lentamente pela minha perna; ainda que eu lute com tudo de mim, é impossível evitar os arrepios e o desejo eloquente. Com destreza, captura uma nova calcinha na bancada e começa a subi-la por minhas pernas com mais cautela do que exigido, e suprimo a vontade de puxá-lo ao meu encontro. Seus dedos queimam minhas coxas. Talvez minha mente esteja me traindo, já que, em minha percepção, sua respiração está tão irregular quanto a minha. — Apoie-se em meus ombros e erga um pouquinho o quadril. — Não demoro a atender seu comando, tocá-lo neste momento parece uma necessidade. Meus dedos firmam-se em seus ombros, fecho os olhos e, em um instante de lucidez, recupero o controle de minhas emoções... Benjamim me ajuda também com o short e o faz de uma forma espontânea, a clareza de seus movimentos deleta as vertentes de minha imaginação... — Vamos colocar a bota novamente?

— Obrigada. — Seus olhos se erguem pela primeira vez desde que retornou a este banheiro. — Você tem sido incrível.

— Amigos cuidam uns dos outros.

— Amigos — repito a palavra para me convencer e ele pisca em resposta.

— Vou ficar bem, no sofá — Benjamim rebate depois de uma breve discussão.

— É obvio que não vai! Não tem sentido! Sinto muito pela bagunça no outro quarto, já deveria estar sendo utilizado por Sal, mas venho falhando na missão de arrumá-lo. Contudo, não posso permitir que durma mal, já que está sendo gentil comigo.

— Tem certeza? — Parece constrangido.

— Absoluta, já o tirei do seu conforto, não me faça sentir pior. — Com um aceno de cabeça e apenas uma calça de moletom, ele desliga a luz e se deita ao meu lado.

— Boa noite.

— Boa noite, Ben. — Com cuidado, viro-me de costas, meu lado racional tem total ciência da nossa relação, mas dormir com outra pessoa nesta cama além do meu filho é novo, mas de alguma forma sinto-me extremamente bem com ele aqui, embora seja estranho perceber que precisava de algo sem sequer ter desejado.

Quinze dias depois...

— *Baah!* — Desperto com meu filho sobre mim.

— Bom dia! — Ben se senta ao meu lado com a bandeja de café da manhã.

— Já disse que estão me deixando mal-acostumada?

— Fala para a mamãe que essa é a nossa missão. — Sal se joga nos seus braços, a conexão dos dois em tão pouco tempo é algo surreal. — Sua mãe já deve estar chegando por aí. — O interfone toca e ele ergue as sobrancelhas. — Bem a tempo, vamos lá, amigão, hora do compromisso.

— Tchau, meu amor, a mamãe vai morrer de saudades — despeço-me do meu filho.

— Comporte-se e não fique apoiando tanto esse pé no chão!

— Sim, senhor! — Beija minha cabeça.

— Qualquer coisa, liga.

— Pode deixar. — Eles se retiram. Benjamim tem sido um amigo incrível, estamos vivendo uma rotina nova e completamente inesperada, mas ao mesmo tempo a intimidade que adquirimos era como se morássemos juntos por anos. O destino nos prega algumas peças que jamais poderíamos imaginar.

ANTES QUE ESQUEÇA

20

ENTREGA

"Meu silêncio grita, meu olhar entrega, mas ninguém percebe."
Renato Russo

BENJAMIM

Uma semana depois...

Encaro meu retrovisor um pouco antes da próxima curva, Sal dorme tranquilamente em sua cadeirinha. Sorrio. Levou apenas um minuto para que adormecesse. Meus dias com ele e Amanda têm sido completamente revigorantes, era como se eu tivesse a chance de colorir a sombra que me tornara. Tenho consciência da pouca tinta disponível, mas, ainda assim, anseio para que ela preencha todo o desenho.

As últimas semanas me devolveram um sentido, mas também reacenderam o medo. Quando se está na escuridão por muito tempo, você acaba se acostumando, enxergar a luz novamente restitui a esperança e ao mesmo tempo te tortura, pois o desespero se fortalece só de pensar em ter de retornar à obscuridade.

Eu sei que essa vida com eles é temporária, mas não posso fingir para mim mesmo que não a desejo para sempre. Talvez, eu tenha me apaixonado por Amanda no minuto em que olhei seu rosto pela primeira vez em um retrovisor como esse ou, de repente, tenha sido durante nossas curtas conversas. Não é preciso muito tempo para reconhecer o quanto ela é especial e admirável. A questão é que a amo, contudo minha única alternativa é eclipsar esse amor, pois ela não está pronta para um relacionamento, talvez nem mesmo eu esteja. Dormir ao seu lado todas as noites e não poder tocá-la da maneira que eu gostaria é a forma mais eficaz de tortura, mesmo com todo o desejo reprimido que nos cerca, ter a sua amizade é muito melhor do que não ter nada.

Estaciono na vaga ao lado do seu carro e pego Sal em meus braços, em seguida, sua mochila. Enquanto ele se aconchega em meu ombro, um sorriso involuntário e orgulhoso desponta em meus lábios. Apesar de todo caos e perdas em minha vida, é difícil não me sentir privilegiado por estar envolto na rotina deles. Beijo sua cabeça ciente de que o único remédio capaz de regredir a dor na alma é o amor e meu amor por esse menino foi abrupto, mas genuíno e não posso imaginar minha vida sem eles.

— Oi...

— Oi — Amanda responde e seu sorriso alcança o ponto secreto em meu coração. — Dormiu?

— A tia disse que ele hoje aprontou todas, mas falou para não se preocupar porque jantou bem. Certamente vai acordar daqui a pouco para a mamadeira. — Pisco e ela beija o filho. — Vou tomar uma ducha rápida e preparar o nosso jantar.

— Já disse que está me acostumado mal?

— Estou aqui para isso. — Beijo sua cabeça e sigo para deitá-lo no berço.

— Ah, meu Deus, sua pipoca é a melhor que já comi. — Sento-me ao seu lado e a admiro deliciando-se com a pipoca doce que preparei para assistirmos ao filme. É difícil não me perder ou manter a postura impecável enquanto meus olhos estão fixos em Amanda, sinto como se cada parte de mim clamasse por ela. — Já pode seguir com o filme. — O comando em tom animado me traz de volta.

Por minutos a fio, a comédia romântica segue, mas, se me perguntassem o título, eu não saberia responder, minha atenção inevitavelmente permanece na mulher linda emaranhada ao meu corpo. Meus dedos passeiam em seus cabelos e minha respiração evolui com certa dificuldade, não por ter sua cabeça apoiada sobre meu peito, mas pelo extremo esforço que preciso fazer para não ultrapassar nenhum limite, o controle está em suas mãos, então serei apenas o que ela precisa que eu seja.

— Você tem visto o Ricardo? — Sua pergunta aleatória acende um sinal de alerta e a analiso por alguns segundos em modo conspiratório. Meus olhos se fixam na tela e pela primeira vez permito que minha atenção esteja no filme, assim observo o beijo do casal apaixonado. Será que foi a cena que a fez lembrar-se de Ricardo? Estava pensando nele? Não é possível que realmente tenha algum interesse romântico no meu amigo bastardo.

— Está em uma conferência em São Paulo. — Entrego a resposta mais genérica que consigo, tentando manter a raiva fora do meu tom.

— Sinto muito. — Sente muito? Que *merda* é essa? — O que ele pensa de você estar passando esses dias aqui?

— Ele não tem nada com isso! — Dessa vez é difícil não entregar um pouco da minha frustração pelo seu contínuo interesse, não é a primeira vez que ela demanda atenção à pauta Ricardo. Quando o choro de Sal desponta no aparelho ao nosso lado, agradeço mentalmente isso, pois não irei alimentar essa relação, eles não têm nada em comum, e, ainda que tivessem, não posso imaginá-los juntos. — Vou pegar a mamadeira. — Deixo-a no sofá.

Não demora muito até que esteja com Salvatore nos braços. Enquanto ele se alimenta, seus dedos acariciam a barba de três dias e seu olhar curioso me observa. Meu filho sempre fará parte das minhas lembranças e terá uma parte de mim, mas esse pequeno vem transformando o espaço da dor em amor.

— O tio Ricardo é gente boa, ele é o melhor amigo que alguém pode ter. Somos amigos desde muito pequenos, já nos enfiamos em muitas enrascadas juntos, logo também vai encontrar alguém como ele que estará do seu lado para as melhores e piores batalhas, além de mim, é claro, jamais vou abandonar você. Mas, voltando à questão inicial, não acredito que ele seja tão qualificado para ocupar um lugar tão importante na vida da sua mãe...

— *Bah... bah... bah!* — responde.

— O que você acha?

— *Duh... bah...* — Assente com um gesto de cabeça.

— Concordamos que a mamãe é uma pessoa muito especial e que não podemos deixá-la sofrer mais?

— *Mamã!* — Bate palmas quando o coloco sentado sobre a cama.

— Isso, mamãe! — Sorrio quando ele reconhece a palavra mamãe. — Veja bem, não podemos ser dominadores ou tirar seu direito de escolha, mas devemos cuidar dela e não permitir que ninguém a machuque. — Gargalha em resposta e as batidas eufóricas em meu coração indicam como a vida é extraordinária em nos surpreender. Em apenas um átomo de segundo, tudo o que imaginamos ser permanente pode se transformar como uma ventania que muda o curso das folhas.

Há algumas semanas, enquanto estava envolto em minhas memórias dolorosas, não poderia supor que a vida me entregaria tamanho presente. Por vezes sozinho naquele flat, pensei em desistir de mim e findar esse tormento, mesmo crendo avidamente que para tudo existe um propósito. A coisa não é tão bonita assim quando está sob o julgo e naufragado em sofrimento. Nosso único anseio é para que a dor cesse e não nos importamos com a forma que isso ocorrerá, tornamo-nos egoístas e nossas lembranças nos aprisionam de forma implacável.

Enquanto Sal me entrega sorrisos, lembro-me de uma das últimas frases que meu pai me disse: "para se reconstruir, é preciso encarar os destroços".

O conflito entre o sofrimento e o amor ainda permanece aqui dentro, contudo, diante de tanta dor, é preciso se fazer uma escolha: faremos dela um altar ou um degrau?

Duas semanas depois...

Quando abro a porta da cobertura em que vivi tantos anos felizes da minha vida, a primeira lembrança ainda é a do dia mais fatídico de toda a minha existência e do maldito envelope sobre a mesa, o que me empurrou para o abismo sem qualquer pudor...

— Posso seguir com a avaliação?

— Fique à vontade — rebato ao corretor que cuidará da venda do imóvel. Enquanto encaro a vista do meu terraço, é inevitável lembrar-me do meu último momento morando aqui...

— *O que significam esses papéis?* — *questiono sem ao menos cumprimentá-la.*

— *Exatamente o que está escrito, eu quero o divórcio!* — *A pontada de dor em meu peito é inexorável, não existe nenhum vestígio de emoção em sua voz, é como se não a conhecesse mais.*

— *Eu sei que tudo está uma bagunça, amor, mas nos amamos, vamos superar juntos.* — *imploro enquanto permanece focada em arrumar suas malas.*

— *Esta é a questão, Benjamim: não existe superação.*

— *É claro que existe! Quando nos importamos de verdade, sempre encontramos um jeito de fazer dar certo. Por favor, tire o tempo que precisar, mas divórcio é...*

— *Eu já me decidi, gostaria de dizer que não penso ou sinto o pior em relação a nós dois, mas estaria mentindo. A cada segundo do meu dia, confirmo que essa é a melhor forma para amenizar a dor em meu peito, preciso seguir sozinha daqui em diante...*

— O imóvel está em um ótimo estado, não acredito que teremos qualquer problema para realizar a venda em breve...

O tom empolgado me demove de minhas lembranças enquanto uma reconfortante sensação de paz flui pelo meu corpo. Por anos adiei essa decisão, para mim essa casa era como uma bússola. Sentia-me dependente dela, era como se ela estando aqui eu pudesse retornar ao meu ponto de partida, mas agora consigo enxergar que um lar verdadeiro não está preso a paredes e a um teto, nosso lar é onde o nosso coração está.

Por mais difícil que seja acreditar e ainda que os caminhos sejam dolorosos, o que for para ser nosso sempre nos encontrará. Quando esse dia ocorre, ninguém pode interferir, mas, para que encontre o seu real destino, é preciso coragem para encerrar ciclos e se tornar disponível para o novo.

Depois de deixar todos os pontos alinhados com o corretor, deixo o condomínio luxuoso e, ao fazer isso desta vez, não existe pesar.

21

DÚVIDAS

"Nossas dúvidas são traidoras e nos fazem perder o que, com frequência, poderíamos ganhar, por simples medo de arriscar."
William Shakespeare

AMANDA

Em silêncio admiro o quarto de Sal, o mesmo quarto que não poderia levar esse título há alguns dias. Durante todo o final de semana, Ben se dedicou à organização da bagunça que parecia infindável. Meus olhos encontram os seus. Ainda estou aturdida e ao mesmo tempo encantada. É nítido o esforço que meu sistema faz para buscar uma solução aceitável que intervenha na profunda emoção e confusão de sentimentos que insistem em me dominar. Benjamim está ocupando lugares que nitidamente não deveria, mas neste instante não estou disposta a usar meu lado sensato.

— Acredito que naquele canto poderíamos fazer um trabalho em marcenaria... — Mesmo com dificuldade pelo uso da bota, pulo em seu pescoço, seus braços envolvem meu corpo no mesmo segundo e o abraço fala por si só. Minha mente revisita todos os motivos que afirmam que eu não deveria ainda sentir tamanha atração por ele, frear essas sensações é o que venho tentando fazer todos esses dias, mas não venho obtendo êxito e suas atitudes não contribuem para cessar esses sentimentos...

— Obrigada. — É a única palavra que consigo proferir, ele se dedicou o final de semana inteiro à arrumação do quarto de Salvatore. Como desejei ter tido essa força durante a minha gravidez. Meu filho chegou ao mundo envolto em uma atmosfera de dor, não consegui dedicar a atenção devida ao seu enxoval e a detalhes tão essenciais na vida de um bebê, então, meses depois de seu nascimento, ele, enfim, tem um quarto lindo, graças a Ben. As lágrimas são inevitáveis...

— Ei... — Seus braços me apertam mais ao seu corpo, sua dedicação tem sido implacável assim como as dúvidas aqui dentro, seu altruísmo e amor genuínos ainda me confundem. Mesmo sabendo que amigos cuidam uns dos outros, não consigo enxergá-lo apenas como um amigo. Talvez esteja confundindo gratidão com desejo e misturando amizade e paixão, as dúvidas são muitas, mas a certeza de que o quero é real. — Fiz algo errado? — A preocupação permeia seu tom.

— Não, você é um presente, Ben. — Afasto-me um pouco e em um olhar que eu consideraria revelador demais lhe entrego meus anseios e contradições. Não é possível que eu esteja tão enganada. Torço para que ele compreenda meus questionamentos, já que falar em voz alta poderia afastá-lo e não estou disposta a perder qualquer parte sua... Seus polegares limpam minhas lágrimas uma a uma, em minha interpretação dúbia, conecto-me ao seu silêncio como se ele compactuasse com os meus pensamentos e falta de coragem. A parte central de minha razão me faz entender que não poderia tê-lo da forma que gostaria...

— Você e Salvatore trouxeram sentido para a minha vida. — A declaração faz as batidas do meu coração se perderem e todos os meus medos ressurgirem, visto que só quem conhece a dor da perda entende quão devastador é alimentar a esperança e descobrir, em seguida, que ela não existe. Jogo-me em seus braços novamente e o aperto bem forte. Não posso perdê-lo também. — Não vou a lugar nenhum — diz como se pudesse ler meus pensamentos e essa conexão ainda me assusta.

— Não vou deixar você ir — confesso sem qualquer pudor e ele beija minha cabeça. — Ele vai amar o quarto — declaro depois de longos minutos. Ainda sem conseguir deixar seu abraço, corro minhas mãos por suas costas, fecho os olhos absorvendo a sensação, o desejo assume o controle enquanto escondo meu rosto em seu pescoço, então noto o segundo exato em que ele suspende sua respiração. Talvez minha mente esteja me traindo, mas eu afirmaria que seu corpo responde ao meu... — O que somos, Benjamim? — sussurro em seu lóbulo.

— Amigos — responde, paralisando os movimentos de minhas mãos instantaneamente. — Falando no assunto, seus amigos já devem estar chegando. — Afasta-se e é visível o seu constrangimento. — Vou só tomar uma ducha rápida, preciso ir ao supermercado. — Sai do quarto como se eu o tivesse queimado. Ciente de que fui longe demais, a única coisa que me resta é admirar cada pedacinho deste quarto que foi decorado com tanto afinco e amor. Meus hormônios realmente me estão traindo. Todas as minhas dores me levaram até Benjamim, e agora não posso permitir que elas também me afastem dele.

O riso desenfreado domina todo o ambiente, as piadas de Dimas só pioram, o sorriso é mais pela incredulidade de alguém contar algo assim do que pela graça em si.

Viro mais uma garrafa de cerveja, fazia muito tempo que eu não bebia, mas hoje, com todo o contexto desastroso que enfrentei, precisava exorcizar a vergonha que ainda estou sentindo ao encarar Ben.

A campainha é disparada, interrompendo um pouco os risos...

— Pelo toque, é o Tiago — afirmo e Benjamim segue em direção à porta.

— Você chamou seu irmão? — Fernanda questiona como uma adolescente da quinta série.

— Achei que gostasse dele — acuso.

— Eu...

— Boa noite! — Tiago a interrompe com sua característica animação e dá um meio abraço em Ben. Ainda é chocante, para mim, ver como minha família o venera.

— Também sei fazer esse jogo de cupido — sussurro, incentivada pelo álcool. Benjamim entrega uma cerveja ao meu irmão e ele se senta ao lado de Fernanda.

— Que tal um copo-d'água? — Ben sussurra ao se sentar ao meu lado.

— Eu estou bem. — Roubo a sua cerveja, já que a minha havia terminado.

— Então, irmãzinha, escuta esta: um amigo do trabalho foi espancado pela namorada, acredita? Não deveria existir uma lei também que nos protegesse?

— Existem leis que protegem todos — rebato.

— Ok, concordo, mas por que o feminicídio não pode ser revertido também aos homens? Também existem mulheres abusivas e que matam.
— Irritada, encaro-o. Ele não desiste de invalidar minha profissão.

ANTES QUE ESQUEÇA 153

— Isso já foi muito cogitado por pessoas como você, irmãozinho, mas, se tal feito ocorresse, a lei simplesmente estaria igualando uma situação que sempre foi desigual. Historicamente, homens abusivos são algozes desde que o mundo é mundo e eles sempre puderam exercer o seu poder e domínio diante da sociedade, então agora é hora de fazê-los entender de uma vez por todas que a única coisa que lhes pertencem são seus próprios rabo e nariz! Não conteste uma lei que salva vidas, não seja babaca a esse ponto!

— Você mereceu essa! — Fernanda vem a meu favor.

— Não foi essa a intenção — defende-se, visivelmente arrependido.

— A pizza chegou! — Ben tenta se levantar, mas aperto sua coxa para mantê-lo em seu lugar.

— Você concorda com ele?

— Sabe que não. — Sua mão acaricia minha coxa e o arrepio é inevitável. Um beijo é disparado próximo ao meu lóbulo e isso me deixa paralisada. Por mais que eu lute contra essas sensações, elas não me deixam. Meus olhos seguem até Fernanda, mas ela, assim como os outros, parece inerte ao clima denso entre mim e Benjamim, o que me deixa convicta de estar mesmo alucinando.

Um tempo depois, as pizzas foram devoradas e o papo voltou a ficar leve. Talvez seja apenas o efeito do álcool em meu sistema principalmente pela falta de costume. Meus olhos não deixam Benjamim. Sociável e educado, permeia por todas as pautas, mas é evidente que algo o incomoda. Eu arriscaria que sente a falta do namorado, decerto ex-namorado e possivelmente eu seja a culpada pelo término.

— Bom, hora de irmos — Dimas anuncia a partida com a esposa.

— Ah, vamos beber mais uma?!

— Estarei de serviço amanhã, soldado. — Faço uma careta.

— Vou aproveitar e descer com vocês, peço o carro lá embaixo.

— Eu te dou uma carona. — Gargalho com o convite de Tiago a Fernanda.

— Meu irmão está querendo te pegar! — Ela arregala os olhos e ele me encara irritado. — Que foi? Eu...

— Amanda — Benjamim intercede com seu jeito certinho e agora chato. — Obrigado por virem, a noite foi ótima. — Acompanha-os até a porta.

— Amo vocês! — grito um pouco antes que feche a porta. Não demora até que Ben esteja recolhendo as garrafas vazias pela casa. — Por que está irritado?

CRISTINA MELO

— Não estou irritado — retruca sem olhar em minha direção.

— Está, sim. — Ele nega com um gesto de cabeça e continua focado na organização.

— Não deveria ter exagerado tanto na bebida — solta.

— Eu *tô* legal. — Levanto-me rápido demais e cairia se não fosse sua agilidade em me segurar.

— É melhor irmos para a cama. — Gargalho.

— Não diga essas coisas, doutor! — Suspende-me em seus braços e meus sentidos, mesmo prejudicados neste momento, absorvem seu perfume que se tornou um dos meus cheiros favoritos no mundo.

— Não vou dizer.

— Eu gostaria que dissesse... — retruco com voz trôpega, mas certa de minhas palavras.

— Eu gostaria que estivesse sóbria para evoluirmos esta conversa.

— Não é dos seus conselhos que preciso agora. — Beijo seu pescoço.

— Eu não posso... — Deita-me em minha cama.

— Eu sei, mas isso não me impede de querê-lo — confesso, encorajada pelo álcool, e ele meneia a cabeça em negativa.

— Vou buscar um copo-d'água e um analgésico. — Puxo sua mão.

— O que eu preciso está bem na minha frente.

— Amanda! — O alerta sai em um sussurro.

— Você é muito gostoso e lindo, mas... — Minhas pálpebras estão pesadas e, sem obter qualquer resposta, escolho fechá-las...

Desperto nos braços de Ben, minha cabeça está confortavelmente apoiada em seu peito e parece que vai explodir de tanta dor. Por que teimo em beber? Levanto-me com calma para não acordá-lo, ainda estou com o mesmo vestido, sem qualquer senso e um enjoo que prevalece, corro até o banheiro da melhor forma que consigo por conta da bota e neste momento me arrependo de cada maldito gole da bebida...

— Uma bela manhã de domingo — murmuro quando o vômito cessa.

ANTES QUE ESQUEÇA

— O início não determina o fim — o tom rouco e extremamente sexy rebate da porta do banheiro. — Está muito ruim?

— Ruim é uma palavra até boa para descrever meu estado.

— Vou pegar o remédio, então vamos tomar um banho. — Engulo em seco com a menção no plural. A expectativa quer me dominar, mas lembro que, mesmo que isso ocorra, não será da forma que almejo, principalmente, agora que estou tão destruída.

— Sente-se melhor? — Seus olhos encontram os meus enquanto veste minha bota no mesmo ritual que fazia todos os dias. O banho seguiu da mesma forma, mas há algo de diferente, um questionamento que não estava aqui das outras vezes.

— *Menos pior serve?* — pergunto enquanto seguro a toalha em volta do meu corpo.

— É uma evolução. — Engole em seco e sua inquietude é visível.

— Eu fiz alguma besteira?

— O que lembra?

— O que eu deveria esquecer: as piadas ruins de Dimas e a enorme quantidade de cerveja. — Ele baixa os olhos. — Há mais alguma coisa?

— Você resumiu a noite, foi basicamente isso. — Respiro aliviada. — Vou preparar o café. — Seguro sua mão e o simples toque desperta certa dormência em minha barriga. Puxo-o mais para mim e, sem pensar muito, apoio minha cabeça sobre o seu abdome. — Você é meu presente, Ben, e eu sou uma péssima amiga. — Suas mãos encontram meus cabelos. Meus braços agem por conta própria e envolvem sua cintura. Sem me conter, beijo os músculos de sua barriga e eles se contraem no mesmo segundo, suas mãos aplicam força em meus cabelos, fazendo com que minhas expectativas sejam reativadas; minhas unhas correm a base de suas costas sob a camisa e um curto gemido reverbera pelo banheiro...

— Não podemos fazer isso. — Com movimentos metódicos, desfaz o contato, deixando-me uma gama de questionamentos. Eu sabia o porquê, mas isso não impede que me sinta frustrada. Ele tem outra orientação sexual e provavelmente ainda ama o Ricardo, já eu, eu estou a cargo dos meus hormônios. Mesmo que fosse heterossexual, não poderia oferecer nada mais que minha amizade e algumas transas ocasionais, meu coração sempre será do André. Então não seria justo de nenhuma forma.

— Desculpa, não pensei direito.

— Está tudo bem. — Deixa o banheiro e a angústia me consome. Sei que está chegando a sua hora de ir e o estou expulsando com esses impulsos descabidos. Ainda que eu tenha ciência de que sua estada aqui é provisória, não quero que se vá, visto que a vida com ele revigora meus dias. Imaginar uma despedida está me matando, mas não é justo que pense somente em mim, ele tem uma vida e precisa retomá-la. Eu deveria estar com vergonha do que acabou de ocorrer, mas não estou, o que sinto, na verdade, é medo de afastá-lo ou de perder sua amizade. Ben se tornou mais importante do que poderia supor, então o melhor mesmo é encontrar uma forma de domar meus hormônios ensandecidos.

22

CULPA

"O homem pode suportar as desgraças, elas são acidentais e vêm de fora. O que realmente dói, na vida, é sofrer pelas próprias culpas."
Oscar Wilde

AMANDA

Deixo o gabinete da corregedoria assombrada pelo medo depois de um longo depoimento. Amo minha farda e pensar em perdê-la me tira o raciocínio. Ser policial é a realização de um sonho e faz parte de quem eu sou. Sinto-me impotente e em posição vulnerável, lutei com tudo de mim para viver o meu sonho e agora o vejo escorrendo entre meus dedos...

— Oi, como foi lá dentro? — Daniel me intercepta e a gama de emoções faz com que abrace meu amigo. — Vai dar tudo certo, todos os indícios comprovam a injusta agressão, defendeu sua vida da única forma que podia. Além disso, também salvou a vida de sua parceira.

— Estou apavorada, não posso nem pensar em uma vida fora da polícia.

— Isso não vai ocorrer, repeti meu depoimento antes do seu, não há nada que desabone sua conduta, logo esse processo chega ao fim e as coisas se normalizam.

— Deus te ouça, Daniel.

— A justiça está do lado daqueles que a defendem, fica tranquila. Como está o Salvatore?

— Enorme e muito esperto. — Entrega-me um sorriso contido. Seu rosto está abatido e visivelmente perdeu alguns quilos. — E como estão as coisas com a Juliane? Já se acertaram? — Meneia a cabeça em negativa enquanto faz uma careta.

— Não temos mais nada o que acertar, acabou.

— Vocês se amam.

— Quem ama não age daquele jeito. — A raiva assume sua expressão.

— Ela te ama. Deem uma chance a vocês.

— O pior foi eu acreditar nisso... — Desta vez sou eu que meneio a cabeça em negativa e sorrio incrédula.

— Não. Sabe o que realmente é pior? É não ter mais o cheiro, o toque, o sorriso, a voz e ter que ler em uma carta projeções de um futuro que jamais poderá viver com o amor da sua vida. Tudo isso é muito pior, meu amigo. Existem muitas coisas que o tempo pode apagar, mas a morte não é uma delas. O tempo é o que temos de mais precioso, é preciso vivê-lo intensamente, eu mesma poderia ter deixado meu filho naquele dia. Quando alguém que amamos tanto se vai, é devastador, a dor chega a ser palpável e nada pode cessá-la. Aceitar que alguém que está tão vivo dentro de você nunca mais vai voltar é a pior coisa do mundo. O luto nos destrói, Daniel, e não podemos fugir dele ou mudá-lo, essa escolha não nos cabe. — Engole em seco e parece considerar minhas palavras. — Eu sei que o que a Juliane fez não foi fácil, principalmente por ter sido no lugar que foi. Sei bem como o machismo ainda impera em nossa profissão e como o seu ato deve ter sido pauta no batalhão, mas, acredite em mim, no final, o orgulho não serve para bosta nenhuma! — Limpo algumas lágrimas que teimam em cair — Eu me arrependo tanto de ter adiado minha vida com André, teríamos tido mais tempo se eu não fosse tão teimosa. Daria qualquer coisa para viver apenas mais um dia ao lado dele. — Conecto meus olhos aos seus, que também estão marejados. — Não queira sentir esse arrependimento, ele é amargo demais. — Limpo as lágrimas e ele disfarçadamente faz a mesma coisa. — Vocês ainda têm a chance de consertar toda essa bagunça, não a perca. Ainda me culpo todos os dias por não ter de alguma forma impedido a saída dele naquela manhã... — Abraça-me...

— Oi? — o tom receoso interrompe nosso abraço.

— Oi. — Limpo as lágrimas teimosas.

— Desculpa a demora.

— Sem problemas, terminamos há pouco, esse é o Daniel — apresento os dois e se cumprimentam com um aperto de mão. Em seguida, despeço-me do meu amigo e, com a ajuda de Benjamim, sigo até seu carro. Minutos depois ainda permanecemos em silêncio. Suas mãos apertam o volante do automóvel e é possível identificar como os nós dos seus dedos perdem a cor. Expira ruidosamente, evidenciando o inquestionável incômodo. Desde o nosso pequeno incidente ontem, no banheiro, não fala muito, vem evitando qualquer conversa mais íntima. Mesmo à noite, quando buscamos Salvatore nos avós, permaneceu calado.

— Ele é meu amigo, estava liderando a equipe que me resgatou naquela tarde. — Podia ouvir a engrenagem de sua cabeça girar.

— Entendi, por que estava chorando? Alguma coisa deu errado no depoimento?

— Eu não sei, apesar de desesperada com a projeção do meu futuro na polícia, as lágrimas não foram por isso.

— O que houve?

— O Daniel era amigo do André, foi por meio dele que nos conhecemos, estávamos conversando sobre algumas coisas e as lembranças foram inevitáveis. — Assente, parecendo complacente. — A pauta foi em torno da noiva, sabe a Juliane, uma das meninas que estavam naquele dia, no hospital?

— Não sei se me recordo especificamente dela, mas recordo-me do dia.

— Então, eles estão separados agora, mas são loucos um pelo outro.

— Se é assim, por que se separaram? — pergunta enquanto se concentra na curva.

— Porque ele teve a brilhante ideia de pedi-la em casamento em frente a um batalhão inteiro e, mesmo já morando juntos por dois anos, ela fugiu do pedido sem dizer uma palavra.

— Tem certeza de que ela o ama mesmo?

— Sim, está arrasada, a questão é que não sabe explicar sua atitude.

— Bem, alguma coisa não bate. Se ela realmente o ama, mas não sabe explicar sua reação, o mais provável é que exista algum premente que a tenha feito agir assim.

— Meu Deus, ninguém julgou por esse ponto. Ela está sofrendo tanto.

— O mais correto seria buscar ajuda médica, precisamos ter plena consciência de nossas atitudes. Quando não é assim, algo está errado. Certamente o pedido ocasionou um gatilho. Algumas pessoas convivem com traumas por muito tempo e acham ter superado ou controlado, mas a verdade é que traumas não se curam sozinhos, devemos cuidar da nossa mente assim como fazemos com o nosso corpo. — Encaro-o admirada, seria mais fácil para ele condená-la como a maioria fez, mas a humanidade e a forma como respeita a dor do outro é uma das coisas que mais amo em Ben.

— Alguém já lhe disse quanto é incrível? — Meneia a cabeça, visivelmente constrangido.

— Deveriam?

— Sim, todos os dias. Você é uma das pessoas mais lindas que conheço.

— Já é o suficiente para mim — confessa e eu deito a cabeça em seu ombro...

Os últimos dois dias seguiram estranhos, a rotina permanecia a mesma, mas Benjamim parecia deslocado ou até constrangido. Não tocamos mais no assunto, contudo era notório que ele estava agindo de forma diferente do habitual.

Sinto-me egoísta e aproveitadora, não sei praticamente nada da sua vida, todo o tempo que conversávamos era demandado aos meus assuntos. Em todas essas semanas, sua dedicação tem sido para mim e Salvatore, até seu relacionamento perdeu, talvez a conta esteja chegando de maneira dolorosa. É inevitável não me sentir culpada, afinal ele vem abdicando da sua vida em prol da minha e isso no mínimo é injusto.

Pela primeira vez, removo a bota sozinha, apoio meu pé no chão e sorrio quando a dor não me visita. Estar completamente recuperada é revigorante, preciso retomar minha completa independência...

O banho se prolonga, assim como os meus pensamentos que giram todos em torno de Benjamim, da sua entrega e da sua benevolência. Nosso tempo juntos parece fadado a fracassar e isso está deixando-me apreensiva, visto que não quero que vá embora, mas não tenho esse direito.

Minha mente revisita todos os motivos para não permitir sua ida, mas nenhum deles é substancial o bastante para não comprovar o quanto estou sendo individualista e injusta. Não posso fazer dele uma barreira de contenção para os meus medos...

Quando finalizo, escolho um vestido que ainda não havia usado. Com um belo decote nas costas e no colo, molda-se ao meu corpo com perfeição. Seco os cabelos e finalizo o visual com um pouco de rímel e um gloss. Não costumo investir tanto assim para ficar em casa, mas olhar-me no espelho sem a maldita bota me encorajou...

O barulho das chaves me faz correr até a sala. Paro na entrada do corredor e assisto admirada a Ben deixar a mochila de Sal no sofá enquanto o mantém seguro em seus braços. Assim que se vira, seu rosto ganha uma palidez evidente, seus olhos descem por meu corpo e, quando retornam aos meus, parecem apaixonados?

Em um lapso não intencional, giro em meu próprio eixo apresentando-lhe a visão completa.

— Linda! — O elogio confunde meu sistema, aproximo-me e beijo meu filho que está adormecido sob seu olhar curioso e interrogativo. — Vai sair?

— Não. — Beijo o canto de sua boca e ele me encara como se quisesse sugar meu sangue. — Vou colocá-lo no berço.

— Eu o levo. — Segue em direção ao quarto, mas trava em seu caminho e se vira novamente em minha direção. — Você tirou a bota?

— Não estou com dor. De qualquer forma, só adiantei um dia, meu prazo era até amanhã. — Assente e segue para o quarto, então solto o ar que nem sabia que prendia. Não posso estar alucinando tanto assim, seu olhar, há alguns segundos, foi de desejo, não...

— Vou fingir que não vi a senhora burlar ordens médicas.

— Está ameaçando a polícia, doutor? — Aproximo-me lentamente enquanto seus olhos acompanham cada um dos meus movimentos. Agora não há dúvidas, o desejo se apresenta em seu olhar de forma latente.

— Não seria capaz de tamanho contrassenso. — Morde os lábios, parecendo esfomeado, então seus olhos descem para o meu decote.

— E do que o senhor seria capaz? — Sua respiração está fora de curso.

— Amanda... — O tom em forma de alerta está de volta. Ele expira ruidosamente, mas isso não me intimida, então dou mais dois passos, levo meu corpo perto demais do seu e absorvo cada nuance do seu perfume.

— Gosto de estar bem informada. — Abruptamente, seus braços me erguem e sua boca se cola a minha. O beijo é insano, forte e dominador. Minhas mãos mergulham em seus cabelos enquanto minhas pernas envolvem seu quadril. Sem qualquer esforço ou desfazer o contato, ele caminha comigo até a parede oposta apoiando minhas costas sobre ela, uma de suas mãos adentra meu vestido e minha calcinha, sua boca desce por meu pescoço como se quisesse devorá-lo, sua pegada é firme e decidida.

— Ah, Ben! — Minhas unhas se cravam em suas costas quando seus dedos encontram o ponto dolorido entre minhas pernas. — Com a outra mão, puxa os cabelos em minha nuca e seus dentes roçam meu maxilar, deixando-me completamente extasiada e entregue.

— Essa informação está do seu gosto?

— Sim — sussurro entregue à volúpia, não precisarei de mais tempo para... — O toque de seu celular nos interrompe. — É melhor atender — digo quando o barulho persiste, então ele fecha os olhos completamente frustrado. Não vou negar que sinto o mesmo, mas, com a sua profissão, não poderia ignorar a ligação. Desce-me com cautela e pega o aparelho em seu bolso.

Ainda estou tentando retomar os meus sentidos, quando observo a seriedade em seus olhos, sua expressão se transformou completamente, seu corpo parece perder as forças, então ele cai sentado sobre o sofá. Corro em sua direção quando noto a palidez em seu rosto, sento-me ao seu lado e aperto sua coxa para afirmar minha presença.

— Ei, fala comigo? — Apoio uma das mãos em seu rosto e limpo a lágrima solitária com o polegar, ele me encara estático por segundos. — Ben? — insisto. — Quem era ao telefone? — Seus olhos encaram os meus e parecem recuperar um pouco a coerência.

— Minha irmã. Meu pai sofreu um infarto e está no CTI.

— Eu sinto muito. — Puxo-o para os meus braços. — Vai ficar tudo bem, ele...

— Não posso perdê-lo agora... — Soluça.

— Você não vai.

— Tenho sido um filho horrível, nossa última conversa foi uma discussão.

— Você não é um filho horrível, alguém com o seu coração não seria nem se quisesse. — Assente.

— Preciso ir até lá.

— É claro! — Pego meu celular em cima da mesa de centro. — Vou ligar para os meus pais para pegarem o Sal e vou com você.

— Ele mora em São Paulo. — Perdido, o homem à minha frente em nada lembra a fortaleza que conheço.

— Tudo bem! Vou arrumar nossas coisas em cinco minutos.

— Amanda, não pode fazer isso. — Tenta me puxar de volta pela mão.

— É claro que posso, não vou soltar sua mão, agora é a minha vez de cuidar de você, é isso que amigos fazem. — Depois de alguns segundos em silêncio, ele me solta e faço meu caminho até o quarto, de forma alguma iria abandoná-lo.

ANTES QUE ESQUEÇA

23

DESCOBERTAS

"Amadurecer talvez seja descobrir que sofrer algumas perdas é inevitável, mas que não precisamos nos agarrar à dor para justificar nossa existência."
Martha Medeiros

AMANDA

Em silêncio caminhamos pelo aeroporto de mãos dadas para o embarque. Meus pais haviam buscado Salvatore tão rápido quanto preparei a única mala que Ben carrega. Depois de arrumar nossa bagagem, dediquei poucos minutos à troca de roupa e optei por um par tênis e jeans confortáveis.

Já dentro da aeronave e só depois de começar seu retorno para a decolagem, é que me lembro do meu extremo pânico de aviões, então aperto a sua mão, excedendo a força mais do que deveria.

— Está tudo bem? — São as únicas palavras desde que saímos de casa. A tensão por todo o seu corpo está evidente. Em todo esse tempo, nunca o vi tão fragilizado.

— Estou bem. — Deito a cabeça em seu ombro e ele a beija.

O silêncio segue ininterrupto até aterrissarmos, mas, como foi no aeroporto do Rio, seguimos de mãos dadas até entrarmos no carro de aplicativo. Levam poucos minutos até estarmos entrando no hospital luxuoso. Mesmo envolto em tanto desespero e estando tão apreensivo, sinto o seu cuidado até no caminhar lento, evidentemente, pela sua preocupação pela lesão em meu tornozelo.

— Filho! — Uma senhora nos separa ao abraçá-lo.

— Como ele está?

— Não sei muito, Ricardo está lá dentro. — Encaro o espanto no rosto de Benjamim e a evidente surpresa com a notícia.

— Eu vou até lá. — Beija a senhora. — Você vai ficar bem? — reporta-se a mim agora.

— É claro, vou aguardar aqui. — Assente e, a passos largos, segue pelo extenso corredor.

— Desculpe a indiscrição, meu nome é Amanda. — Estendo a mão, mas ela a encara com desdém e não se move.

— Este é um momento familiar — rebate com um tom gelado enquanto seus olhos me aniquilam.

— É claro. — Forço um sorriso amistoso. — A senhora aceita um café ou uma água? — Vira-se de costas, ignorando-me deliberadamente. — Com licença. — Respeito sua vontade e me retiro. As pessoas têm atitudes distintas em momentos de dores, ainda que considere a forma como me recebeu rude, não posso julgá-la por isso, estou aqui por causa de Benjamim, apenas por ele.

Longos minutos depois, já estou no meu quarto ou quinto café quando avisto Ben ao longe e à sua frente está Ricardo, a tensão entre eles é visível. Benjamim gesticula e parece extremante irritado, jamais o vi assim. Enquanto observo os dois, é inegável que eles têm uma história longa. Ricardo não estaria aqui em um momento tão delicado se não fosse assim. A confusão em minha cabeça ganha força. O que rolou na minha sala há algumas horas me pareceu real demais e agora me sinto uma destruidora de lares...

— Não fique chateada com a dona Olga, ela não é muito receptiva, mas é uma pessoa boa. — Viro-me para encontrar a dona do tom amigável.

— Anthonella. — Com um sorriso acolhedor, estende a mão.

— Amanda.

— Você é do Rio?

— Sim.

— Eu amo o Rio, mas retornei para São Paulo, confesso que o calor exaustivo foi o ponto determinante.

— Já morou lá então?

— Alguns anos.

— Concordo que o calor às vezes nos massacra, mas amo a minha cidade.

— Benjamim se adaptou bem.

— Eu não sabia que ele não era do Rio.

— Pois é, ele perdeu o sotaque bem rápido. — Meus olhos se desviam novamente para Ben.

— Aqueles dois vivem assim! — comenta enquanto a exaltação entre eles continua. — Fico feliz que o Benjie tenha encontrado alguém, ele é

ANTES QUE ESQUEÇA

uma das melhores pessoas que conheço, merece toda a felicidade deste mundo. — Volto minha atenção para ela e me sinto péssima por estar atrasando essa felicidade, agora fica claro o quanto eu forcei a barra. Se não se amassem, não estariam discutindo por minutos.

— Eles formam um belo casal — concordo em um resquício de voz.

— O quê?!

— Ben e Ricardo — esclareço, forçando indiferença, então ela gargalha, sorri tanto que fica vermelha e eu, constrangida pelo ambiente em que estamos.

— *Pera*, desculpa! — Continua sorrindo e eu, encarando-a. — Essa foi a melhor do ano. — Sorri mais. — Benjamim e Ricardo um casal? — Assinto e é visível a força que faz para sanar o riso, mas não consegue.

— Eu...

— O que faz aqui? — o tom frio que quase não reconheço como sendo de Ben nos interrompe e, no mesmo segundo, ela cessa o riso.

— Sabe o carinho que tenho pelo seu pai, por sua família — explica-se e toda a alegria parece ter evaporado.

— Jura? — retruca enfurecido, o homem à minha frente é irreconhecível.

— Eu sei que as coisas não saíram como o esperado... — Revira os olhos e parece completamente transtornado. Não sei o que aconteceu entre eles, mas pelo ódio com que a encara não foi nada bom. Dou dois passos para o lado para buscar uma saída e lhes dar privacidade, mas segura meu braço e impede minha fuga.

— Tenho certeza de que a Esther dará notícias a você, agora é melhor ir.

— Gostaria de conversar contigo...

— Não temos mais nada o que falar — rebate.

— Eu tenho. — Ele a encara com o maxilar serrado e ainda estou tentando absorver tudo para tirar uma conclusão. — A Esther tem o meu número, quando estiver disponível, é só me ligar. — Ele meneia a cabeça em negativa o tempo todo e sua esganadura se mantém em meu pulso. — Foi um prazer conhecê-la, Amanda. Sobre o Ricardo, ele está mais interessado na outra parte da família. — Pisca com a mesma tranquilidade com que chegou, como se não tivesse recebido tanta hostilidade. Retira-se sem esperar minha resposta e ainda estou emudecida com o comportamento agressivo do meu amigo.

— Tem um hotel aqui perto, você deve estar cansada — reporta-se a mim depois de alguns segundos encarando o vazio que Anthonella deixou.

— Estou bem — minto. Bem era a última coisa que estava.

— Meu pai está sedado e fora de risco. Como sempre, minha irmã exagera nos fatos. Não vai adiantar passarmos a noite aqui. Retorno pela manhã. — Apenas assinto e ele segura minha mão.

Já do lado de fora, um manobrista lhe entrega a chave de um Porsche e eu apenas encaro Benjamim para que desfaça o engano. — É o carro da minha irmã, ela e minha mãe irão de carona com o bastardo do Ricardo — esclarece como se lesse meu pensamento. Em seguida, abre a porta para que eu entre e assim o faço. Nenhuma palavra é proferida no automóvel, mas entendo que foram muitas coisas para lidar de uma só vez.

Quando paramos em frente ao balcão do hotel luxuoso, ele me encara, então um pensamento parece relampear por seu rosto...

— Prefere que fiquemos em quartos separados? — Sua expressão está carregada.

— Por quê? Moramos juntos e dormimos na mesma cama todas as noites, o que mudou agora? — Deixo a raiva assumir o controle, mas, em seguida, arrependo-me.

— Só quis conceder opções. — Volta-se para frente. — A suíte presidencial está disponível? — O recepcionista encara o computador.

— Se prefere ficar em quartos separados, por mim tudo bem — digo depois de refletir, é evidente que quer privacidade. — Só não vi a necessidade de gastar com dois quartos, mas...

— Aqui, senhor, a suíte é excelente. — Entrega-nos o par de cartões. — Tenham uma ótima estada.

— Obrigado. Vamos? — Ele puxa nossa mala. Onde eu estava com a cabeça para invadir sua intimidade arrumando nossas roupas juntas?

Quando entramos na suíte, que visivelmente é muito maior do que meu apartamento e um completo exagero, expansivo, Ben caminha de um lado para o outro. Por alguns segundos, acompanho seus passos e sua inquietude...

— Quer conversar? — Meneia a cabeça em negativa o tempo todo, parece estar em uma longa discussão consigo mesmo.

— O que a Anthonella falou para você? — exige sem a característica mansidão que sempre me apresentou.

— Nada comprometedor, tivemos uma conversa amistosa...

— Amistosa? — Parece incrédulo.

— O que tem ela? Falou bem de você, disse que era uma das melhores pessoas que conhecia...

ANTES QUE ESQUEÇA 167

— Ha! — Dá uma gargalhada. — Se eu fosse tão bom assim, não teria pedido o divórcio! — A revelação faz meu coração entrar em colapso.
— O quê?
— Ah, ela não contou essa parte? — Nego estática e suas palavras ecoam em minha cabeça, acentuando minha confusão. A descoberta é insana e completamente avessa a tudo que vinha cultivando em relação a ele.
— Eu não entendo — confesso.
— Eu também não e olha que venho tentando há anos. — Retira a blusa e a joga sobre um dos sofás. Enquanto meus olhos estão fixos nele, nosso diálogo parece correr em direções opostas. — Quer tomar banho primeiro? — Apenas meneio a cabeça em negativa e ele segue para o banheiro a passos largos, mas leva apenas alguns segundos para segui-lo, não posso continuar envolta em teorias conspiratórias.
— E o Ricardo? — questiono assim que entro e, com um suspiro audível, ele remove sua calça.
— Também não tenho problemas com nudez — rebate, parecendo contrariado com minha presença, mas mantenho meus olhos nos seus, desejo apenas finalizar esse quebra-cabeça. — Sobre o Ricardo, sinto muito informá-la, mas já está comprometido.
— Então vocês voltaram? — Sou direta.
— O quê?! — A confusão em seu rosto fica evidente. — Do que está falando?
— Estou falando sobre seu relacionamento com ele.
— Como? — Faz uma careta e o esboço de um sorriso desponta em seu rosto.
— Vocês dois são um casal...
— Não! — gargalha, sorri tanto que fica vermelho.
— Você não é gay?
— Em nenhuma célula, de onde tirou isso? — Sorri mais enquanto se aproxima e me encara em modo conspiratório. — Pelo amor de Deus, diga como chegou a essa conclusão?
— Eu sinto muito, mas era o que fazia mais sentido — defendo-me, profundamente constrangida.
— E eu posso saber por quê? — Apoia um braço de cada lada da bancada, prendendo-me entre eles.
— Ok, foi um julgamento precipitado e machista — confesso arrependida.
— Baseado em?

CRISTINA MELO

— Na sua gentileza e na forma como vem fugindo de mim. — Fecho os olhos por um segundo, a vergonha domina cada célula do meu corpo.

— Não estou fugindo de você. Estou lutando com todas as minhas forças para não perdê-la. — Remove uma mecha de cabelo do meu rosto. — Não quero ter apenas um momento com você, quero a vida inteira — revela e o mundo ao meu redor parece evaporar. — Todos os dias, sinto medo de perder o que estamos vivendo, você e o Salvatore tornaram meus dias melhores e transformaram minha vida completamente...

— Ben — começo sem ter a menor ideia de como juntar as palavras para responder.

— Eu sei, não precisa dizer nada... — Junto minha boca a sua, interrompendo suas palavras, e não demora um átomo de segundo para que ele corresponda e as sensações que tive em minha sala retornem, o desejo cru e primitivo assume o posto. Seus dedos percorrem meu rosto lentamente e a apreensão de seus gestos quase me irrita. Minhas mãos o puxam mais para perto, arranho suas costas sedenta por mais e meus dedos se engancham no cós de sua cueca. Ele puxa um pouco os cabelos em minha nuca, fazendo com que nossos olhos se conectem, os seus são de uma honestidade brutal. Nossas respirações seguem o mesmo curso, o silêncio se estende por alguns segundos, enquanto nos olhamos. Eu o quero com tudo de mim e desta vez ele deixa claro demais que quer o mesmo. — Tem certeza disso? — O receio em seu tom fica evidente.

— Se me perguntar mais uma vez, vou te prender. — Mais rápido do que eu poderia supor, ele me ergue e me posiciona sentada sobre a bancada, seus lábios sugam os meus enquanto suas mãos passeiam por meu corpo. Nossos corpos se conectam. Com habilidade, começa a me despir e levam poucos segundos para que eu esteja apenas com a lingerie...

— Não imagina o quanto desejei este momento — sussurra enquanto sua boca desce por meu pescoço e seus dedos se engancham em minha calcinha.

— Eu te quero muito, Ben! — confesso e ele rasga a peça de renda com uma única tentativa. Sua boca desce por meu corpo de forma visceral, parece a ponto de devorar-me e é exatamente o que espero que faça. Abocanha um dos meus seios e meus dedos se emaranham em seus cabelos. — Ah! — Sedenta, inclino mais o meu corpo em direção aos seus lábios e tento prendê-lo com as pernas.

— Não vou a lugar nenhum.

— Continua! — exijo entregue à volúpia. Ele suga o outro seio e seus dedos atestam o quanto estou excitada, não demora até que estejam trabalhando no ponto certo com destreza. Completamente entregue, deixo-o conduzir meu prazer... — Ben! — grito quando o orgasmo arrebatador reverbera por meu corpo.

— Estou aqui. — Meus olhos se conectam aos seus e meu único pensamento é que preciso de muito mais disso e dele. Minhas mãos o puxam pela nuca e volto a beijá-lo, a química entre nós é surreal, sinto como se precisássemos recuperar todo o tempo de desejo frustrado. Sem me desfazer do nosso beijo, minha mão segue para dentro de sua cueca e captura o membro rígido... — *Porra*, Amanda! — vocifera tão entregue quanto eu. Massageio-o livremente, não há qualquer pudor entre nós. Com a outra mão, desço sua cueca e logo está completamente nu, então puxo seu quadril com as pernas e...

— *Merda*! — Paralisa seus movimentos e expira ruidosamente.

— O que foi?

— Não temos preservativo, vou...

— Você tem algum diagnóstico que impeça que continuemos?

— Não!

— Eu também não, então podemos continuar. — Ávida, puxo-o de volta e, no mesmo segundo, ele me penetra, elevando o nível das sensações. Meu coração martela em meu peito e nossas respirações se unificam.

— Sou louco por você, Amanda. Eu te amo com cada parte de mim.

— *Porra!* A declaração eleva meu desejo.

— Eu sou louca por você, doutor Benjamim — confesso e mordisco seu maxilar. Depois de alguns segundos paralisado, recupera o ritmo e suas arremetidas se intensificam, então puxa os cabelos em minha nuca com a força necessária para que meus olhos encontrem os seus. Sua mão aperta meu quadril enquanto investe mais forte e demora apenas alguns segundos para que eu esteja de volta ao meu limite... — Ben, eu...

— Goza comigo, amor! — O comando é o suficiente para que eu atinja o ápice novamente.

— Ah! — grito e logo ele atinge o próprio gozo.

— Perfeito! — sussurra enquanto nossas respirações se acalmam e não consigo encontrar outra palavra melhor para contrariá-lo.

A nossa conexão foi muito além do esperado. Neste instante, sinto-me completa e livre de julgamentos. Mesmo sabendo que num futuro próximo outras questões chegarão, concentro-me em viver o momento extraordinário e aproveitá-lo.

24

VERDADES

"Não existe nada completamente errado no mundo. Mesmo um relógio parado consegue estar certo duas vezes por dia."
Paulo Coelho

AMANDA

Despertar na mesma cama que Benjamim não era novidade, mas a liberdade de poder tocá-lo livremente, sim. Minha cabeça repousa em seu braço enquanto admiro a serenidade do seu sono. É extraordinário não precisar domar minhas emoções, por semanas meu corpo desejou a proximidade do seu.

Sempre foi discreto, nunca ultrapassou qualquer limite e, até esta noite, jamais o havia visto com menos que uma bermuda. Se não mentiu em suas declarações, imagino que toda essa barreira também deve ter sido difícil para ele.

Tudo que vivemos foi indiscutivelmente maravilhoso e revigorante, mas aonde toda essa química nos levará? Ele disse que me ama e acredito que uma parte de si realmente deva amar, mas também vi a tensão existente entre ele e Anthonella. Venho tentando bloquear o pensamento, mas ele insiste em me dominar. Não posso julgá-lo, já que o meu coração é vastamente dominado por André e nunca deixará de ser. Não quero deixar Ben, ele reacendeu uma parte de mim que supus não existir mais, mas não posso negar que o conflito e a culpa aqui dentro são reais. Como tudo na manhã seguinte tem um peso diferente, o meu recai sobre a minha cabeça com a sensação de uma tonelada.

Transamos sem qualquer reserva, a última vez foi no terraço, enquanto assistíamos ao nascer do sol e, quando o primeiro raio despontou no horizonte, senti como se nós estivéssemos sendo fundidos um ao outro de forma que jamais pudéssemos ser separados.

Talvez o fato de não termos tido qualquer conversa ou projeção de envolvimento depois da nossa longa exploração corporal tenha me deixado com tantos questionamentos. A verdade é que estou morrendo de medo de perder a nossa conexão emocional ou que ele não esteja preparado para o que eu tenho a oferecer...

Beijo seu pescoço, por mais que ficarmos na cama o dia todo seja uma ideia tentadora, sei que precisa retornar ao hospital.

— Bom dia! — cumprimenta o tom rouco que me alucina todas as manhãs.

— Bom dia — respondo e não demora até estarmos de frente um para o outro e ele me beijar.

— Não foram poucas as vezes que quis começar meu dia assim — declara com os lábios colados aos meus.

— Disse a mesma coisa no terraço. — Lembro que fomos deitar com o raiar do dia.

— Eu disse, mas, na verdade, qualquer maneira de começar o dia será boa se você estiver inclusa nele. — Meneio a cabeça em negativa e sorrio constrangida. Seus olhos se conectam aos meus e me observam por longos segundos. Sinto-me exposta e vulnerável. — Está tudo bem? — Um pensamento parece relampear por seu rosto.

— Sim — sussurro e baixo os olhos, minha respiração sai do seu curso enquanto seu olhar curioso permanece em mim por um bom tempo.

— Posso perguntar uma coisa? — Rompe o silêncio.

— Seu interesse por Ricardo era por achar que tínhamos um lance?

— É claro que sim, o que pensou? — Suspira, parecendo aliviado.

— E não podia arrumar um par romântico mais gato? — Gargalho, Benjamim tem o poder de deixar tudo mais leve. — Espera! — Travo. — Seus irmãos também pensam que eu sou gay, por isso me tratam tão bem? — O choque em sua expressão é evidente. Nego sem conseguir conter o riso.

— Não, a minha família não sabe.

— E quem sabe além de mim que descobri ontem?

— A Fernanda e as meninas que conheceu no hospital.

— Meu Deus! Então há mesmo outras pessoas? — Sorri.

— Desculpe-me! Se serve de consolo, eu sempre tive minhas dúvidas.

— Fale mais sobre isso? — Puxa-me para os seus braços e beija meu pescoço, sua mão sobe pelo meu quadril, acendendo meu corpo instantaneamente. — Foram tantas as manhãs que ansiei por fazer isso.

— É? Conte-me mais sobre isso — incentivo.

— Agora... — Suas mãos retiram a sua camisa que eu usava. Sua boca desce por meu pescoço de forma lenta e eleva a expectativa pela próxima parada. — Devo confessar que as noites eram longas, seu cheiro sempre me alucinou, precisei de muito autocontrole para não tomá-la com meus lábios como estou fazendo agora.

— Ah, Ben... — Puxo seus cabelos quando dá a atenção devida aos meus seios.

— Cobicei com todo afinco sentir seu gosto. — Seus lábios descem por minha barriga. — Tentei imaginá-lo. — Mordisca a base do meu quadril. — Isso me mantinha acordado por muitas horas.

— O senhor é um pervertido! Hummm! — gemo extasiada.

— Nunca disse que não era. — Sua língua encontra o ponto certo. Com precisão, dedica-se e não demora muito para que eu atinja o clímax...

— Ahhh! — grito sem conseguir ou querer me conter.

— Você é deliciosa, amor.

— Deveria tê-lo agarrado durante as madrugadas — confesso e sorrimos juntos.

— Esperarei ansioso por isso. — Beijo-o, ciente de que se atrasaria mais alguns minutos...

Almoçar sem o Ben nesta suíte enorme é bem solitário, principalmente depois das últimas horas. Eu deveria estar cumprindo o meu desígnio e permanecer ao seu lado como prometi que faria, mas seu pai já está no quarto, bem e fora de perigo. Diante disso, não quero causar transtornos, já que sua mãe e irmã não deixaram dúvidas quanto à minha companhia ser indesejável. Mesmo quando retornei ontem com ele, elas não fizeram questão alguma de disfarçar seus desgostos. Ainda que esteja aqui exclusivamente por Ben, impor minha presença em algo tão íntimo parece errado. Então, por hoje, preferi alegar uma indisposição e me abster, não lhe daria os verdadeiros motivos, pois elas são sua família e não alimentarei um conflito entre eles.

Depois de ligar para meus pais e atestar que meu filho segue bem, retorno a chamada não atendida de Fernanda.

— Oi! — atende rapidamente.
— Oi, tudo bem, ligou?
— Óbvio! Que história é essa de São Paulo?
— Como sabe que estou aqui?
— Tenho minhas fontes — rebate sem graça.
— E essa fonte se chama Tiago Moraes?
— A pauta é a senhora — rebate.
— O pai de Ben foi hospitalizado e não achei justo deixá-lo vir sozinho depois de tudo o que fez por mim — esclareço.
— E como ele está?
— Agora está bem.
— Que bom. — Mordo os lábios enquanto meus pensamentos trabalham em torno das lembranças vividas entre nós dois e do tamanho da confusão gerada em meu sistema. Estar com ele é maravilhoso, mas... — Oi? Ainda está aí?
— Sim — sussurro.
— O que está acontecendo? — Engulo em seco.
— Ricardo também está aqui — começo, desconexa.
— Voltaram? Amiga, sinto muito, sei que está apaixonada e...
— Eles não são um casal! — interrompo-a, irritada.
— O quê?
— Ricardo está aqui, porque está em um relacionamento com a irmã de Ben.
— Como assim?
— Benjamim não é gay, nunca foi, ele não é nem um pouco gay — afirmo.
— Ah, meu Deus, vocês transaram! — Afirmo em silêncio, esquecendo-me de que não pode me ver. — Amanda?
— Foi incrível, todas as vezes têm sido — confesso, deixando a culpa assumir seu posto.
— Amiga — ela sussurra e eu respiro fundo —, você não precisa viver o luto sozinha, amar Benjamim não significa deixar de amar o André.
— Eu... — As lágrimas que venho lutando para não derrubar caem sem pedir licença.
— Eu sei que se culpa por estar feliz, mas nem sempre teremos todas

as respostas ou saberemos a direção correta. Você sobreviveu aos seus piores dias, suportou a prensa mais eficiente, mas, sem sombra de dúvidas, é a pessoa mais forte que conheço, então não se limite ao sofrimento, amiga, merece ser feliz. Tenho certeza de que sua felicidade era o desejo de André, assim como de todos nós que a amamos. — Espera que eu responda, mas estou emudecida. — A vida é uma viagem, não devemos desperdiçar qualquer segundo de felicidade. — Por um longo tempo, enquanto me deixo levar pelas lágrimas, permaneço em silêncio absorvendo as suas palavras e ela pacientemente me espera. — Não se aflija tanto e, se acredita que ele revela suas dores, talvez o melhor seja se afastar...

— Não! — retruco. — Não quero me afastar de Benjamim ou abrir mão dele.

— Escute seu coração, amiga, ele nunca erra.

— Eu vou tentar — respondo, emocionalmente cansada. — E como estão as coisas entre você e o Tiago?

— Eu já desisti, acho que não é para ser, seu irmão é muito inconstante.

— Eu sinto muito.

— Está tudo bem — responde abatida, meu irmão é um cara incrível e seria maravilhoso vê-los juntos, mas não posso interferir em suas decisões.

Alguns segundos depois, a ligação se finda, eu sigo para o terraço e encaro o céu cinzento enquanto busco uma solução aceitável em meu sistema. Minha prévia consciência me condena, já meu corpo e coração contestam a autenticidade do sentimento.

É difícil garantir uma versão fiel de nós mesmos, é de senso comum que estamos em uma constante evolução, mas a primeira reação é o estranhamento todas as vezes que colidimos com uma dessas mudanças. É desagradável quando não reconhecemos mais a versão anterior. Quando a porta do novo se abre, o mais lógico é lutar para que as evoluções não aconteçam, já que o desconhecido não é seguro, talvez permanecer céticos seja a solução mais eficaz, afinal, quem de nós conscientemente está pronto para lidar com a improbabilidade?

25

NÓS

"O que verdadeiramente somos é aquilo que o impossível cria em nós."
Clarice Lispector

Amanda

Imersa na banheira com água fumegante, fecho os olhos. Já faz algumas horas que Ben está fora e não consigo apaziguar a falta que ele me faz. É impressionante como a ansiedade pode nos dominar em toda a sua totalidade. Você pode privar uma pessoa da liberdade, companhias, medo, mas a ansiedade permanece intacta e, por mais que lutemos contra ela, em algum momento nos vencerá. Tudo é muito simples e irrelevante quando não te atinge diretamente. Ser policial nos ensina a enxergar um mesmo fato de vários ângulos diferentes e é o que venho tentando fazer. Benjamim não tocou mais o nome da ex-esposa, fica evidente que também existe um ponto de dor nele. A diferença entre nós é que ele tinha a chance de revertê-la. Não posso ser hipócrita comigo mesma em não admitir a preocupação, eu correria para o André se tivesse essa chance...

— Tem espaço para mais um? — O tom eloquente dispersa o silêncio e interrompe meus pensamentos.

— Só se for agora. — Com extrema agilidade, remove suas roupas enquanto meus olhos ansiosos acompanham o movimento. Movo-me um pouco para frente e ele se senta atrás de mim, é suficiente para o mundo ao meu redor desaparecer. Viro-me um pouco para seus lábios tocarem os meus...

— Está melhor? — sussurra em minha boca, referindo-se à minha falsa indisposição.

— Agora, sim. — Aprofundo o beijo e não demora até que esteja sobre o seu colo e de frente para si. Meu desejo por esse homem é insano. Suas mãos descem por meu corpo e apertam minha bunda...

— Senti sua falta. — Suga meu pescoço.

— Eu também — confesso e arranho suas costas, as sensações não cessam e o entusiasmo só cresce. Estar com Benjamim me transporta para uma realidade que não tenho o mínimo interesse em deixar. Sinto sua ereção e, em um lapso intencional, capturo-a com uma das mãos, seu gemido reverbera em minha língua.

— Amor! — A palavra sai em tom de súplica e o desejo preenche todos os espaços. Em um movimento preciso e comedido, subo um pouco meu quadril enquanto meu coração martela em meu peito, desço sobre sua ereção, assumindo o controle. Jogo um pouco a cabeça para trás quando a sensação arrebatadora me encontra. — Ah! —geme. Entorpecida, começo a me movimentar, o ato desesperado e necessário me deixa angustiada por mais... Sinto-o por inteiro. — *Porra*, amor! — Seus dedos se cravam em meus quadris e impulsionam o movimento. Cavalgo sem qualquer timidez ou me importar com a enorme quantidade de água expulsa da banheira. Mordo seus lábios e seus olhos me veneram, é possível identificar que também está em seu limite. A constância dos movimentos, a visível paixão e a admiração em seu olhar são letais para os meus sentidos, então leva apenas mais alguns segundos para que eu alcance meu ápice...

— Ah, Ben! — grito ao atingir um dos melhores orgasmos que já tive.

— Ah! — Seu gemido extasiado preenche o ambiente quando atinge o próprio gozo. Com a respiração fora de curso, deito em seu peito, a intimidade entre nós é única.

— Linda! — Beija meus cabelos e suas mãos passeiam em minhas costas. Retornar aos meus sentidos demora um pouco. Por alguns minutos, apenas ficamos envoltos nas sensações e no silêncio.

— Como está o seu pai? — pergunto um tempo depois.

— Está bem, deve receber alta nos próximos dias.

— E correu tudo bem por lá? — Tento uma abordagem mais amena, a curiosidade está me matando.

— Fora o fato de minha mãe ter pedido o divórcio depois de 40 anos de casamento e do bastardo do meu amigo ter escondido seu relacionamento com a minha própria irmã, a mesma garota que ele viu crescer, está tudo certo. — Movo meu corpo para trás para encará-lo.

— Sinto muito sobre seus pais, mas não há prazo para atestar que um relacionamento não funciona mais. — Assente. — Sobre a Esther, quantos anos ela tem? — pergunto, já que ela não me pareceu tão mais nova do que eu.

— Vinte e nove — responde e a tensão em seu rosto é visível.

— Ben, sério? — Encaro-o desdenhosa.

— Sim...

— Não! — interrompo-o. — Sua irmã é uma mulher feita e capaz de tomar suas próprias decisões, achei que só na minha casa que irmãos eram tão sem-noção.

— Não sou sem-noção!

— Desculpa, mas está sendo, sim. Sou mais nova que ela e aqui estamos. O Ricardo não é tão mais velho assim. Preconceitos não combinam com você.

— Não é sobre isso. — Beija-me rapidamente. — Ele é meu amigo a vida inteira, nunca demonstrou qualquer interesse pela Esther, mas, de repente, os dois estão juntos... — Envolvo seu rosto com as mãos.

— Eles estão felizes?

— Parece que sim — responde.

— É o que importa, não é?

— Sim. — Parece envergonhado.

— Eu estou feliz por ele estar com a sua irmã, e não com você. — Pisco enquanto meneia a cabeça em negativa.

— Ainda me pergunto de onde tirou isso.

— Você fica lindo quando está irritado. — Mordisco seu queixo.

— Não estou irritado — nega o óbvio.

— Eu conheço um bom calmante. — Desço minha boca por seu pescoço...

A intensidade do seu abraço aquieta todos os meus medos e dúvidas, seu corpo encaixa-se ao meu de maneira competente, a intimidade irrepreensível nos mantêm conectados como a mais forte das correntes. A forma como meu corpo reconhece o seu é assombrosa, seus dedos passeiam em meus cabelos fornecendo uma sensação deliciosa...

Depois de transarmos mais uma vez na banheira e no sofá até a exaustão, pedimos nosso jantar e, após a refeição, decidimos, na verdade, eu decidi terminarmos a noite assistindo a um dos meus filmes preferidos, mas seu carinho e toda a fadiga que sinto me garantem que eu não suportarei mais dez minutos antes do sono me dominar por completo...

— Agora está explicado — murmura sem parar o movimento.
— O quê?
— Entendo o porquê de você assistir ao mesmo filme várias vezes.
— Por quê?
— Dorme todas as vezes, aí vai assistindo por partes.
— Não estou dormindo! — defendo-me sem qualquer argumento plausível para contrapor sua acusação.
— Ainda. — Aperta-me mais ao seu corpo e beija meu pescoço.
— A culpa é da cama deliciosa.
— Sei! Que tal deixarmos as próximas cenas para amanhã?
— Só porque você está pedindo — murmuro em um bocejo e me aconchego mais a ele, desistindo de lutar contra a exaustão.

Desperto sozinha na cama, pois ele havia sido chamado ao hospital e me alertou antes de sair. Sinto-me mal por não acompanhá-lo de novo, mas, depois do almoço que tivemos ontem com a sua família, ficou evidente para ele também o bloqueio que sua mãe colocou com a minha proximidade.

Esther pareceu mais sociável e desfez a impressão ruim, mas a dona Olga parece irredutível, ela sequer consegue me encarar. Não alimentarei essa discrepância, tentarei justificar a ilegitimidade de suas ações ou tentarei provar que sou uma pessoa boa, pois só quero o bem de Benjamim. Se ela não aprova nossa relação, seja ela qual for, só posso lamentar, uma vez que a verdade não deixa de alcançar uma pessoa apenas porque ela a rejeita.

Estou aqui por Ben e permanecerei até que ele me diga o contrário.

26

PERDÃO

"O perdão é um catalisador que cria a ambiência necessária para uma nova partida, para um reinício."
Martin Luther King

BENJAMIM

Meus olhos se concentram no trânsito enquanto meus pensamentos seguem em Amanda e em todas as proporções que os últimos dias tomaram. Que eu já a amava é indiscutível, mas a intensidade com que esse amor se apresentou rompeu cada uma das minhas reservas.

Permitir-se recomeçar talvez seja a parte mais dolorosa de uma despedida, a dor nos pulveriza de uma forma que acreditamos jamais recuperar qualquer parte de nós. Depois de tanto caos, encontrar degraus intactos para criar novas memórias é um milagre.

A conexão que tivemos é algo que eu não poderia prever nem nos meus desejos mais ocultos. Descobrir que de alguma forma o seu desejo se iguala ao meu foi como encontrar o tesouro mais precioso do mundo e ser o único portador. Poder tocá-la livremente, sem regras ou limites e expressar o quanto sou louco por ela é um privilégio que jamais supus ser concedido a mim, mas ter a exclusividade não extingue o medo.

Junto ao extraordinário, ainda é preciso ter em mente a fragilidade de sua construção. Por mais impenetrável que seja neste momento, o tempo ainda tem o poder de corrompê-la e eu sei bem como ele pode ser implacável em seu objetivo.

A primeira pessoa que avisto quando entro no hospital é Ricardo e não vou negar que ainda estou bem irritado com ele...

— Qual é, cara? Não estamos mais na quinta série. — Bloqueia meu caminho.

— A Esther era a conferência? — indago. Venho ignorando sua presença desde a nossa discussão.

— Eu a amo.

— Desde quando?

— Há muito tempo. — Conheço meu amigo bem demais para saber quando está sendo sincero. Encaro-o surpreso, pois, em todos esses anos, nunca o vi se apaixonar por ninguém. — Não pensei que ela sentisse o mesmo, realmente vim para uma conferência, mas foram só dois dias. Encontrei sua irmã por acaso na saída de um restaurante e aí... — Paro-o com um gesto de mão, não preciso saber de mais detalhes. Como nunca percebi nada?

— Vocês são adultos, Ricardo, não posso intervir nem tenho esse direito, mas posso quebrar a sua cara se machucá-la. — A força que faz para conter o sorriso fica evidente.

— Vai precisar treinar mais um pouquinho. — Pisca.

— Por que estou falando com você? — É real que ele sempre foi melhor de briga do que eu.

— Qual é? Podemos treinar juntos.

— Não enche! — Viro-me e sigo pelo corredor.

— Eu te amo! Você ainda é o meu preferido! — grita às minhas costas. *Filho da puta!* Sem conseguir conter o riso, já que fica evidente que sabe da *fanfic* criada por Amanda, faço o caminho até o quarto do meu pai. Mesmo ainda não conseguindo admitir, estou feliz pelo meu amigo, enfim, estar apaixonado e pela escolhida ser a minha irmã. Conheço o caráter ímpar de Ricardo, então, se os seus sentimentos forem reais, sei que Esther estará em boas mãos. Só posso torcer para que os dois sejam muito felizes.

Os risos são ouvidos quando encosto minha mão na maçaneta e, antes que eu possa ter a chance de pensar em uma fuga, a porta é aberta...

— Falando nele! — minha irmã me intercepta e permaneço imóvel, quando meus olhos confirmam a presença de Anthonella, ela ainda sorri. — Entra, irmão! Vou só retornar uma ligação do trabalho. — Passa por mim, mas ainda continuo na mesma posição.

— Filho? Venha aqui. — Meus pés agem por conta própria, já que minha atenção está toda na minha ex-esposa e no fato de ainda se sentir tão confortável com a minha família. Pelo jeito, sua exigência de afastamento era só comigo...

Encaro os mesmos papéis por um longo tempo com a esperança de que pudesse ter qualquer vírgula errada desta vez. Um bolo se forma em minha garganta enquanto me questiono que não é possível que uma simples assinatura seja capaz de findar uma história.

— O senhor já pode assinar. — Ergo meus olhos e capturo o rosto impaciente do advogado.

— Eu posso vê-la? — profiro em um tom que não reconheço como meu, a angústia e o desespero dominam todo o meu sistema.

— Minha cliente prefere dessa forma, por isso as salas separadas. — Assinto. Não é possível que esteja desfazendo-se tão facilmente de tudo o que vivemos.

— E sobre o acordo financeiro? — Busco qualquer artifício que possa erradicar essa loucura.

— A senhora Anthonella abriu mão de qualquer reparação financeira, só precisamos que assine e tudo estará finalizado — diz tranquilamente. Se eu fosse adepto à violência, certamente lhe daria um belo soco na cara agora. Uma relação de 10 anos não se finda com apenas uma assinatura, mas, se foi a sua escolha, só me resta conceder sua vontade. — Obrigado — agradece, com um sorriso forçado, e deixo a caneta sobre um papel. Em um rompante, empurro minha cadeira para trás e saio da sala. Foram longos meses sem vê-la e, a cada dia que ficamos longe, imaginei que o nosso amor seria forte o bastante para reverter essa ideia equivocada de divórcio...

— É bom vê-los juntos novamente. — O tom eufórico do meu pai me demove da dolorosa lembrança.

— Não estamos juntos! — rebato e ela baixa os olhos visivelmente sem graça, conheço cada expressão em seu rosto.

— Eu sei, crianças, não precisa desse clima. Um velho em seu leito pode sonhar, não pode?

— O senhor não tem jeito! — Anthonella captura a mão do meu pai.

— Ainda não perdoei meu filho por ter te deixado escapar.

— Deveria avisá-lo que foi você quem pediu o divórcio — ataco-a sem pensar muito sobre o fato de estarmos em um hospital e que minha relação com o meu pai nunca foi das melhores. Desde que chegou à minha vida, ela sempre foi o ponto de equilíbrio entre mim e meu pai. Neste segundo, lembro-me de por que fiquei tantos meses longe.

— Aqui não é o lugar, Benjie. — Fulmina-me com os olhos.

— Jura? Pois eu acho um ótimo lugar para remover o altar que minha família colocou aos seus pés! — Deixo a mágoa assumir.

— Benjamim! — meu pai intervém.

— Vou deixá-los sozinhos — retruca com tom neutro oferecido a qualquer parceiro de negócios.

— É o que faz de melhor — zombo.

— Chega, Benjamim!

— Está tudo bem, o senhor trate de se recuperar logo. Minha próxima visita será na sua casa — promete sorridente, em seguida, abaixa-se e o beija. Quando passa por mim, é inevitável sentir a amargura em meu peito.

São quase quatro anos desde o divórcio, e, em nenhum momento, pude supor nem sequer minha família deixou transparecer que eles ainda mantinham uma relação. Embora seja amiga de Esther, não imaginei que ignorariam minha dor dessa forma.

— Achei que fosse mais inteligente — meu pai murmura.

— O quê?

— Aparecer aqui com outra mulher elimina qualquer chance de reconciliação.

— Papai, eu e a Anthonella estamos divorciados e não tenho qualquer pretensão de retorno.

— No papel, mas um casamento não se desfaz perante Deus, sabe disso, meu filho! — Meneio a cabeça em negativa.

— O senhor deveria se preocupar com o seu casamento.

— Sua mãe não está pensando direito, logo esse lapso vai embora. — Incrédulo, meus pensamentos giram em torno de como nada o faz mudar. Meu pai não pensa estar errado em nenhum momento.

— Amanda.

— Quem?

— A mulher que esteve aqui comigo se chama Amanda. Eu a amo e estou pedindo aos céus com todas as minhas forças para ser o cara de sorte que ela irá escolher para passar o resto da vida ao seu lado e nada que o senhor e a mamãe digam ou façam irá mudar isso. — Revira os olhos como se minha decisão e sentimentos pouco importassem.

— E espera que eu mude a minha opinião? — Nego.

— Não, o esperado era que ao menos ficasse feliz com a minha felicidade.

— Filho, não posso compactuar...

— Está tudo bem, papai, minha felicidade independe da sua aprovação, contudo não permitirei qualquer desrespeito com a Amanda...

— Boas notícias! — minha irmã nos interrompe. — Acabei de conversar com o seu médico e ele me disse que sua alta está prevista para amanhã. Vamos para casa, papai!

Um alívio percorre meu corpo, não só por sua alta, mas também porque poderei voltar para casa.

Minutos depois estou deixando o hospital quando sou interceptado...

— Podemos conversar alguns minutos? Que tal um almoço? — Anthonella praticamente implora.

— Não tenho nada para falar com você. — Sou direto.

— Mas eu tenho, Benjie, por favor, tem um restaurante a uma quadra daqui.

Enquanto caminhamos, pareço estar ao lado de uma estranha. É incrível como as coisas se transformam. Há alguns anos, eu estaria eufórico com o simples fato de estar ao seu lado. Ela é a primeira mulher que amei de verdade e a única que me devastou por inteiro.

Quando chegamos ao restaurante italiano, ela escolhe a mesa do canto. Depois de sentarmos, leva algum tempo para que quebre o silêncio...

— Eu sei o quanto te magoei. — Tenta apoiar a mão sobre a minha, mas a puxo antes. — Desejei tanto o nosso filho... — Engole em seco e é visível o quanto tenta segurar as lágrimas. — O dia que o recebi nos braços foi o mais feliz da minha vida e — trava um pouco e respira fundo —, quando ele se foi, tudo em mim perdeu o sentido. Eu o amava tanto. Era tanta dor... — Lágrimas silenciosas correm por seu rosto. — Não conseguia mais olhar para você sem que toda aquela dor me consumisse. — Uma lágrima solitária desce por meu rosto. — E eu sinto tanto... — Respira profundamente. — Eu só precisava justificar, dar um nome à dor dilacerante em meu peito, fui tão egoísta... — Suas palavras falham enquanto tento desfazer o bolo em minha garganta. Por alguns segundos, baixa sua cabeça. Meu coração está contrito e, mesmo que busque meu lado racional, não consigo encontrar palavras para confortá-la. — Não foi sua culpa, Benjamim... — Escondo o rosto com as mãos enquanto as lágrimas caem sem controle. — Nada do que vivemos foi. Não se pode justificar uma perda, ela sempre será dolorosa, mas também não se pode excluir todo o tempo de amor que tivemos. Isso ninguém pode tirar da gente e o nosso filho nos deu meses maravilhosos. — Assinto sem conseguir formar qualquer palavra. — Você me perdoa por todo o mal que lhe fiz?

— Eu já perdoei — confesso e ela expira ruidosamente.

— Eu sempre vou amar você e a vida que tivemos... — pausa um pouco, soprando o ar pela boca, suas lágrimas são tão intensas como as minhas. — Sempre terá uma parte de mim, mas precisava encontrar um novo caminho. Deixá-lo foi a decisão mais difícil que já tomei em toda a minha vida, mas eu sabia que era a única forma de nos dar uma chance.

Se eu ficasse, iria acabar destruindo o pouco que restou de nós. Sei que fiz isso de uma forma covarde e mesquinha, mas, se olhasse em seus olhos naquele momento, não prosseguiria com a minha decisão. — Concordo com um gesto de cabeça e permanecemos em silêncio. — Eu estou grávida — murmura e o baque é inevitável.

— Oi? — Preciso confirmar que não alucinei.

— Doze semanas. — Encaro-a perdido. — Conheci o Christian há um ano e nós... Enfim, gostaria que soubesse por mim.

— Fico feliz que esteja bem, Anthonella.

— Eu estou, Benjie. — Assinto.

— Preciso ir. — Levanto-me em um rompante.

— Os pedidos... — Não respondo nem retorno meu olhar para ela, apenas preciso absorver tudo o que foi dito e, principalmente, sanar a confusão de informações em minha cabeça.

— Um *whisky* duplo. — São minhas primeiras palavras depois de entrar no pub, preciso de qualquer artifício para anestesiar o alvoroço em meus pensamentos...

27

CONFISSÃO

"Na autoacusação há uma espécie de volúpia. Acusando-nos, sentimos que ninguém mais tem o direito de nos censurar. É a confissão que nos absolve, não o sacerdote."
O retrato de Dorian Gray - Oscar Wilde

Amanda

Caminho de um lado a outro da suíte quando a preocupação me atinge por completo, já se passaram muitas horas desde que Ben havia saído. Prometeu que voltaria para almoçarmos juntos, mas já nos aproximamos do jantar. Ele jamais se comportou assim...

Responde as minhas ligações!

Envio uma mensagem dessa vez, não tinha o número de sua família e...
— Ricardo! — Como não pensei nele antes? Busco em minha agenda...
— Amanda?
— Oi, você está com o Benjamim, ele ainda está no hospital? — Seu silêncio por alguns segundos me garante que algo está errado.
— Neste momento, não estou com ele, mas...
— Ok, não precisa desse papo protetor, eu só preciso saber se ele está bem, se estiver, já é o suficiente para mim.
— Tudo... bem... já... — o tom trôpego me interrompe.
— Ele chegou aqui. — Desligo.
— Desculpe-me, senhora, ele parece um pouco alterado, estava tentando acessar outra suíte.
— Não! — Benjamim tenta argumentar, mas tropeça e cai.
— Ah, meu Deus, você se machucou? — Corro até ele, que está gargalhando.

— Eu disse que ia achar... Ela é polícia, cara! Vai te prender, seu otário!
— *Tá bom*, Ben!
— Ela é brava! — Reviro os olhos.
— Obrigada pela ajuda, desculpa o transtorno.
— Não foi nada. — O rapaz sai e nos deixa sozinhos.
— Ok, o que o senhor andou aprontando? — Nega avidamente.
— O lugar de aprontar é aqui, amor. — Descoordenado, puxa a bainha da minha blusa.
— Venha, precisa de um banho. — Tento puxá-lo. — Anda, Ben, colabora.
— Você vai me deixar, não vai? — Por um segundo, parece extinguir o álcool de seu sistema, seus olhos encontram os meus. — Eu sei que vai — responde a si mesmo e tento controlar a sensação em minha garganta.
— Vou deixá-lo dormir neste carpete se não levantar...
— Qualquer lugar que você estiver estará bom para mim e está aqui agora... — Uma batida autoritária soa em meu peito. Sempre achei que meu coração seria integralmente de André, mas agora o espaço parece conter outros acessos e Benjamim certamente possui as chaves.
— Vai se sentir melhor depois do banho. — Curvo-me sobre ele. — Por que bebeu assim? — Olha-me de uma forma que é letal para os meus sentidos.
— Não quero mais sentir medo — murmura.
— Não precisa sentir.
— A Anthonella está grávida... — Fecha os olhos enquanto minha respiração fica suspensa. O ressonar alto me garante que ele havia pegado no sono, já eu, eu mal consigo assimilar sua última frase. Não é possível...

Meus pensamentos seguem em todas as direções para encontrar qualquer desculpa que me garanta que ele não estava com a sua ex-mulher e que esse filho não é seu. Levanto-me e a apreensão domina todo o meu corpo, caminho em círculos enquanto tento acalmar as batidas do meu coração.

A inconstância dos meus sentimentos me assusta. No fundo, sei que não me deve qualquer satisfação, pois, mesmo tendo se declarado apaixonado, até aqui não acordamos qualquer compromisso, mas a coerência não impede minha ira e frustração. Neste momento, gostaria que Benjamim estivesse em seu pleno raciocínio.

Machucar pessoas não era o seu perfil, esse não era o cara que conhecia.
— *Que merda*, Amanda! — Gostaria de poder me estapear agora, se não bastassem todos os meus conflitos, tinha que me enfiar em outro!

ANTES QUE ESQUEÇA

Já se passaram algumas horas desde que entrou por aquela porta, mas nada da minha raiva diminuir. Encaro o céu límpido e a beleza da lua, porém nem isso é capaz de sanar minha revolta. Como ele pode ser tão sem-noção? Só alguém com muita deficiência de caráter deixaria a pessoa que lhe segue entregando apoio emocional, a mesma mulher com quem havia feito amor de forma apaixonada e entusiasmada, enquanto se reconcilia e...

— Ah! — explodo, não sei se já senti tanta raiva de alguém assim.

— Amor? — o tom rouco me intercepta. — Está tudo bem? — Parece alheio a qualquer ato esdrúxulo que tenha cometido.

— Não sei, está? — Não faço questão de esconder minha insatisfação.

— Eu... — Apoia as mãos sobre a cabeça. — Desculpa, não bebo desde a faculdade, que horas têm?

— Seu celular perdeu essa função?

— Não, eu o esqueci no carro que deixei no hospital... Eu dormi no chão? — A confusão em seu rosto é visível.

— Agradeça por não acordar na cadeia depois de tentar invadir a suíte alheia.

— Eu fiz isso? — questiona assustado.

— Se fosse apenas isso — revido.

— O que mais eu fiz? — Encaro-o incrédula e reviro os olhos.

— Deveria tomar um banho! — Tento domar minha ira e sigo, a passos firmes, para o quarto.

— Amanda? — chama atrás de mim e me viro com tudo.

— Ao menos considerou ser sincero como eu fui com você? — Encara-me com uma fina camada de mortificação.

— O que mais eu fiz? — repete como quem tenta ganhar tempo.

— A pergunta é o que você não fez!

— Eu não entendo...

— Está tudo bem ter uma história. Eu mais do que ninguém entendo e não o julgaria por isso, contudo a grande questão aqui é deixar que as pessoas acreditem que está disponível e aberto a uma nova vida quando, na verdade, você as têm como uma rota de fuga! — vocifero sem me importar com tamanha exposição dos meus sentimentos. — Era melhor continuar acreditando que você era inacessível. A resposta é sim, vou deixar você porque não suporto pessoas dissimuladas. — Seus olhos se arregalam e seu rosto ganha uma palidez evidente. Tento prosseguir, mas ele bloqueia meu caminho.

— *Tá bom*, agora preciso que me explique melhor o que acabou de dizer. — Levo meus olhos até os seus e lhe ofereço um sorriso permeado de rancor.

— Acho que é você quem deveria explicar à mulher com quem estava transando até esta manhã com falsas promessas o porquê de tê-la deixado para passar o dia com a sua ex-esposa e como essa mesma esposa com que jurou não ter mais contato está grávida de você?

— O quê? — gargalha, o riso o descontrola de uma forma que ruboriza seu rosto. — Desculpa, não dá! — Sorri mais ainda e minha única vontade é esquecer qualquer orientação sobre controle emocional e voar nele. — Amor, sério, você daria uma bela escritora. — Continua sorrindo.

— Vai me deixar porque acha que estou com a Anthonella?

— É óbvio!

— Só por isso?

— É claro que sim, o que esperava?

— Graças a Deus! — Seus braços me puxam ao seu encontro.

— Benjamim, não me teste! — Bato em seu peito e tento empurrá-lo.

— Ei, para!

— *Me solta!* — exijo.

— Eu solto se você prometer me escutar dessa vez, mas, se não for pedir demais, podemos fazer isso durante o banho?! — Pisca.

— Não quero ouvir mais nada.

— Vai ouvir, sim, porque eu não vou perdê-la por algo tão irrisório.

— Você está zombando da minha cara?

— Eu já disse o quanto fica linda irritada?

— Se não me largar agora, vou prendê-lo e não estou blefando! — grito.

— Eu já sou seu prisioneiro, amor...

— Benjamim! — advirto quando tenta beijar meu pescoço.

— Eu estive com a Anthonella por alguns minutos, isso é verdade...

— Já disse para me largar! — Seus braços rodeiam minha cintura.

— No resto do dia e início da noite, estive em um pub aqui perto e sozinho. Pode ir até lá investigar, que lhe dirão. Não a vi desde o nosso divórcio, na verdade, um pouco antes, porque nem no dia que assinamos os papéis ela quis me ver. Lá se vão quase quatro anos, não preciso lhe dizer que o filho não é meu, não é? — Minha guarda baixa um pouco.

— E hoje ela quis?

— Nossa separação foi muito dolorosa... Posso tomar uma ducha rápida? — interrompe o assunto.

ANTES QUE ESQUEÇA

— É você quem está me segurando.

— A conversa é longa e gostaria de estar o menos miserável possível. — Assinto e ele beija minha cabeça, deixando-me em estado de inércia. Se realmente está dizendo a verdade, preciso parar com essa mania de formar conclusões precipitadas com urgência.

Quando retorna vestindo apenas uma cueca, desvio meus olhos, distrações não me ajudariam em nada. Senta-se na cama ao meu lado...

— Primeiro eu quero me desculpar pelo meu comportamento. Como sabe, não é rotineiro nem pontual, ou seja, não tenho qualquer relacionamento com a bebida.

— Isso não me importa...

— Importa, sim, porque quero fazer parte da sua vida. Diante disso, preciso entregar a verdade.

— Isso é alguma brincadeira?

— Pareço estar brincando? — Aturdida o encaro. — Eu te amo, Amanda, não posso imaginar não ter mais você e o Sal na minha vida, fico apavorado toda vez que penso nessa possibilidade. Eu entendo se quiser seguir daqui para frente como se não tivéssemos ultrapassado a barreira da amizade. Se quiser fingir que nada ocorreu e nunca mais tocar no assunto, tudo bem, a gente faz isso, só não me tira da sua vida... — Nego com um gesto de cabeça.

— O ponto aqui não é esse.

— Eu sei, só quero deixar você confortável para tomar qualquer decisão.

— Não tenho problemas com as minhas decisões — revido, ele assente e me entrega silêncio...

— Eu e a Anthonella tivemos um relacionamento por um pouco mais de 10 anos, éramos felizes, mas, quando finalmente engravidou, nossa vida parecia muito mais completa. Sonhamos e desejamos o Isaac com tudo de nós, seu nascimento ainda é o dia mais perfeito da minha vida, mas, quatro meses depois, Deus o levou subitamente... — Minha respiração fica suspensa e meu coração quer entrar em parada, não posso sequer imaginar perder meu filho, entrelaço meus dedos aos seus em uma evidente tentativa de conforto e digo:

— Eu sinto muito. — Abraço-o e permanecemos assim por algum tempo.

— Existem momentos que a única coisa que podemos fazer é crer, fui criado para crer em um Deus de milagres. Enquanto fazia a manobra de ressuscitação em meu filho, tinha a certeza e pedia esse milagre, mas meu menino me deixou e não foi por falta de fé, muito menos oração, pois naquele momento eu clamei com todas as minhas forças para que o fôlego de vida lhe fosse devolvido, mas isso não ocorreu — para um pouco e parece precisar da pausa para respirar —, contudo, mesmo que estejamos envoltos em dor e seja estarrecedor compreender, um fato é imutável: Deus não erra, não erra porque ele não sabe errar. Como lhe disse na primeira vez que nos conhecemos, por mais que seja incontrolável, não podemos culpar o sobrenatural pelo natural... — Aperto-o mais em meus braços quando a sua dor encontra a minha. — A vida não respeita o luto nem tem benevolência, ela simplesmente continua. Não conseguimos restaurar o abismo que se abriu em nosso casamento desde aquele dia. Anthonella se transformou em outra pessoa e, dali por diante, a única coisa que fazíamos era nos machucarmos mais. Estava saindo do hospital quando ela me pediu uns minutos para uma conversa. Depois de todos esses anos em silêncio, não achei que teria mais sentido, mas teve... — Uma batida autoritária soa em meu coração, ele ainda a ama?

— Saber que ela acredita que a culpa não foi minha removeu um peso enorme das minhas costas...

— Ben... — Abraço-o lateralmente de novo e beijo seu braço.

— Carreguei essa dor por tanto tempo, mas, em uma fração de segundos, ela simplesmente foi arrancada de mim. — Respira fundo. — Vê-la feliz de novo foi a concretização dos meus desejos, não suportava saber que era responsável pelo seu sofrimento...

— Mas você não era. — Apoio as mãos em seu rosto e seus olhos se conectaram aos meus.

— Eu sei que é errado buscar refúgio na bebida, mas a realidade pareceu destorcida demais com tudo que já estava habituado. Como tudo na vida, nós nos acostumamos à dor, mas abrir mão dela também é difícil. — Engulo em seco, sei exatamente o que está dizendo.

— Ainda a ama? — Preciso arrancar o curativo de uma só vez.

— Sempre vou amá-la. Eu a conheço desde moleque, era a minha melhor amiga e foi a minha primeira namorada... — Minha respiração fica suspensa com a sua confissão, pois, por mais que a verdade seja libertadora, às vezes seria melhor não tê-la. — Mas não a amo mais como um homem ama uma mulher, sequer a desejo... — Tudo em mim está paralisado. — É você quem eu amo e desejo a cada segundo do meu dia, quero a nossa vida e a nossa rotina para sempre, amo quem eu sou com você. No seu coração, é o meu lugar, não tenho quaisquer dúvidas em relação a isso, não precisa ter ciúmes da Anthonella, ela não tem chances em relação a você. — Sua mão me puxa pela nuca.

— Não estou com ciúmes! — nego o óbvio.

— Ameaçou me prender, amor. — Beija meu pescoço e é o suficiente para despertar meu corpo por completo. — Você me deixou dormir no chão... — Sem que eu possa ter tempo de reagir, puxa-me para o seu colo.

— Eu não te aguento — defendo-me.

— Aguenta. — Sua boca suga a minha e o beijo é estarrecedor e cheio de saudades, vira-me e me deita sobre a cama. Em seguida, seus olhos estão nos meus. — Amo você com tudo de mim, apenas você, meu amor.

— Eu também te amo — confesso e subo minha boca até a sua ciente de que ainda quero fazer isso muitas e muitas vezes...

28

PLANOS

"Não importa quantos planos traçamos ou quantos passos seguimos, nunca sabemos como o dia irá acabar."
Grey's Anatomy

Amanda

Enrolo meu filho em sua tolha e, com agilidade em seus passos e sua extrema independência, ele segue para o quarto. Não sei se para todas as mães funciona dessa forma, mas para mim ainda está difícil superar sua plena autonomia e o fato de não precisar nem se importar tanto com o meu colo...

— *Mamã, thort* — Ergue a peça.

— Isso, filho, é o seu short. — Ainda preciso ajudá-lo a vestir a roupa, mas sei que logo assumirá também essa função.

— Estão prontos? — Ben entra no quarto. Há alguns dias, retornamos à nossa rotina.

— Quase, não é, filho? — respondo.

— Eu termino, pode concluir sua maquiagem. — Beija-me rapidamente e aceito a oferta para que não nos atrasemos mais, minha mãe é metódica com horários. — Pronto! O que você está?

— *Dato* — Sal lhe responde orgulhoso e eu sorrio.

— Um gato e lindão! — Ben completa e não consigo desfazer o sorriso enquanto aplico o blush.

— *Nidão*.

— Isso, lindão!

Já na casa dos meus pais, é difícil não notar a admiração com que minha mãe encara Benjamim. O almoço seguiu entre as histórias do meu pai e risos com as piadas dos meus irmãos. Ainda não havíamos declarado a mudança na nossa relação para a minha família, mas eles seguiam tratando-o como se já fossemos um casal.

Por mais segura que eu seja, não consigo deixar a comparação de lado... Ainda que tenha havido um grande esforço da parte de seus pais no almoço antes de voltarmos ao Rio, a sua família deixou evidente a reprovação, seu pai até que ficou curioso em relação à minha vida, mas sua mãe continuou impassível.

Ainda no avião, meu único pedido a Ben foi para seguíssemos com a nossa relação em segredo, ao menos por enquanto. Também pedi discrição à Fernanda, tenho medo de criar falsas expectativas na minha família, pois, mesmo sabendo que o que sinto por ele não é momentâneo, continuo sentindo que estou fazendo a coisa errada e quem de nós não tem pavor do julgamento dos pais? Também me preocupo com os meus sogros e como eles reagirão a essa notícia, sinto-me constrangida ao extremo só de pensar em contar a eles...

— E como está o seu pai, Benjamim? — minha mãe pergunta.

— Bem, já até voltou ao escritório.

— Que bom. — Entrega-lhe um amplo sorriso e a forma como olha para nós me garante que sabe sobre nossa relação. — Baixo os olhos, ela me conhece bem demais.

— Filha, não é melhor tentar mais um tempo de licença? — Mentalmente agradeço a interrupção do meu pai.

— Eu estou louca para voltar ao trabalho, papai, o processo ainda demora mais alguns dias para a conclusão.

— Minha filha, sabe o quanto sou orgulhoso por ter seguido meus passos, mas é preciso recuar um pouco em alguns momentos.

— Eu sei, papai...

— Papai! — O chamado animado do meu pequeno paralisa não só Benjamim, mas todos que estão na sala. Salvatore estende seu copo para Ben que ainda está estático. — Papai! — chama novamente e ele parece reagir.

— Quer mais suco de uva?

— *Thim*.

— Vou buscar. — Levanta-se em uma evidente tentativa de fuga.

— Filha? — minha mãe chama a minha atenção e, com um gesto de cabeça, indica o caminho que devo seguir.

— Desculpa! — ele pede assim que entro na cozinha, sua palavra sai pesada, suas mãos tremem enquanto despeja o suco no copo. — Não ensinei o Sal a me chamar assim. — Retiro o copo das suas mãos, abraço-o e encosto a cabeça em seu peito, seus batimentos estão fora de curso. Por algum tempo, permanecemos abraçados em silêncio, até que sinto suas lágrimas, então me afasto para confirmar que ele está mesmo chorando.

— Não se ensina uma criança a amar, Ben, ela nos entrega o que recebe. Ele me ouviu chamar o papai e considerou que você era o seu papai. Está tudo bem! Se não quiser que ele o chame assim, vamos ensinar...

— Eu quero, essa é a questão. — Limpo as suas lágrimas. — Eu o amo e me sinto o cara mais incrível do mundo por ser chamado de pai por ele.

— Ele saberá do pai e como ele teria sido maravilhoso se tivesse tido a chance, mas não vou podar os sentimentos do meu filho. Se ele acha que deve chamá-lo de pai e você não tem qualquer ressalva, não tirarei isso dele.

— Não tenho, meu amor, se essa for mesmo a sua escolha, serei o cara mais feliz deste mundo.

Dias depois...

Com os braços já cheios, recolho mais um brinquedo no corredor e, quando chego à sala, quase desisto, pois também está dominada pela bagunça.

— Meu Deus!

— Está tudo bem? — pergunta-me com a característica calma de todas as manhãs enquanto calça o tênis em Salvatore.

— Há brinquedos por todas as partes! — Tento me aproximar e cairia ao tropeçar em mais um deles se Ben não me segurasse. — Parece que não arrumamos a casa por uma semana.

— É só uma fase, amor, logo passa, mas também tem o fato de precisarmos de uma casa maior, ele precisa de mais espaço. — Beija-me rapidamente, mas ainda estou emudecida. — Hoje tenho consultas o dia inteiro, mas, qualquer coisa, pode ligar. Vamos lá, garotão! — Pega a mochila de Sal. — Dá um beijo na mamãe.

— Tchau, meu amor. — Beijo meu filho e, em seguida, Benjamim. Assim que eles saem, deixo meu corpo cair sobre o sofá. Por um longo tempo, permaneço calada tentando assimilar seu plano e o quanto isso é permanente. Sequer demos um nome ao que estamos vivendo. Meus pensamentos e coração iniciam um belo embate e não consigo tomar partido a favor de nenhum deles...

O toque do meu celular me tira da inércia...

— Oi, Dimas. — Tento manter meu tom dentro da normalidade.

— Chega de férias! — Sorrio.

— Estou voltando no início do mês, depois da cerimônia.

— Então sabe da Fernanda...

— O que tem a Fernanda?

— É melhor ela mesma te dizer.

— Ligou para fazer a fofoca, agora completa — exijo.

— Ela pediu baixa. — É possível identificar a tristeza em seu tom.

— Como é? — Não é provável que eu tenha ouvido isso mesmo.

— Pois é — confirma pesaroso.

— Vou falar com ela e lhe dou notícias.

— Ok, ficarei na torcida.

Desligo o telefone e não levo muitos minutos até estar a caminho da casa da minha amiga. Estar dirigindo afirma minha completa recuperação, retornar a essa função é revigorante...

— Amiga? — atende depois de alguns segundos e sua expressão atesta que não me esperava, pois veste apenas uma camiseta...

— É o café? — Tiago surge atrás dela vestindo apenas uma cueca.

— Posso entrar? — Encaro o sem-vergonha do meu irmão e é nítido que fica constrangido.

— Claro. — Fernanda me dá passagem.

— O senhor não tinha que estar no consultório a essa hora?

— Oi, irmãzinha. — Meneio a cabeça em negativa. — Não tenho agendamentos hoje.

— Abra seu olho, Tiago!

— Vou tomar uma ducha. — Deixa-nos, e, mesmo que não queira, estou julgando minha amiga por ser tão molenga com ele.

— Nós nos encontramos ontem, no barzinho em que estava, e...

— Não precisa dar satisfações, amiga, vocês são adultos — interrompo-a. — Mas sei que está apaixonada por ele, então toma cuidado, o Tiago é um cara incrível, mas você não se pode colocar em segundo plano.

— Eu sei, conversamos sobre isso.

— Que bom! Que história é essa de pedir baixa? — Vou direto ao ponto.

— Não consigo continuar, amiga.

— Consegue, sim! — Nega com um gesto de cabeça. — Por que não me contou antes de fazer essa besteira?

— Porque eu sabia exatamente como reagiria.

— Nossa condecoração será em alguns dias, tudo ficou bem. Não tem sentido... — Gesticula para eu parar e, em seguida, captura minhas mãos.

— Não existiria nenhuma cerimônia de condecoração, muito menos iríamos a cabo neste momento, se você não estivesse comigo naquele dia, certamente eu nem sairia daquele carro. Não posso mais continuar...

— É claro que pode!

— Amiga, nunca sonhei em ser policial, fiz a prova por impulso e...

— Não... não... não! Você não está pensando direito. O Tiago tem alguma coisa a ver com isso?

— É claro que não, ele nem sabe ainda.

— Fernanda — sussurro, sentindo-me impotente.

— Eu estou feliz com a minha decisão, juro que me sinto mais leve. Vou retomar o curso de Direito e com sorte seguir minha vida sem nenhum tiro por perto. — Pisca e por segundos a encaro, emudecida.

— Eu não consigo aceitar ainda, mas, se é melhor para você e se está feliz assim, só posso apoiá-la.

— Não só estou feliz, como estou muito aliviada.

— E agora terei que aturar o Dimas sozinha! — resmungo e ela sorri.

— Vocês serão uma dupla muito boa. — Reviro os olhos.

— Você vai fazer falta, Oliveira! — declaro sem conseguir conter a emoção das lembranças de tudo o que vivemos juntas naquele batalhão.

— Estou estudando para um concurso de cunhada, vai que tenho sorte — sussurra.

ANTES QUE ESQUEÇA

— Estou torcendo por isso. — Abraço-a e é inevitável não chorar.
— Estarei sempre com você — promete.
— Eu sei. — Aperto-a mais em meu abraço.

Dirigir é uma das coisas que mais me acalma. Seleciono minha *playlist* e aumento o volume, a expectativa era que sanasse o conflito em meu peito, mas, ao contrário disso, sou nocauteada por Rihanna, com uma das minhas músicas favoritas: *Stay*. A letra nunca fez tanto sentido, sinto-me exatamente assim com Benjamim, como se me tivesse atrevido demais e agora não houvesse mais volta, mas a verdade é que não quero que haja volta, não quero ficar sem ele, eu o amo com tudo de mim, mesmo sem entender como isso é possível. Contudo, a culpa por me sentir assim me corrói como o ácido mais eficiente... Aperto o volante enquanto as lágrimas insistentes continuam seu caminho por meu rosto.

Depois de algum tempo dirigindo e tentando compreender minhas emoções, avisto um shopping e decido me dedicar o dia.

Deixo o salão depois de algumas horas, com um novo corte de cabelo, também havia ousado com algumas mechas, fiz as unhas e alguns procedimentos estéticos como depilação. Havia um tempo que não acentuava minha autoestima...

— Amanda?
— Oi! — cumprimento Isadora.
— Quase não te reconheci, está linda!
— Obrigada, você também está.
— Eu tento. — Encaro sua barriga quando leva a mão até lá.
— Quantos meses?
— Quase sete, já almoçou? Estava indo comer alguma coisa, esse menino é faminto!
— Adoraria fazer companhia a vocês.
— E como está? O Gustavo comentou comigo sobre o que passou — pergunta assim que nos acomodamos à mesa.
— Agora estou bem, mas foi um susto e tanto.

— Eu imagino, na verdade, sei bem como é esse susto. — Baixa os olhos e tenho certeza que seus pensamentos seguiram até Guilherme. Encaro sua aliança por alguns segundos...

— Quando é que passa? — Encara-me depois de eu não conseguir frear a pergunta, havia trombado com ela algumas vezes e conheci sua história por meio do André, mas não éramos tão íntimas para uma pergunta tão indiscreta. A verdade é que meu desespero por uma absolvição domina meu lado sensato.

— O quê? — rebate tranquila.

— O medo da reprodução, a dor abafada da saudade? — Sorri de forma contida.

— Não passa, nunca vai passar, você apenas aprende a conviver com ela. — Engulo em seco, deixando minha esperança ser extinta. — O luto é incurável, mas é preciso achar conforto no desconforto para continuar vivendo, já que não existe nenhum remédio capaz de amenizar essa dor. Você jamais será a mesma, contudo é possível prosseguir com a pessoa que é agora. Aquela Isadora sempre será parte de mim, mas esta aqui encontrou um novo amor e está muito feliz com a chegada do primeiro filho. Quando entendemos a preciosidade do tempo e a nossa fragilidade, aprendemos a valorizar cada uma das nossas conquistas. A felicidade real é um estado muito difícil, então, quando nos conectamos a ela, nossa única função é segurá-la com todas as nossas forças. A pergunta correta seria: é possível ser feliz de novo? — Aturdida, tento desfazer o bolo em minha garganta. — Sim, Amanda, é possível e devemos ser sem qualquer medo, julgamento ou culpa. Aprendi que quem não chora as nossas lágrimas não pode julgar as nossas escolhas. — Fecho os olhos e expiro ruidosamente.

— Obrigada. — É a única palavra que consigo dizer com o turbilhão que se forma em meus pensamentos. Era como se Isa estivesse dentro de mim e me entregasse a resposta para cada uma das minhas questões, sinto-me acolhida e muito mais leve.

Estaciono ao lado do carro de Benjamim, sentindo-me completamente renovada. Depois da refeição e dos longos minutos de conversa com Isadora, demandei mais algumas horas em compras...

— Oi? Meu Deus! — Sou interceptada por ele ainda na porta.

— Gostou? — Balanço os cabelos e deixo as bolsas com as roupas e sapatos no chão.

ANTES QUE ESQUEÇA

— Ficou ainda mais linda! — Puxa-me para os seus braços. — Estava morto de preocupação, liguei até para a sua mãe.

— Sinto muito, o celular descarregou quando você estava pegando o Salvatore na creche. Depois que desliguei, ele apagou e só aí descobri que estava sem o cabo. — Beijo-o. — Morri de saudades. — Beijo seu pescoço...

— Mamã! — Sal corre com mais brinquedos nas mãos.

— Oi, filho. — Suspendo-o em meu colo. — O que está aprontando?

— *Mumando cum papai.* — Aponta o cesto o qual não conheço, mas que está servindo de abrigo para os muitos brinquedos que estavam pelo chão.

— Estamos organizando, não é, Sal?

— *Thim!* — Faz força para descer e, em seguida, corre animado até lá para depositar mais brinquedos.

— Se você não existisse, eu iria inventá-lo.

— O único ganhador sou eu. — Abraça-me novamente e por segundos absorvo a sensação ciente de que jamais me quero desfazer dela.

— O cesto será bem útil, mas tinha razão pela manhã, precisamos de uma casa maior. — Valido o plano.

— Isso significa que não vou precisar ir embora?

— Estava pensando em fazer isso?

— Não, o plano é ficar para sempre.

— O senhor tem planos muito bons — confesso e ele suspira, parecendo aliviado. — Acho bom que os siga, pois o meu lugar é no seu coração.

— Não tenha dúvidas sobre isso, amor! — Abraça-me mais forte.

— Eu te amo, Ben — confesso desta vez sem qualquer apavoramento.

— Eu também te amo.

29

SEGURO

"Um navio no porto é seguro, mas não é para isso que os navios são feitos."
John A. Shedd

AMANDA

Dias depois...

Fecho o último botão da minha farda de gala sem conseguir conter a gama de emoções que inundam meu sistema. Encaro a imagem no espelho e meus olhos não exibem mais o sonho distópico do que é ser policial. Hoje, junto ao meu sonho, também carrego as dores que a profissão nos entrega.

Amar a nossa farda pode ser insuportável às vezes, ser obcecado pela perfeição certamente é a nossa maior falha, mas, sem dúvidas, reconhecer as nossas humanidade e fragilidade é a nossa maior virtude.

Uma vez meu pai me disse que um passarinho não confia no galho, e sim nas suas asas, pois ele sabe que pode voar. É como me sinto. Seguir firme na decisão de continuar sendo uma policial não diz respeito ao que as pessoas julgam saber sobre nós, e sim sobre o que acreditamos e vivemos todos os dias.

Receber a promoção por bravura jamais foi a minha aposta, muito menos ser reconhecida pelo governador e atender aos requisitos de coragem e meritocracia. O reconhecimento com certeza é um combustível muito eficaz, mas não é ele que nos impulsiona, as nossas leis inexequíveis ainda são o que mais nos fragiliza, mas, apesar disso, todos precisam escolher suas batalhas e eu escolho continuar servindo e protegendo porque é o que me define.

— Linda! — Ben me abraça por trás, logo sua imagem surge no espelho e seus olhos encontram os meus.

— O senhor pode estar transgredindo a disciplina ao agarrar uma policial fardada.

— Em minha defesa, afirmo que essa policial em questão é a mulher por quem sou completamente apaixonado e com quem quero passar o resto da minha vida.

— É um bom argumento, podemos averiguar melhor sua conduta. — Viro-me e o beijo.

A cerimônia transcorre permeada de emoção, a leitura dos fatos vividos por mim e Fernanda é feita por um oficial de forma linear. Em alguns momentos, o texto recupera fatos já bloqueados em minha mente e me nocauteiam, exibindo de uma forma clara a real fragilidade do que vivemos.

Minutos depois meu nome é chamado. Enquanto caminho, meu olhar segue para os meus pais, Ben e Sal. É possível identificar admiração em seus olhos e, se eles se orgulham de mim, já é o suficiente.

Presto continência ao oficial à minha frente...

— Receba essa homenagem, a senhora foi um exemplo para toda a corporação ao lutar bravamente em defesa da sua vida e da sua colega em um terreno completamente hostil, a senhora honrou a Polícia Militar do Estado do Rio de Janeiro e sua conduta elevou o nosso nome. Parabéns!

— Aperta a minha mão e a salva de palmas enche o lugar. É impossível não sentir a profunda comoção e ficar feliz com mais um passo em minha profissão, sou oficialmente cabo da PM.

Dois meses depois...

— A casa é ótima! — o corretor começa animado, e ainda estou tentando entender sua definição de casa porque o que está à nossa frente é uma mansão muito extravagante para o que é condizente aos meus padrões. Abre a porta e a parte de dentro só atesta meus pensamentos, coço um pouco os cabelos e não demora para que Ben perceba meu incômodo.

— Não gostamos? — sussurra a pergunta e assinto com um gesto de cabeça. — Nós não vamos continuar — reporta-se ao corretor, que o olha estarrecido.

— Como?

— Ainda não é o que procuramos — responde.

— Mas ainda não viram como a área externa é boa, tenho certeza de que...

— Bom, é isto: obrigado pelo seu tempo, mas ainda não é a nossa casa.

— Entendo, tenho outras opções disponíveis, podemos agendar as visitas, se me disserem o que procuram exatamente.

— Procuramos o nosso lar, não precisamos de nada tão exagerado — corto-o.

— É claro, entendo a senhora e acredito que tenho a sua casa disponível, fica aqui mesmo neste condomínio. Se me derem mais uns minutos?

Depois de concordar com mais uma visita, nós o seguimos em nosso carro.

Desde que aceitei a mudança, a busca está sendo muito demorada graças ao meu trabalho, mas a paciência de Benjamim parece infinita, entretanto concordamos que só mudaríamos quando encontrássemos a casa perfeita e o sentimento deveria ser pertencente aos dois.

O corretor estaciona alguns metros à frente e, quando paramos o veículo atrás do seu, o baque é instantâneo.

Abro minha porta completamente estarrecida com o que vejo. Na calçada, pelo muro de Blindex, visualizo o gramado bem cuidado e a casa colonial amarela com portas e janelas brancas, então reproduzo em minha mente a seguinte cena: Salvatore correndo por todo o gramado com um sorriso enorme no rosto. Sinto o braço de Ben envolver minha cintura...

— É essa! — exprimo antes mesmo de darmos um passo.

— Sim, amor, encontramos a nossa casa — concorda.

Um mês depois, a organização e a decoração da casa ainda estão em andamento, mas realmente não é um empecilho para seguirmos com a mudança...

— Onde deixo esta? São brinquedos do Sal. — Tiago entra com mais uma caixa. Ele, Fernanda, Dimas e Ricardo estão nos ajudando.

ANTES QUE ESQUEÇA

— Coloca na sala ao lado, faremos uma brinquedoteca lá.
— Sim, senhora! — Segue o caminho indicado.
— Amiga, esta casa é perfeita.
— Foi amor à primeira vista — declaro.
— Quantos quartos são?
— Quatro. Não precisamos de tantos, mas a casa nos escolheu.
— É realmente linda, você merece, amiga, estou muito feliz por vocês. Como andam as coisas com a família do Benjamim? Ricardo veio sozinho...
— Eles seguem ignorando minha presença, mas não é algo que me incomode. A Esther não cogita a mudança para o Rio, diante disso, Ricardo está usando muito a ponte aérea. A sua vida é aqui. Você e o Tiago não vão oficializar o namoro?
— Ele tem pavor de citar essa palavra — Meneio a cabeça em negativa.
— Nem sei o que te dizer.
— Está tudo bem, a gente está praticamente morando juntos, ele dorme na minha casa quase todos os dias, damos satisfações um ao outro e fazemos planos juntos, mas a fobia da palavra continua, então ele, como terapeuta, que lide com os próprios traumas. — Sorrio.
— Se estão felizes, é o que importa.
— E nós estamos.

O primeiro mergulho na nossa piscina acontece já à noite, nossos amigos foram embora há pouco e Sal está com os meus pais.

Admiro a lua que hoje tem a sua beleza acentuada como se estivesse em festa por nossa felicidade, então de jeito nenhum eu deixaria que esse momento se perdesse, vou arquivá-lo em minhas memórias para sempre.

Meus pensamentos giram de forma incongruente e com isso alguns questionamentos assumem o controle, fazendo com que o medo ressurja...

É possível encontrar um porto seguro, uma fortaleza impenetrável e um lugar perfeitamente incorruptível?

Mesmo com alta resistência, o seguro não se pode garantir, nem o gestor de segurança mais eficiente nos garante cem por cento de eficiência.

A verdade é que, quando sofremos uma ruptura, jamais voltamos ao ponto inicial e sempre teremos uma preocupação a mais, mas todo esse cuidado não necessariamente é ruim.

O medo da reprodução nos apavora, mas também ativa o nosso instinto mais primitivo em se aproveitar cada instante e oportunidade, aprendemos da forma mais cruel a não desperdiçar mais qualquer segundo de felicidade e viver cada momento como se fosse o último...

— Que susto! — grito quando ouço o barulho e a água se agita, não demora muito até que Benjamim emerja à minha frente. — Querendo se aproveitar de uma policial desarmada? — pergunto quando me prende entre seus braços.

— Talvez eu tenha sorte e a policial também queira aproveitar. — Pisca, envolvo seu pescoço com os braços, então rapidamente suas mãos se fecham em minha bunda e minhas pernas envolvem seus quadris.

— Pois eu acho que hoje é o seu dia de muita sorte. — Levo minha boca à sua e o beijo é suficiente para incitar casa terminação nervosa do corpo. Desejo-o com tudo de mim. Seus dedos caminham pelo cós da calcinha do biquíni, sua língua caminha para o meu pescoço e parece sedento.

— Passei o dia inteiro louco para fazer isso. — Mordisca meu maxilar esfomeado, desço uma de minhas mãos e capturo seu membro rígido sob a sunga...

— Amor?

— Precisamos inaugurar a nossa piscina. Por que não tira a minha calcinha? — sussurro em seu lóbulo e o mordico em seguida. Seus dedos ágeis não esperam outro comando. Ele me penetra em uma só investida e o ato desesperado e necessário me deixa angustiada por mais. Arranho suas costas enquanto o prazer se acentua mais e mais. Suas arremetidas rápidas agitam a água, seus dentes correm meu pescoço de forma voraz...

— Eu sou louca por você, Ben — declaro completamente entregue e extasiada. — Não pare! — exijo.

— Não vou parar, amor! — Bruscamente, investe. Ele sabe exatamente como conduzir meu prazer. Demora apenas mais alguns segundos para juntos liberarmos o nosso gozo...

— Ahhh! — Nossos gemidos saem em uníssono e, por um longo tempo, apenas permanecemos em silêncio absorvendo as sensações...

— Seremos felizes aqui, não seremos? — Mesmo agarrada a ele, afasto-me um pouco e encaro seu rosto.

ANTES QUE ESQUEÇA

— Eu não tenho dúvidas.
— Eu te amo, Dr. Benjamim!
— Eu te amo, cabo Moraes. — Beija-me e não quero desfazer o nosso contato. — Será que agora podemos contar para os seus pais? — Gargalho.
— Acha mesmo que eles não sabem?
— Eu tenho certeza que sabem, mas lhes devo essa conversa.
— Ok, tem razão, faremos isso no almoço de amanhã. — Pisco e ele parece satisfeito com a minha resposta, na verdade, o sorriso em seu rosto deixa isso evidente.

Dois meses depois...

É impossível evitar as lágrimas quando Cissa adentra a pequena capela. Além de sua beleza ímpar, o fato de Fernando estar profundamente emocionado torna o momento muito mais lindo, o amor deles é estonteante...

Quando o sim acontece, já estou praticamente desidratada de tanto chorar, mas não sou a única a estar tão emocionada, a maioria compartilha o mesmo sentimento.

— Está tudo bem? — Ben questiona assim que deixamos a cerimônia.
— Sim, eles são perfeitos um para o outro.
— É notório o quanto se amam.
— É isso! — concordo. — A história deles e como o amor tratou suas feridas deixa tudo mais... — Busco a palavra, mas não encontro...
— Real! Todos que escrevem uma bela história já precisaram redigi-la algumas vezes.
— Abraço-o.
— Sou feliz por estar reescrevendo a minha história com você, amor — declaro.
— Se não existisse, eu inventaria você. — Beija a minha cabeça.
— Ei! Essa frase é minha.
— É nossa!

— Amanda? — Somos interrompidos.

— Douglas, como vai?

— Estou bem.

— Esse é o meu... — travo e meus olhos aniquilam Benjamim.

— Namorado — completa e estende a mão, sorrio, mas a palavra desperta certa repulsa em meu sistema, pois moramos juntos há meses, inclusive fizemos uma mudança e decoramos a nossa casa de forma que representasse os dois, nossa rotina não é de namorados, até mesmo meu filho o chama de pai...

— Então, vão embora hoje? Amanda?

— Desculpe-me! O que perguntou?

— Se vão embora hoje.

— Não, ficaremos até amanhã.

— Entendo, eu estou de serviço amanhã, então estou retornando na próxima barca, foi bom te ver, fico muito feliz que esteja bem.

— Estou ótima! Também foi bom te ver. — Abraço-o.

Minutos depois sigo de mãos dadas para o salão onde está acontecendo a festa de Cissa e Fernando. Minhas últimas palavras foram entregues a Douglas. Ainda estou digerindo o fato de o homem que divide a cama comigo todas as noites me considerar uma namorada.

Sentamo-nos à mesma mesa que Carlos, Clara e suas filhas lindas. Delicadamente, retiro a mão de Benjamim de meu colo, sou tomada pela raiva, ele nunca me disse que essa era a nossa relação. Um tempo depois, o casal se levanta para levar as meninas ao banheiro e ele diz:

— Vai me dizer o que fiz de errado? — Ignoro sua pergunta como uma adolescente briguenta e sem saber por onde começar declarar minha irritação.

— Eu... — O tom embriagado de Juliane me interrompe, viro-me para frente e acompanho seus votos, assim como todos aqui. A mágoa em seu tom fica evidente e não é difícil identificar seu alvo: Daniel. Avisto-o no mesmo instante que seus olhos cruzam os meus e, com um gesto de cabeça, incentivo-o a resgatá-la de tamanho vexame! Um segundo depois, respiro aliviada quando ele segue em sua direção a passos firmes. Em seguida, os dois passam por nós como um tornado. Espero que se acertem. — Por que vocês homens fazem tudo errado? — Viro o drink.

— Amor?

— Acredita que a Juliane passou por nós, falou com a gente e não me reconheceu? — Clara o interrompe.

ANTES QUE ESQUEÇA

— Ela visivelmente está bem bêbeda e só para constar também demorei a reconhecê-la com seu cabelo novo. — Bebo mais um pouco do drink.
— Sério? Ficou bom mesmo?
— Ficou ainda mais gostosa! — Beija a esposa com paixão.
— Carlos!
— Espero que o Daniel não continue sendo tão teimoso, está na cara que são loucos um pelo outro.
— Nossa, ele está sendo bem teimoso...
— É mesmo, marrenta? — Carlos intervém.
— Eu tive meus motivos.
— E ele tem os seus, a mulher zoou o plantão do cara!
— Homens! — Reviro os olhos e bebo mais um pouco. — Já volto! — prometo sem ao menos ter a pretensão de cumprir. Sigo em direção ao hotel...
— Vai me dizer o que está acontecendo? — exige atrás de mim, e continuo meus passos até chegar a um lugar mais reservado.
— Será que ainda dá tempo de pegarmos a barca?
— Não! Diga por que está assim? — Aproxima-se.
— Somos namorados? — explodo.
— Oi?
— Isso mesmo que entendeu! Temos uma vida juntos, compramos uma casa, fazemos planos e agora descubro que o que tenho é um namorado. — Viro-me de costas...
— Não foi dessa forma que planejei...
— Imagino! — zombo ainda na mesma posição.
— Casa comigo? — Viro-me com tudo e me deparo com Ben de joelhos, segurando uma caixinha com uma linda aliança, então levo as mãos à boca com o susto e minha respiração fica suspensa.
— O que está fazendo? — questiono em um resquício de voz.
— Pedindo a mulher da minha vida para que seja a minha esposa, namorada, amiga, parceira, amante... — Ajoelho-me à sua frente e apoio as mãos em seu rosto. Meus olhos se conectam aos seus e meu mundo para, assim como o meu coração. O abalo e a surpresa demovem minhas palavras...
— Disse namorado porque não queria pressionar você, sinto muito!
— Sim! — Envolvo seu pescoço.
— Sim, você me desculpa ou sim para o meu pedido?
— Sim para tudo com você, amor. — Suspira aliviado, envolve minha cintura e apoia a fronte na minha. — Eu te amo, Benjamim Campos

Medeiros! Sim, eu quero me casar com você, quero que o seu lugar seja no meu coração, quero seu corpo, seu sorriso, seu coração, seu bom-dia em todas as manhãs, nossa família e continuar escrevendo a nossa história para sempre... — Limpo suas lágrimas.

— Eu te amo, meu amor, obrigado por ter entrado no meu carro aquele dia, por tornar meus dias melhores, por nossa família e por tudo que ainda viveremos. — Beijo-o entorpecida por todas as declarações e projeções do futuro. Desta vez lutarei com todas as minhas forças para que nada o roube de mim.

30

PARA SEMPRE

"A vida é maravilhosa se não se tem medo dela."
Charles Chaplin

AMANDA

Meses depois...

Quando o primeiro feixe de luz toca o vão da cortina em meu quarto, ainda estou acordada e com o sorriso persistente. Meus olhos não deixam Benjamim, que pegou no sono há alguns minutos.

De acordo com as tradições, não deveríamos estar juntos na noite anterior ao casamento, mas a nossa história não seguiu qualquer tradição.

Fecho os olhos por um segundo, enquanto a viagem em torno das minhas memórias afirma isso...

— *O que estamos fazendo?* — *questiono enquanto ele puxa minha mão e empunha a lanterna com a outra para que consigamos caminhar pela escuridão que se tornou o caminho.*

— *Shhh!*

— *Sou mulher, ainda por cima policial, não posso me desfazer da curiosidade, é uma tarefa impossível.*

— *Mais alguns minutos* — *pede enquanto caminhamos pela areia.*

— *Ok.*

— *Agora a senhora vai fechar um pouco os olhos...*

— *Por quê?*

— *Amor!*

— *Está bem.* — *Apoio as mãos no rosto.*

— *Não vou confiar nessa tática.* — *Puxa uma venda do bolso e a amarra sobre meus olhos.*

— Não sou trapaceira!

— Não estou confiando muito nisso depois das histórias que seus irmãos me contaram. — Sorrio.

— Todo mundo já trapaceou durante um jogo de cartas — defendo-me.

— Eu não! — declara e gargalho.

— Já posso abrir?

— Não! — grita ao longe.

— O que está fazendo? — exijo.

— Calma, amor — pede e sorrio.

— Pronto. — Sinto seu corpo atrás do meu. — Eu precisava tentar fazer isso direito, você merece o melhor, amor. — Abro os olhos e pareço estar em um cenário do filme mais romântico que existe: na areia, próximo às arvores e a uma pedra, há uma manta com pétalas de rosas e algumas minilamparinas...

— Como trouxe isso tudo?

— Eu estava com as alianças havia alguns dias, então achei que te pedir em casamento em uma ilha seria...

— Lindo — completo e o beijo.

— Mas acabei sendo precipitado e...

— Você é perfeito, amor — sussurro com os lábios nos seus.

— Mas...

— Eu amo você, Ben, aceitaria seu pedido de qualquer forma, mas, já que estamos aqui — mordisco seu pescoço e meus dedos correm a bainha de sua blusa —, nesta ilha e nesta praia deserta, com toda essa beleza disponível — desço as mãos por seu abdômen e percorro o elástico de seu short —, só nos resta aproveitar! — Ávida, sugo seus lábios e não demora até aprofundarmos o beijo loucamente. Em um movimento brusco, suspende-me pelos quadris, caminha comigo em seu colo e só para quando me deita sob ele e as estrelas...

— Casa comigo? — sussurra em meus lábios.

— Infinitamente, sim. — Volta a me beijar de forma visceral, sua mão sobe por minha coxa até chegar à minha calcinha e, em um só movimento, ele a retira. Amo a forma que Benjamim compreende os anseios do meu corpo e como nos comunicamos apenas com o olhar. O desejo nos domina de forma violenta e a ansiedade é de satisfazê-lo.

— Ah! — Mordo seu ombro quando me penetra...

— Eu te amo, Amanda! Nunca vou cansar disso. — Arremete mais e mais vezes. O único som, além de nossos gemidos, vem do quebrar das ondas e nossas únicas testemunhas são as estrelas... Fecho os olhos por um segundo e faço uma nota mental para nunca me esquecer deste momento...

— Bom dia! — Ben me retira das minhas lembranças.

— Bom dia! — Jogo minha perna sobre o seu quadril e o beijo. Sua mão sobe por minha coxa e agarra minha bunda.

— Será que temos tempo para a última rodada de despedida? — questiona em seu tom rouco que me alucina.

— Se os mais interessados estão de acordo, não existe qualquer objeção...

— Ah! — grito quando me puxa com extrema agilidade...

Quando a imagem no espelho me reproduz, é impossível segurar as lágrimas. Mesmo ciente de que o choro poderia desfazer toda a maquiagem, ainda assim não as controlo.

É incontestável como a dor é capaz de devastar tudo em nós, ela nos dizima de uma forma que abraçamos o fato de ela ser irreversível. Nada pode restaurar o dano acarretado, então, de forma súbita, esbarramos no amor novamente, o que talvez possamos chamar de "erro do destino", já que o próprio destino o havia retirado de nossas vidas e instituído a nós o sofrimento. Quando isso ocorre, basta apenas um segundo para que se restitua a esperança, dois para reprogramar seu sistema e três para que enxergue que o amor sempre será maior que a dor. Ainda que uma parte de você permaneça em aflição, o amor funcionará como um poderoso anestésico.

— Você está linda, filha, a noiva mais linda que já vi. — Minha mãe me abraça.

— Vamos ter que consertar toda a maquiagem!

— A noiva atrasar é chique! — Pisca e sorrimos. — Eu pedi tanto a Deus para que restaurasse seu coração, eternamente lhe serei grata por ter atendido minhas orações. — Seco suas lágrimas tentando preservar sua maquiagem. — A maior felicidade de uma mãe é ver seus filhos felizes e hoje eu posso dizer que sou a mulher mais feliz deste mundo.

— Eu te amo, mamãe!

— Eu te amo mais que o infinito. — Abraço-a novamente.

— Podemos entrar? — Meus sogros, Laura e Murilo, aparecem na porta.

— É claro!

— Bom, vou deixá-los à vontade e correr atrás de Salvatore, preciso arrumá-lo.

— Você está linda, querida.

— Obrigada. — Abraço-a e faço o mesmo com o meu sogro, não consigo deixar de chamá-los assim.

— Queremos reafirmar nossos votos. Benjamim é um bom homem, nós nos alegramos com a maneira como ele cuida do Sal e de você. — Pega a minha mão. — Não vamos à cerimônia, mas não pense que é porque estamos tristes ou algo do tipo. Amamos você e para sempre amaremos, mas...

— Eu entendo... — É difícil conter as lágrimas. Quando lhes contei sobre Ben, enxerguei a felicidade em seus rostos, mas o pesar também estava lá.

— Por favor, não pense que não estaremos torcendo por sua felicidade, justamente por torcermos é que não iremos, pois merece ter uma página completamente nova hoje, não queremos ser a tinta que irá derramar sobre a folha alva. Este é o seu dia, Amanda, e você merece vivê-lo intensamente. Amamos você, minha filha!

— Eu amo vocês! Gostaria de tê-los lá, mas compreendo.

— Obrigado. — Meu sogro me abraça. — E, se o Benjamim aprontar com você, diga a ele que se entenderá comigo.

— Vou dizer...

Meus passos seguem em direção ao meu noivo enquanto meus olhos se fixam em seu rosto e vejo as lágrimas correndo, assim como no meu, mas, em meio ao choro, um sorriso lindo...

Quando paramos, ele vem até nós.

— Este é o meu maior tesouro, cuida bem dela. — Ben abraça meu pai.

— Cuidarei — promete e pega minha mão. Dois passos depois, paramos em frente ao celebrante...

— Amanda e Benjamim, aqui estamos para celebrar esta união com este céu lindo e cheio de vida, bem diferente de como estava quando se conheceram. Aquele dia estava cinzento e permeado de dor. Nenhum dos dois acreditava que poderia amar novamente, mas não era esse o plano de Deus, então tudo aconteceu de forma despretensiosa e natural, pois, quando mais se procura o amor, é quando menos se acha. Mas o amor tem uma virtude, surpreende-nos e nos pega desprevenidos. É o que é, simples e intrometido, já que não somos nós que escolhemos a pessoa que amamos, é o amor que decide quem devemos amar. Foi assim com vocês, quando perceberam que já não podiam mais viver um longe do outro... — De frente um para o outro, meus olhos se conectam aos seus, enquanto o celebrante continua com as belas palavras por mais alguns minutos... — Que vocês amem um ao outro, respeitem, construam uma linda família e que esse casamento seja sempre rico em cuidar...

Benjamim, é de sua livre e espontânea vontade receber Amanda como sua esposa?

— Sim! — sorrio.

— Amanda, é de sua livre e espontânea vontade receber Benjamim como seu esposo?

— Sem conseguir desviar meus olhos do homem lindo a minha frente respondo:

— Sim!

— Podemos trazer as alianças.

Ao som de "Missão Impossível", Salvatore entra vestido de policial e óculos escuros, caminha focado em nossa direção e sorrimos em meio às lágrimas. Com agilidade, entrega a almofada a Ben, que o pega no colo.

— Obrigado, filhão.

— *Bigado, papaizinho.*

— Eu te amo, filho.

— Eu te amo, mamãe! — Ben o desce.

— Amor — pega minhas mãos novamente —, quando nos conhecemos, o mundo parecia escuro demais. Éramos duas vidas que pareciam trilhar caminhos tão distantes, mas agora estamos aqui nos tornando uma só. Tudo isso porque Deus tem a mania de realizar sonhos. Mesmo quando não me permitia admitir, eu sonhava com você e, ao realizá-lo, o vazio foi preenchido, ganhei uma família maravilhosa e aprendi o verdadeiro sentido do amor. Eu me tornei sortudo no dia que você entrou no meu carro. Não,

não foi um engano, Deus não erra. Quando te beijei pela primeira vez, tive a certeza de que você era a mulher da minha vida, a do presente, do futuro e das próximas vidas se existirem.

Diante disso, eu juro te admirar, juro te apoiar, juro te mimar, juro te beijar todos os dias ao acordar, juro te proteger, juro ser seu amigo, juro ser seu abrigo, juro participar e me orgulhar, juro amar o Salvatore e juro para sempre te amar. — Coloca a aliança no meu dedo e, em seguida, beija-a.

— Ben — respiro fundo tentando recuperar o fôlego e sanar minhas lágrimas —, não tenho dúvidas de como as formas de agir de Deus são incompreensíveis. Certamente a dor e as lágrimas me levaram até você, mas não foram elas que me mantiveram, e sim o pulsar do meu coração, a batida diferente que acontecia toda vez que eu o via, sentia o seu cheiro, ouvia sua voz e me sentia acolhida. Não sei dizer quando me apaixonei por você, mas com certeza foi muito antes do que poderia prever. Como não amar o homem que deixava tudo apenas para me ouvir por 10 minutos ou menos em uma das nossas "viagens terapêuticas"? Pacientemente, você me escutava e as únicas palavras que se atrevia a dizer eram: vai ficar tudo bem. Como não amar o homem intenso, dedicado, carinhoso, honesto, sexy? — Pisco. — Você mexeu comigo desde a nossa primeira conversa. Nossa história começou de uma forma diferente, mas ela é toda nossa. Hoje é só o começo e eu só posso falar que eu te amo a cada dia mais. Amo a forma que ama o Sal, amo como se dedica a nos fazer felizes, amo seu coração, que só tem amor e bondade, amo sua calmaria em meio ao caos, amo sua benevolência e amo todos os outros pedacinhos de você, então juro te amar hoje e para sempre. — Coloco sua aliança e a beijo.

— Com os poderes investidos a mim, eu os declaro casados! Agora, sim, queridos convidados, viva os noivos! — Beijamo-nos ao som de palmas e vivas selando nossa união.

Com um sorriso no rosto, escuto o alvoroço atrás de mim enquanto encaro o buquê que irei arremessar em instantes...

— Um... — inicio a contagem e é difícil não notar a ansiedade pela felicidade imposta pelas flores em minhas mãos. — Dois... — Talvez a busca da maioria seja obter uma prova de que a felicidade existe. — Três! — Arremesso o buquê para trás certa de que ele não pode fornecer qualquer garantia, mas, depois de tudo o que passei, também sei que o destino tem seus caminhos misteriosos.

Viro-me e sorrio quando percebo que nenhuma das minhas apostas foi escolhida. Encaro Douglas que olha para Lara completamente paralisado, eu tiraria uma foto se estivesse com o meu telefone agora para atestar o dia que o último dos solteirões convictos foi derrotado, os meninos o abraçam, é obvio que não perderiam a chance...

— Que tal fugirmos? — Ben sussurra em meu lóbulo.
— Tentativa de suborno, doutor?
— Sim, talvez devesse me prender por isso. — Beija meu pescoço.
— O senhor está preso para sempre!
— Graças a Deus! — Puxa-me pela mão e, enquanto corremos como dois adolescentes, é inelutável lembrar tudo que vivemos para chegar até aqui...

Permitir-nos viver de novo talvez seja a nossa decisão mais difícil, mas a vida sempre será a nossa maior e melhor escolha.

EPÍLOGO

AMOR

"O amor não se vê com os olhos, mas com o coração."
William Shakespeare

BENJAMIM

Nunca senti tanta dificuldade em acertar o nó da gravata, meus dedos estão trêmulos e ainda penso que irei despertar a qualquer instante. Até este momento, não consigo acreditar que irei casar com a mulher que restaurou o meu mundo, que me devolveu a alegria e me fez sentir um amor que jamais julguei possível. Amo Amanda com cada parte de mim...

— Deixe que eu faça isso antes que a noiva desista! — Ricardo segue em minha direção.

— Vira essa boca para lá!

— Duas horas para dar um nó na gravata! — Leva poucos segundos para deixar o nó perfeito.

— Espere chegar o seu dia, isso se a minha irmã continuar insana e mantiver o sim.

— Sua irmã me ama, aceite logo. — Pisca sem cair na minha provocação.

— Fazer o quê? Ela sempre teve um gosto esquisito. — Pisco de volta.

— Eu te amo, cara, estou feliz que tenha encontrado a Amanda, bom, na verdade, ela te encontrou. Vocês formam uma família linda e você merece toda a felicidade do mundo. — Aperta meu ombro.

— Também estou feliz por você ser a escolha da Esther, sei que a fará muito feliz, mas para de dar em cima de mim, que já está chato. — Levo um pescotapa.

— Posso entrar?

— Papai? — Certamente a surpresa domina cada parte de mim.

— Não pensou que eu perderia esse dia, pensou? — Aproxima-se e, poucos passos depois, o abraço acontece, então com ele o perdão é liberado.

— *Estou feliz que esteja aqui, papai.*

— *O único desejo de um pai é que seus filhos sejam felizes, desculpe a minha completa ignorância, errei tentando acertar. A Amanda é uma mulher incrível, se não fosse, você não estaria apaixonado por ela, vocês serão muito felizes.* — *Abraço-o novamente.*

— *Obrigado por isso, papai, e a mamãe?*

— *Estou aqui, meu filho, como não estaria? Como o seu pai disse, a única coisa que queremos é a sua felicidade e sem dúvidas a sua futura esposa o faz muito feliz. Agora, vamos logo, porque não é de bom tom o noivo atrasar.*

— *Eu te amo, mamãe.* — *Abraço-a.* — *Também te amo, papai.* — *Ele volta a se aproximar, minha mãe ainda não cedeu à decisão do divórcio, mas, se estão felizes assim, é o que importa...*

Desperto com o barulho...

— Amor? — chamo quando noto a cama vazia ao meu lado. Da porta do banheiro do bangalô, vejo-a debruçada sobre o vaso, em um vômito constante. Poucos passos depois, sento-me atrás dela e seguro seus cabelos com movimentos metódicos. Leva algum tempo até que o vômito cesse...

— Só eu mesma para passar tão mal na minha lua de mel em Maldivas. — Lava o rosto e escova os dentes, e eu avalio seus sintomas. — Amor, acha que foi a comida do avião ou é o tempero daqui? Será que é uma intoxicação alimentar? Dois dias vomitando e esse maldito enjoo não passa — questiona e coço a cabeça ciente da probabilidade.

— Não acredito que seja intoxicação, seu enjoo se dá apenas na parte da manhã e não apresenta outro sintoma, mas precisaríamos de um exame de sangue para comprovar. Vou averiguar com a recepção como fazemos para que tenha um atendimento médico. Sua menstruação ainda não veio esse mês... — declaro e sua expressão entrega justamente o pavor que eu esperava.

— Eu não estou grávida, Ben!

— Ok, é uma possibilidade e...

— Seria se eu não usasse o DIU, está louco? — corta-me visivelmente irritada com a ideia.

— Tudo bem. — Beijo-a.

— Salvatore ainda não completou três anos, como podemos ter outro bebê agora?

— Está certa. — Prefiro não comentar que já presenciei muitos partos provenientes da falha do método. — Vou até a recepção... — Sua mão para meu braço antes que eu prossiga em meu objetivo.

CRISTINA MELO

— O acha disso?

— O que eu acho da possiblidade de você estar grávida? — Faço a pergunta clara.

— Sim. — A apreensão em seu rosto fica evidente.

— Seria mais um presente lindo de Deus para a minha vida. Já sou extremamente feliz com a nossa família, mas não vou mentir, ver a nossa casa cheia de crianças correndo seria uma dádiva. — Envolvo sua cintura.

— De quantas crianças exatamente estamos falando?

— Acredito que três seja um bom número. — Beijo seu pescoço.

— Três é um ótimo número. — Abraça-me e seus olhos se conectam aos meus enquanto um pensamento parece relampear por seu rosto. — Acha mesmo que é possível que eu esteja grávida? — Ergo as sobrancelhas.

— Amor, estamos praticando bastante. — Pisco e ela sorri. — Diante do fato, é preciso ter em mente que qualquer método tem sua porcentagem de falha.

— E o senhor está torcendo pela falha?

— Estou — confirmo e, ainda que uma parte de mim sinta medo pela perda precoce do meu filho, quero tudo que puder ter com Amanda.

— Esse é um dos motivos pelo qual te amo tanto.

— E quais são os outros? — Suspendo-a e logo a sento sobre a bancada de madeira...

— Você é gentil, amigo, paciente — suas mãos correm a lateral do meu corpo —, lindo, sexy, gostoso — mordisca meu queixo e é o suficiente para acender todo o meu corpo —, um ótimo pai. — Seus dedos correm pelo cós da minha cueca. — E é o cara com quem quero passar o resto da minha vida. Agora — envolve meu quadril com as pernas —, acho melhor nos precavermos mais uma vez de que essa falha realmente irá ocorrer. — Beija-me com propósito e obstinação. Isso é suficiente para que todos os meus medos se desfaçam...

Dez anos depois...

ANTES QUE ESQUEÇA

Meus olhos estão fixos no campo e no camisa 10, Sal, que corre com agilidade e dribla todos na grande aérea...

— É isso aí, filhão! Essa é sua... GOL! — Pulo na arquibancada com um sorriso orgulhoso. — Mandou muito bem, filho! — vibro e o aplaudo, ele acena para mim e beija sua camisa...

Minutos depois o treino finaliza com mais dois gols seus.

— Arrasou, filhão! — Abraço-o assim que se aproxima.

— Viu como o goleiro pulou para o lado errado?

— Eu vi tudo, você é incrível, filho, parabéns!

— Ouviu isso? — Para em seu caminho e faço o mesmo.

— Sal, aonde vai? — Sigo-o quando corre em direção contrária ao carro.

— Não está ouvindo?

— Filho? — grito quando se abaixa, mas não demora muito para que eu descubra o motivo: em suas mãos, estão dois filhotes sujos e assustados.

— Não! Sua mãe vai matar a gente dessa vez.

— Pai, olha, eles estão assustados e abandonados no lixo, não podemos deixá-los aqui. — Tem toda a razão, mas...

— Prometemos para a sua mãe que depois do Dr. Estranho não resgataríamos mais nenhum cachorro. — Já sinto a encrenca.

— A mamãe disse que não podemos levar cachorros sem qualquer cuidado para casa, mas podemos passar na tia Jujuba e na tia Cissa, elas podem cuidar deles, aí, quando levarmos para casa, já estarão protegidos.

— Filho...

— Pai, por favor, eles estão com frio e com fome. Que tipo de pessoa nós somos se não ajudarmos quem mais precisa? — Usa minha frase contra mim, havia me esquecido de como adolescentes são inteligentes.

— Ok, vamos levá-los, mas com uma condição: esses dois nós teremos que doar.

— Mas...

— Já temos quatro cachorros, filho, vamos ajudá-los e depois lhes conseguir bons tutores, combinado?

— Ok, mas só vamos entregá-los se as pessoas forem boas.

— É claro — concordo.

Mesmo com um plano definido quando chegamos a casa com os filhotes, tentamos ser os mais discretos possível...

— Mamãe, por que eu não posso ir? — Vitória questiona, ela é idêntica à mãe. O plano era para que eu distraísse Amanda enquanto Sal esconderia os filhotes, mas temos outra distração.

— Porque a senhora tem apenas nove anos!
— Todo mundo vai.
— Você não é todo mundo!
— Papaizinho! — Sarah entrega minha presença, corre em minha direção e com ela Thor, Stark e a Capitã.
— Oi, filha! — Suspendo-a e a beijo.
— Papaizinho, eu estava com muita saudade, posso te maquiar hoje? — Sorrio quando percebo que não se desfez da ideia de me tornar a Elsa.
— Eu também estava com saudades, minha princesa! É claro que pode, só me deixa falar com a mamãe e com sua irmã?
— Claro, papaizinho! — Desço-a e dou um pouco de atenção aos três que pulam à minha volta. Certamente o Dr. Estranho já está com Sal, os dois não se desgrudam.
— Oi, amor! — Beijo Amanda rapidamente.
— Oi, filha. — Beijo sua cabeça.
— Pai, a mamãe não me deixa fazer nada! — Encaro minha esposa, ciente de sua coerência.
— Você tem apenas nove anos, Vitória, não vai dormir na casa de quem não conhecemos e ponto final.
— Pai?
— Sua mãe está certa, filha, já conversamos sobre isso. Há um tempo para todas as coisas. Sua irmã tem cinco anos, se ela nos pedisse um carro de presente, poderíamos dar?
— Não.
— E por quê?
— Porque é contra lei e ela não conseguiria dirigir.
— Exatamente, filha, pais também dizem não por amor. Vai chegar o momento certo de você dormir fora de casa, mas nós sabemos que ele ainda não chegou e estamos dizendo não para você hoje para protegê-la.
— Tudo bem.
— Nós te amamos, filha. — Amanda a abraça. — A mamãe prende pessoas más o tempo todo e elas só esperam um pequeno descuido dos pais. Sei o quanto gostaria de ir, mas não estará segura. Vocês são a nossa maior riqueza, não podemos descuidar.
— Eu sei, entendo agora, mas posso combinar um dia aqui em casa?

ANTES QUE ESQUEÇA

— Claro que pode!

— Pai! — O grito angustiado de Sal nos faz pular. Como um foguete, sigo em sua direção. Quando passo pelas portas francesas, ele está correndo em volta da piscina com um dos filhotes nas mãos e Dr. Estranho tentando pegá-lo. Na verdade, acho que está mais interessado no filhote.

— Eu não acredito! — Amanda esbraveja.

— Podemos explicar!

— Olha que lindo, mamãe! — Sarah suspende o outro filhote e dessa vez é ela que precisa de resgate, já que causa a curiosidade dos outros três cachorros.

— É provisório!

— Igual a todos! — diz irritada.

— Dr. Estranho, para! — exijo e corro atrás dele com a Sarah e o filhote nos braços, então a volta da piscina vira uma grande confusão de cachorros e correria. De soslaio, encaro Amanda e vejo que ela não consegue manter a postura brava por muito tempo... Sento Sarah na espreguiçadeira e, na pressa para resgatar Sal, acabo caindo na piscina. Quando volto à superfície, assisto à mulher da minha vida e aos meus três filhos gargalharem, até os cachorros parecem estar rindo de mim, então minha única alternativa é sorrir também.

Em menos de um minuto, minha esposa controla a situação, pega os dois filhotes, entrega a Sal e abre a cerca para que os cachorros sigam para a área seca. Vitória entra com a Sarah e, em um rompante, Amanda pula na piscina sem se importar em remover qualquer peça de roupa...

— O que eu faço com o senhor, doutor Benjamim? — Envolve meu pescoço com os braços.

— Se começasse com um beijo, seria interessante...

— Os filhotes? — Vai direto ao ponto.

— Levamos à clínica da Cissa, já estão vacinados e medicados, mas conversei com o Salvatore, vamos doá-los assim que conseguirmos tutores capacitados.

— Sei... Vamos ficar só com a Marvel ou vamos migrar para DC também? — Gargalho.

— Vamos ficar só com a Marvel — prometo.

— Que bom! Felizes bodas de estanho! — Beija-me. Mesmo já tendo comemorado a data em Paris, há uma semana, ela continua com o lembrete. — Eu te amo, Ben, e te amo muito mais do que amei ontem, não poderia ser mais feliz do que sou agora.

— Felizes bodas, meu amor, eu te amo muito mais que o infinito e sou o cara de mais sorte deste mundo! — Beijamo-nos e a sensação ainda é como a da primeira vez.

— Mãe!

— Paizinho!

Os gritos nos interrompem e sorrimos. O amor que sinto por Amanda e minha família me tornou um novo homem e certamente foi o responsável por deixar as marcas em minha alma quase imperceptíveis e esquecidas, mas, *antes que esqueça* sua dor, você precisará entender que ela foi necessária para levá-lo ao próximo nível e que ele é tão sublime que nem em seus melhores sonhos poderia prever vivê-lo um dia. Hoje, eu só posso ser grato por ter conseguido...

FIM

A The Gift Box é uma editora brasileira, com publicações de autores nacionais e estrangeiros, que surgiu no mercado em janeiro de 2018. Nossos livros estão sempre entre os mais vendidos da Amazon e já receberam diversos destaques em blogs literários e na própria Amazon.

Somos uma empresa jovem, cheia de energia e paixão pela literatura de romance e queremos incentivar cada vez mais a leitura e o crescimento de nossos autores e parceiros.

Acompanhe a The Gift Box nas redes sociais para ficar por dentro de todas as novidades.

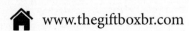
www.thegiftboxbr.com

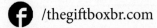
/thegiftboxbr.com

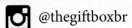
@thegiftboxbr

@GiftBoxEditora

Impressão e acabamento